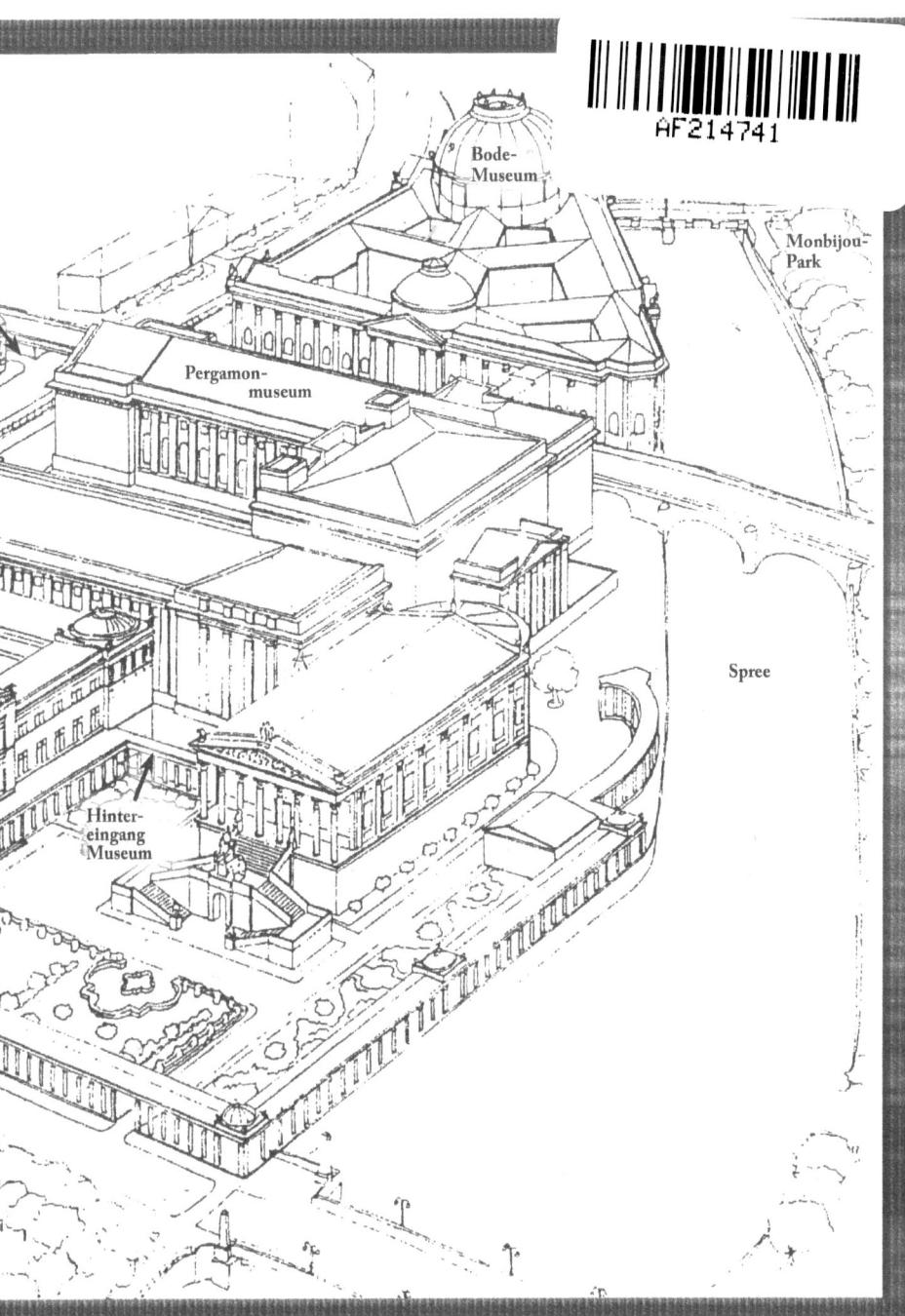

Bode-Museum

Monbijou-Park

Pergamon-museum

Spree

Hinter-eingang Museum

DIE AUTORIN

Ute Krause, 1960 geboren, wuchs in der Türkei, Nigeria, Indien und den USA auf. An der Berliner Kunsthochschule studierte sie Visuelle Kommunikation, in München Film und Fernsehspiel. Sie ist als Schriftstellerin, Illustratorin, Drehbuchautorin und Regisseurin erfolgreich. Ihre Bilder- und Kinderbücher wurden in zahlreiche Sprachen übersetzt und für das Fernsehen verfilmt. Ute Krause wurde u.a. von der Stiftung Buchkunst ausgezeichnet und für den Deutschen Jugendliteraturpreis nominiert.

Mehr zu unseren Büchern auch auf Instagram
@hey_reader

UTE KRAUSE

Im Labyrinth der Lügen

MIX
Papier | Fördert
gute Waldnutzung
FSC
www.fsc.org   FSC® C014496

Penguin Random House
Verlagsgruppe FSC® N001967

Mit besonderem Dank an den Deutschen
Literaturfonds für die Unterstützung

Unterrichtsmaterialien zum Buch
sind erhältlich unter www.schullektuere.de

7. Auflage
Erstmals als cbt Taschenbuch März 2018
© 2015 für die Originalausgabe
cbj Kinder- und Jugendbuch Verlag
in der Penguin Random House Verlagsgruppe GmbH,
Neumarkter Straße 28, 81673 München
produktsicherheit@penguinrandomhouse.de
(Vorstehende Angaben sind zugleich
Pflichtinformationen nach GPSR.)

Alle deutschsprachigen Rechte vorbehalten
Umschlaggestaltung: Gettyimages/Arman Zhenikeyev –
professional photographer from Kazakhstan;
plainpicture/Verena Blank
Deutschlandkarte (S. 283) und Berlinkarte: Peter Palm, Berlin
SaS · Herstellung: CM
Satz: Uhl + Massopust, Aalen
Druck: GGP Media GmbH, Pößneck
ISBN 978-3-570-22654-4
Printed in Germany

www.cbj-verlag.de

Inhaltsverzeichnis

Das unbekannte Land

Paul strahlte. Das hätte er sich nicht träumen lassen! Er stellte sich die Zeitungsmeldung vor, die demnächst erscheinen würde.

Berliner Morgenpost

Geheimnis der ewigen Jugend enthüllt? Berliner Forscher macht sensationellen Fund im Pergamonmuseum. Geheimwissen der Ägypter in einem Stein des Ischtar-Tors versteckt. Pharmakonzerne wittern das Riesengeschäft: der Jungbrunnen bald auf Rezept?

Und daran war allein Onkel Henri schuld. Dabei hatte die Geschichte damals ganz anders angefangen. Und niemand, er schon gar nicht, hatte ahnen können, wie verwickelt und gefährlich sie werden würde ...

Begonnen hatte alles viele Jahre früher an einem ganz gewöhnlichen Samstag.

»Komm, ich zeig dir ein Geheimnis«, hatte Onkel Henri gesagt und Paul in einen verlassenen Teil des Bahnhofs Friedrichstraße geführt. Hinter einer Absperrung stand ein Baugerüst, das mit einer Plane verhängt war. Als niemand sie beobachtete, kletterten sie über die Absperrung und schlüpften hinter die Bauplane. Dahinter verborgen lag eine hellgraue Metalltür. Sie führte in einen Tunnel, der sich im Dunkeln verlor.

»Das war mal ein Geheimgang«, sagte Onkel Henri. »Früher sind die Leute von hier aus in den Westen geflüchtet.«

»Wie soll das gehen?«, fragte Paul.

»Wart's ab.«

Paul war seinem Onkel vorsichtig tastend gefolgt, bis ihnen eine Backsteinmauer den Weg versperrte.

»Siehst du, weiter kommt man heute nicht mehr«, flüsterte Onkel Henri. »Die Grenzsoldaten haben alles zugemauert. Aber jetzt pass auf. Hör genau hin, dann kannst du den Westen hören. Dann bist du fast auf der anderen Seite. Vergiss das nicht!«

Onkel Henri hatte seine Wange an die Mauer gelegt. Paul tat es ihm nach und drückte sein Ohr ganz fest dagegen. In der Ferne hörte er plötzlich das Rattern eines einfahrenden Zuges, das Quietschen der Bremsen und die Lautsprecherstimme eines Ansagers. Sie war durch den Hall verzerrt, aber wenn er genau hinhörte, verstand er, was der Mann auf der anderen Seite sagte: »Alle Züge enden hier. Achtung, alle

Züge enden hier. Rückfahrt nach Westberlin vom gegenüberliegenden Gleis. Transitreisende begeben sich zu den Passkontrollen.«

Für Paul war Berlin-West bis dahin nur ein Wort, ein weißer Fleck in seinem Schulatlas gewesen. Es war von einer Mauer umgeben und Teil eines fremden Landes, das Westdeutschland hieß. Es war ganz nah und zugleich unerreichbar, denn Paul lebte auf der anderen Seite dieser Mauer in Ostberlin.

Seine Oma sagte, nach Westberlin komme man erst mit fünfundsechzig, wenn man in Rente ging. Das sei die letzte Querstraße vor dem Paradies. Ein Abstecher, bevor es zum lieben Gott geht.

Bis es bei Paul so weit war, konnte er noch lange warten – genau genommen dreiundfünfzig Jahre. Bei Oma war das anders, in zwei Jahren würde sie fünfundsechzig werden. Das hieß, in zwei Jahren dürfte sie nach Westberlin.

Am nächsten Morgen bekam der weiße Fleck im Schulatlas für Paul eine ganz andere Bedeutung. Jetzt ahnte er, warum Onkel Henri ihn am Tag davor in den Tunnel geführt hatte. Denn alles wurde plötzlich ganz anders. Beim Sonntagsfrühstück hatte Oma ihm am Küchentisch erzählt, dass seine Eltern jetzt im Westen lebten.

»Das ist ein blöder Scherz!«, hatte Paul geantwortet.

Oma hatte den Kopf geschüttelt und ihn dabei so ernst angeschaut, dass Paul begriff, dass sie ihn nicht anflunkerte. Und dann wurde alles in ihm ganz still, so still, dass das leise Ticken der Küchenuhr plötzlich laut durch seinen Kopf hallte.

»Aber wie sind sie aus dem Gefängnis gekommen?«, flüsterte er. »Und dann noch über die Mauer?«

Fast niemand kam durch den »Eisernen Vorhang«, wie die Mauer auch genannt wurde. Wer es versuchte, wurde verhaftet oder sogar erschossen.

Oma nahm seine Hand in ihre große weiche Pranke und drückte sie ganz fest. Sie starrte auf den Marmeladenfleck auf dem Küchentisch.

»Stell dir vor, mein Junge, sie sind freigekauft worden«, sagte sie zum Marmeladenfleck auf eine so ernste und feierliche Art, dass Paul ein kleiner Schauer über den Rücken lief.

Oma hatte normalerweise eine ziemlich raue, fast männliche Stimme. Onkel Henri sagte, das käme vom vielen Zigarettenqualmen, weil Oma nie auf die Stimme der Vernunft hörte. Jetzt aber klang sie ziemlich brüchig.

»Freigekauft? Wie meinst du das?«, fragte Paul völlig verwirrt. »Wer hat sie denn gekauft? Und wenn sie frei sind, warum sind sie dort und nicht hier bei uns?«

Er sprang auf und stieß dabei gegen den wackeligen Tisch, sodass Omas Kaffee auf den Untersetzer schwappte.

»Und wann kommen sie zu uns?«

Normalerweise brachte Oma nichts so leicht aus der Ruhe, aber heute war es anders. Ihre Unterlippe zitterte etwas und die Furchen um ihren Mund vertieften sich.

Paul starrte sie an. »Sie kommen doch, oder?«

Oma beugte sich hinüber zur Spüle und nahm den Lappen, der dort hing. In ihrer winzigen Küche war die Spüle praktischerweise direkt neben dem Tisch, sodass sie dafür nicht aufstehen musste. Paul sah, wie sie versuchte, sich unauffällig die Tränen aus den Augenwinkeln zu wischen. Ihm war auch plötzlich zum Heulen zumute.

Sehr sorgfältig wischte Oma sämtliche Flecken und Krümel vom Tisch. Sie ließ sich dabei viel Zeit.

Oma war Papas und Onkel Henris Mutter. Onkel Henri behandelte Oma immer, als wäre sie ein bisschen verrückt, dabei war sie die netteste und mutigste Großmutter, die man sich vorstellen konnte, denn ohne sie säße Paul bestimmt noch in diesem schrecklichen Heim.

»Und?«, rief er ungeduldig. »Nun sag schon!«

Oma warf den Lappen zurück in die Spüle, zog eine Zigarette hinterm Ohr hervor und zündete sie an. Langsam blies sie den Rauch zur Decke empor. Durchsichtig-weiße Schwaden schimmerten im Morgenlicht und kringelten sich langsam nach oben.

»Sie sind freigekauft worden«, sagte sie leise. »Von denen dort drüben.« Sie deutete vage mit der Zigarette in Richtung Westberlin. »Die kaufen manchmal politische Gefangene frei. Deine Eltern hatten Riesenglück.«

Sie schob die Brille zurecht, durch die ihre Augen immer größer wirkten, und sah ihn abwartend an. Als er nicht antwortete, fuhr sie fort: »Schau mal, deiner Mama ging es im Gefängnis nicht gut, vor allem im letzten Jahr. Ich habe es dir nie erzählt, weil ich dich nicht beunruhigen wollte, aber sie hatte dort eine Nierenbeckenentzündung, und die hat sie sehr mitgenommen. Deine Mutter braucht dringend gute Ärzte.« Oma tippte vorsichtig die Asche in einen Aschenbecher und murmelte: »Deine Eltern haben endlich die Chance bekommen, ein neues Leben zu beginnen.«

»Ein neues Leben!« Paul senkte den Blick. »Sie beginnen ein neues Leben – ohne mich?«

Oma beugte sich zu ihm hinüber und drückte sanft seine Hand. »Schätzchen, sie würden alles tun, um bei dir zu sein, glaub mir. Aber sie dürfen nach dem, was passiert ist, nicht mehr hierher zurück. Man würde sie sofort wieder verhaften, wenn sie nur einen Fuß über die Grenze setzen.«

»Aber wann sehe ich sie wieder?«, fragte Paul leise. Der Kloß in seinem Hals wurde immer größer.

Oma drückte die Zigarette aus, zog ihn, bevor er sich wehren konnte, in ihre Arme und drückte ihn an ihren gewaltigen Busen. Sie wiegte ihn hin und her, so wie früher, als er klein gewesen war. Sie hatte ihm mal erzählt, dass ihre Mutter sie während des Krieges im Luftschutzkeller genauso im Arm gewiegt hatte, wenn die Bomben um sie herum explodierten. Und jetzt tat sie das Gleiche mit Paul. Doch mit zwölf fühlte er sich zu groß dafür, auch wenn ihm elend zumute war. Er löste sich aus ihrer Umarmung und sah sie fordernd an.

»Sag's mir! Wann sehe ich sie wieder?«

Oma ließ die Luft hörbar durch die Lippen entweichen.

»Das weiß nur der liebe Gott, mein Junge. Das weiß nur der liebe Gott«, murmelte sie.

Es war schwer, am nächsten Tag im Unterricht aufzupassen, denn in Pauls Kopf wirbelte alles durcheinander. Es war, als würden seine Gedanken Achterbahn fahren.

Oma hatte ihm morgens, während er vor dem Spiegel seinen Haarmopp zu bändigen versuchte, noch einmal eingeschärft, ja niemandem von Mama und Papa zu erzählen. Als ob das nötig gewesen wäre! Paul hatte inzwischen gelernt, dass es manchmal klüger war zu schweigen. Außerdem gab es sowieso keinen in der Klasse, mit dem er darüber hätte sprechen können.

Jetzt starrte Frau Götze ihn an. Ihre blonde Dauerwelle wippte um ihren schmalen Kopf und ihre Nasenflügel bebten. Mit der spitzen Nase und dem fliehenden Kinn sah sie aus wie ein Vogel. Ein Vogel mit Dauerwelle. Ungeduldig klopfte sie mit der Kreide an die Tafel und schaute Paul dabei streng an. Er riss sich aus seinen Gedanken.

»Ich will dich ja ungern beim Träumen stören, Paul!«, sagte sie mit süßsaurem Lächeln. »Aber wir sind hier in der Schule und machen gerade Staatsbürgerkunde. Ich weiß, das ist nicht dein Lieblingsfach.«

Die anderen kicherten und warfen ihm verstohlene Blicke

zu. Seit Paul in dieser Klasse war, galt er als Träumer und etwas merkwürdig.

»Der Junge ist eigenbrötlerisch«, hatte Frau Götze mal zu Oma beim Elterngespräch gesagt. »Und äußerst verschlossen.«

In Wirklichkeit war Paul nur vorsichtig geworden. Kein Wunder nach jenem Sommer vor zwei Jahren, in dem sich alles verändert hatte. Seitdem gab es vieles, über das er mit niemandem sprechen konnte und durfte. Und wenn man ein trauriges Geheimnis mit sich herumschleppt, dann verstummt man irgendwann ganz.

Albträume
und Überraschungen

Als Paul von der Schule nach Hause kam, war niemand daheim. Der Flur roch nach Kaffee und Kohlestaub. Oma hatte alle Türen zum Flur geschlossen. Das tat sie immer an kalten Tagen, um die Wärme in den Räumen zu halten. Paul ging ins Wohnzimmer, öffnete die Klappe des alten Kachelofens und legte ein Brikett auf die Glut. Er musste sparsam damit umgehen, denn Omas Kohlevorrat für diesen Winter war inzwischen fast aufgebraucht.

Dann lehnte er sich an den Ofen, schloss die Augen und breitete die Arme aus. Die wohlige Wärme, die die Kacheln ausstrahlten, kroch in seinen Körper. Auf dem Heimweg hatte Paul schon die ersten Krokusse gesehen. Hoffentlich würde es bald Frühling werden. Und hoffentlich, hoffentlich würde irgendwann alles wieder ... Paul wagte nicht, es sich auszumalen, denn so wie früher würde es nie mehr sein.

Er ging hinüber in die Küche. Auf dem Tisch lag neben einer Tüte mit belegten Broten und einer Thermoskanne mit Tee ein Zettel in Omas krakeliger Schrift. Darauf stand: »*Lieber Paul, komme heute erst sehr spät. Eintopf im Kühlschrank.*

Die Brote sind für dich und Henri. Eine kleine Überraschung: Du darfst ihn heute Abend im Museum besuchen!«

Das war wirklich eine Überraschung! Paul hatte seinen Onkel noch nie abends bei der Arbeit besuchen dürfen. Dabei mochte Paul es überhaupt nicht, nachts alleine in der Wohnung zu sein. Aber Oma meinte, es ginge halt nicht anders. Manchmal hatte er immer noch Albträume und wachte dann mit Herzklopfen auf. Seit damals konnte er sowieso nur mit Licht einschlafen. Aber trotzdem dauerte es immer eine Weile, wenn er aus so einem Traum aufwachte, bis er wusste, dass er nicht mehr an diesem schrecklichen Ort war, und sein Herz endlich aufhörte, heftig zu klopfen.

Zum Glück war Oma nicht jeden Abend weg, nur dann, wenn sie Spätschicht hatte.

Oma war Klofrau im *Hotel Metropol*. Früher war sie Bibliothekarin gewesen. Paul ahnte, dass es ihr viel mehr Spaß gemacht hatte, sich um Bücher zu kümmern, als die Pinkeltropfen fremder Leute wegzuwischen. Aber Oma behauptete, dass sie froh über die Arbeit war: »Geld stinkt nicht, besonders dann nicht, wenn es aus dem Westen kommt«, pflegte sie zu sagen.

Paul verstand, was sie meinte. Manchmal bekam Oma als Trinkgeld Westmark, und das war viel mehr wert als Ostmark. Oma sparte so lange, bis sie genug Westgeld hatte, um sich im Intershop Kaffee oder Zigaretten oder eine Tafel Schokolade kaufen zu können. Das war dann immer ein kleines Fest, denn der Kaffee aus dem Westen war aus echten Kaffeebohnen gemahlen und nicht mit Getreide gemischt wie der Ostkaffee, den Oma nur abfällig »Erichs Krönung« nannte. Auch die Schokolade aus dem Intershop schmeckte viel besser als die aus dem Konsum.

Onkel Henri war Papas jüngerer Bruder. Er arbeitete als Nachtwächter im Pergamonmuseum und bewachte dort einen berühmten Altar, der fast zweitausend Jahre alt und sehr wertvoll war, wie er gerne allen erzählte. Auch Paul blieb von Onkel Henris Vorträgen über griechische Frühgeschichte nicht verschont.

Ein paarmal hatte er seinen Onkel besucht, wenn der tagsüber im Museum zu tun hatte. Dann hatte Onkel Henri ihm den berühmten Pergamonaltar und die Antikensammlung gezeigt. Paul fragte sich zwar, wie ein paar alte Scherben und Steine so wertvoll sein konnten, aber er musste zugeben, dass dieser Altar ziemlich beeindruckend war.

Früher, als Paul noch mit Mama und Papa in Greifswald gelebt hatte, hatte Onkel Henri in Berlin Archäologie studiert. Da hatte er sich die ganze Zeit mit dem alten Kram beschäftigen können. Später jedoch, als die Sache mit Pauls Eltern passiert war, hatte er ganz plötzlich damit aufgehört. Wenn Paul ihn fragte, warum er jetzt lieber Nachtwächter statt Archäologe war, tat er so, als hätte er die Frage nicht gehört, oder wechselte schnell das Thema. Vielleicht hatte auch

Onkel Henri ein Geheimnis, von dem er niemandem erzählen konnte.

Paul ging zurück ins Wohnzimmer und machte den Fernseher an. Er stand auf der Anrichte neben dem Sofa und war Omas ganzer Stolz. Die Fernsehbilder flimmerten schwarz-weiß. Paul drückte die Knöpfe für die verschiedenen Kanäle. Beim Ersten Programm aus dem Westfernsehen blieb er hängen. Er machte, wie immer, wenn sie Westfernsehen guckten, den Ton leiser, denn der olle Markowitsch von gegenüber war ein »Hundertfünfzigprozentiger«, wie Oma sagte – »und der petzt«. Damit meinte sie, dass er es im Zweifelsfall sogar der Polizei erzählte, wenn jemand Westfernsehen guckte, denn das durfte man in der DDR eigentlich nicht.

»Aber das machen doch alle«, hatte Paul erwidert.

»Ja, aber wir müssen besonders vorsichtig sein, nach dem, was passiert ist. Sie können dich mir jederzeit wieder wegnehmen, wenn ihnen etwas nicht passt. Verstehst du?«, hatte Oma gesagt, und seitdem achtete Paul besonders darauf, dass niemand den Fernseher hören konnte.

In einer Werbung für Margarine rannten gerade zwei Kinder über eine Wiese. Die Eltern strahlten und breiteten die Arme aus. Der Vater nahm den Sohn hoch und wirbelte ihn im Kreis herum. Hatte sein Papa das mit ihm auch getan? Er konnte sich nicht mehr daran erinnern.

Wenn er allein war, stellte Paul sich manchmal vor, wie

sein Leben hätte sein können, wenn Mama und Papa noch bei ihm wären. Sie würden noch mitten in der Altstadt von Greifswald wohnen und am Wochenende an die Ostsee fahren. Bis gestern hatte er auf den Tag gewartet, an dem sie freigelassen würden, und gehofft, dass danach alles so sein würde wie früher. Aber jetzt war alles ganz anders gekommen. Seine Eltern durften nicht mehr zurück zu ihm.

Sein Magen zog sich zusammen. Er dachte an Mama und daran, wie sie im Sommer zusammen auf der Picknickdecke lagen und sie ihm vorlas. Hinter ihnen raschelte das Schilf und vor ihnen glitzerte das Meer. Er erinnerte sich an den Geruch von Mamas Lieblings-Parfüm, das sie von einer Tante aus dem Westen zu Weihnachten geschickt bekommen hatte. Irgendetwas Französisches. Wenn der Wind in seine Richtung wehte, konnte er einen Hauch davon riechen. Er würde diesen Geruch nie vergessen, auch wenn er ihn nie mehr würde riechen können. Hier gab es schließlich nichts Französisches.

Hätten Papa und sie damals versucht zu fliehen, wenn sie geahnt hätten, dass sie deswegen ihr Kind nie mehr sehen würden? Nein, sie wären hier geblieben. Da war sich Paul ganz sicher.

Früher, wenn Onkel Henri in Greifswald zu Besuch kam, schimpften Papa und er immer über den Staat und die vielen Lügen, die er ihnen auftischte.

»Auf Dauer«, sagte Papa, »erstickt man in einer Welt, die nur aus Lügen besteht.«

Onkel Henri hatte ihm zugestimmt und gesagt, deswegen müsse man versuchen, die Dinge zu verändern. Papa antwortete dann, in diesem Staat könne man alt und grau werden, bevor sich etwas veränderte.

Spätestens dann schickten sie Paul, der diese Gespräche sowieso langweilig fand, immer weg. Damals ahnte er ja nicht, was seine Eltern vorhatten und was das alles für sie bedeuten würde.

Jetzt machte Paul den Fernseher wieder aus. Er wollte lieber nicht zu viel an sie denken, sonst würde er noch verrückt.

Er ging in die Küche und machte sich den Eintopf warm. Auf der Waschmaschine lag noch Werkzeug verstreut. Oma hatte sie heute früh repariert, weil sie das Wasser nicht mehr abgepumpt hatte. Es war eine vielseitig verwendbare Waschmaschine: Man konnte sogar Einweckgläser darin kochen, aber auch Marmelade. Es dampfte und brodelte dann in der Waschmaschine und die ganze Wohnung roch nach warmem Obst.

Paul öffnete seine Schulmappe und machte an dem wackeligen Küchentisch seine Hausaufgaben. Er mochte diesen Tisch sehr. Am Rand sah man immer noch die Kerben, wo Onkel Henri als Kind seinen Namen eingeritzt hatte.

Damals hatten Opa, Oma, Onkel Henri und Papa zu viert in zweieinhalb Zimmern gelebt und großes Glück gehabt, überhaupt eine Wohnung zu bekommen, noch dazu eine mit

Badezimmer. Viele Häuser waren im Krieg kaputtgegangen. Und von denen, die übrig geblieben waren, hatte ein großer Teil keine Toiletten in der Wohnung, sondern im Treppenhaus. Da musste man sich im Winter ziemlich warm anziehen, wenn man mal dorthin wollte.

Papa und Onkel Henri hatten sich die Kammer geteilt, und Oma und Opa das Schlafzimmer. Jetzt schlief Onkel Henri allein in der Kammer und Oma allein im Schlafzimmer. Paul schlief auf der Couch im Wohnzimmer.

»Es muss erst einmal so gehen«, hatte Oma gesagt, als sie ihn aus dem Heim zu sich geholt hatte. »Und später sehen wir weiter.«

Das war vor anderthalb Jahren gewesen. Inzwischen hatte Paul sich an die Couch gewöhnt, außerdem war das Leben bei Oma ein Paradies, verglichen mit der Zeit im Kinderheim.

Als es dämmerte, packte Paul die Brote und die Thermoskanne in einen Beutel und fuhr ein paar Stationen mit der Straßenbahn zum Bahnhof Friedrichstraße. Er war früh dran. Onkel Henri erwartete ihn sicher noch nicht. Deswegen ließ er sich jetzt noch durch die Bahnhofshalle treiben und betrachtete die vorbeilaufenden Reisenden. Viele hatten es eilig.

Paul und Onkel Henri machten sich manchmal einen Spaß daraus zu raten, wer von ihnen aus dem Westen kam. Onkel Henri sagte, man sähe es nicht nur an der Kleidung und am Haarschnitt. Es wäre auch etwas in den Gesichtern, das anders war. Ein Land, das sich in zwei Länder geteilt hatte, in denen sich allmählich zwei verschiedene Sorten von Menschen entwickelt hatten.

Plötzlich dachte Paul wieder an den zugemauerten Tunnel, hinter dem die Züge dorthin fuhren, wo seine Eltern jetzt lebten. Er stellte sich vor, er könnte einfach in so einen Zug steigen und sie besuchen.

Er fand das Baugerüst gleich wieder. Alles sah noch genauso aus wie vor zwei Tagen, als Onkel Henri ihm die Stelle gezeigt hatte. Unbeobachtet kletterte Paul über die Absperrung und schlüpfte hinter die Plane. Die Metalltür ließ sich leicht öffnen. Paul stolperte den Tunnel hinab, lehnte seine Stirn an die kalte, raue Mauer und spürte, wie ihm die Tränen in die Augen stiegen.

Geisterschritte im Museum

Es dauerte eine ganze Weile, bis Paul in der Dämmerung des Tunnels bemerkte, dass er nicht allein war. Ein Mädchen musterte ihn neugierig mit großen, dunklen Augen. Ihre Gesichtsfarbe war, soweit er das überhaupt erkennen konnte, braun.

»Haste Probleme?«, fragte sie.

Das Berlinerische passte so gar nicht zu ihrem fremdländischen Aussehen. Sie sah eher aus, als ob sie auf eine Südseeinsel gehörte. Paul schwieg und wischte sich schnell die Tränen aus dem Gesicht. Sie betrachtete ihn abschätzend und nickte schließlich, so als hätte sie ihn durchschaut.

»Also doch. Aber du kannst nicht drüber reden, stimmt's?«

Ein viel zu großer Strickpullover, der ihre Hände verbarg, schlackerte um ihre Oberschenkel.

Paul zuckte die Schultern.

»Wahrscheinlich hat's was mit dieser Mauer zu tun, oder?«, sagte sie und hob leicht die Brauen. »Meine Patentante wohnt irgendwo dahinter«, fuhr sie fort, als er nicht antwortete. »Manchmal verabreden wir uns an dieser Stelle, um ein bisschen zu plaudern. Sie im Westen, ich im Osten. Das geht sogar ohne Visum.«

»Wirklich?« Paul sah sie hoffnungsvoll an. Vielleicht gab es ja doch eine Möglichkeit, wenigstens mit seinen Eltern zu reden und ihnen nahe zu sein? Hier wären sie höchstens durch zwanzig oder dreißig Zentimeter Mauer getrennt.

»Hast ja doch nicht die Sprache verloren.« Ihre Stimme riss ihn aus seinen Gedanken. Nach einer Pause sagte sie in verändertem Tonfall: »Nee, war nur 'n blöder Scherz. Ich hab gar keine Patentante im Westen.«

Paul wandte sich ab. War sie verrückt oder nur etwas merkwürdig? Wie kam sie auf die Idee, einem Fremden so eine Geschichte aufzutischen?

»Ich muss los«, sagte er.

»Bis denne.« Sie hob die Hand zum Abschied, die halb unter ihrem Pullover verschwunden war.

Paul ging langsam den Tunnel entlang zur Tür. Er schob die Baupläne vorsichtig zur Seite und sah sich um. Als er sicher war, dass ihn niemand beobachtete, kletterte er über die Absperrung und machte sich auf den Weg zum Museum.

Die Sonne war inzwischen untergegangen und die feuchte Kälte kroch vom Fluss über den Bürgersteig. Paul überquerte die kleine Brücke, die zum Museum führte, und stieg die Stufen hinauf. Der rußgeschwärzte, massive Steinbau wirkte in der Dunkelheit noch weniger einladend als sonst. Die

Glocken des großen Doms schlugen sieben Mal. Ihr voller Klang hallte durch die leeren Straßen. Kurz darauf öffnete sich eine Seitentür des Museums und ein matter Lichtschein fiel über den Hof. Onkel Henris lange, hagere Gestalt war deutlich im Gegenlicht zu erkennen. Paul nahm zwei Stufen auf einmal und lief ihm entgegen.

Onkel Henri war eher der unsportliche Typ. Sein Haar war zerzaust und hing ihm in die Stirn. Wahrscheinlich war er sich gerade wieder einmal durch die Haare gefahren. Das war ein Tick von Onkel Henri. Danach standen sie ihm immer zu Berge.

Oma sagte oft, wenn er zaubern könnte, würde er sich in seine Bücher hineinzaubern und irgendwo in der Vergangenheit verschwinden. Onkel Henris Bücher hatten fast alle mit einer Zeit zu tun, die zwei- bis dreitausend Jahre zurücklag. Oma meinte, dort würde sich Onkel Henri wohler fühlen als in der richtigen Welt, über die er sowieso nur schimpfte. Und lieber betrachtete er nachts alte Steine und Scherben im Museum, anstatt mit einer netten Frau auszugehen. Überhaupt fragte sie sich, wie er bei so einem Leben je eine Frau kennenlernen wollte. Er schlief ja, wenn die meisten Frauen wach waren, und wenn die mal abends ausgingen, musste er zur Arbeit. Onkel Henri sagte dazu nur, Oma sollte ihre Nase nicht in andrer Leute Angelegenheiten stecken. Dabei lächelte er verschmitzt und seine blauen Augen blitzten Paul an.

Nachdem Paul eingetreten war, schloss Onkel Henri die schwere Eichentür ab, wandte sich ihm zu und betrachtete Pauls blasses Gesicht nachdenklich über den Rand seiner Brille.

»Sie hat's dir also erzählt?«

Paul nickte. »Ja, gestern.«

Onkel Henri wusste leider fast immer, was in Paul vorging. Da war er wie Papa. Als Paul klein war, war er davon überzeugt gewesen, dass die beiden seine Gedanken lesen konnten.

Onkel Henri schob seine Brille die Nase hoch und fuhr sich durchs Haar.

»Na ja«, brummte er und ging langsam den Gang hinauf. An einem Gurt baumelte ein schwarzer Kasten von seiner Schulter. Paul folgte ihm. Kurz überlegte er, ob er Onkel Henri von seinem Besuch im Tunnel erzählen sollte, doch dann beschloss er, lieber nichts zu sagen. Paul zeigte auf den Kasten und fragte: »Was ist das?«

Mit seinen seitlichen Metallschlitzen sah das Ding ein bisschen wie eine alte Registrierkasse aus. Onkel Henri öffnete das Gehäuse und deutete auf das Zifferblatt dahinter.

»Stechuhr«, sagte er. »Mach gerade die Runde.« Dann murmelte er leise: »Kann auch nichts für sich behalten…«

»Es war besser, dass sie's mir erzählt hat«, sagte Paul.

Onkel Henri knurrte etwas, das wie »Nun ja« klang, legte ihm die Hand auf die Schulter und führte ihn um die Ecke in einen schummrig beleuchteten Flur, der vor einem Fahrstuhl endete.

Ein stechender Geruch nach Karbolseife lag in der Luft. Er erinnerte Paul an die trostlosen Flure im Heim und an den Geruch auf dem Flughafen in Schönefeld. Komisch, dass all diese Orte nach dem gleichen Putzmittel rochen. Er dachte plötzlich wieder an den schrecklichen Tag, als die Polizei ihn am Flughafen von seiner Mutter getrennt hatte.

Onkel Henri schob Paul sanft in den Lastenaufzug, steckte einen Schlüssel in ein Schloss und drückte die Eins. Schwerfällig und mit einem leisen Ächzen setzte sich der Fahrstuhl in Bewegung.

Das letzte Mal, als Paul Onkel Henri besucht hatte, waren sie auch damit gefahren. Damals musste Onkel Henri eine goldene Statue transportieren, die für eine Ausstellung in Moskau bestimmt war. Im Museum hatte sich herumgesprochen, dass Onkel Henri sehr viel über Archäologie wusste, deshalb half er öfter mit, wenn Kisten für Ausstellungen gepackt wurden, die ins Ausland gingen. Die Sachen mussten aus dem Keller oder aus dem Depot auf dem Dachboden geholt werden.

Damals hatte Onkel Henri erzählt, dass dieser Fahrstuhl schon hundert Jahre alt war, so alt wie das Museum. Er war gebaut worden, damit die Arbeiter nicht die schweren Ausstellungsstücke auf den Treppen hinauf und hinunter schleppen mussten. Aber heutzutage musste man sich eher Sorgen machen, dass man nicht zwischen den Stockwerken stecken blieb.

Als sie ausstiegen, knipste Onkel Henri seine Taschenlampe an. So spät abends war Paul noch nie im Museum gewesen. Die Notbeleuchtung tauchte den hohen Raum, den sie jetzt betraten, in ein unheimliches grünes Licht. Im Schein der Taschenlampe blitzten plötzlich bunte Mosaike und weiße Säulen aus der Dunkelheit auf. Die Statue einer Frau auf einem Marmorsockel warf mit jeder Bewegung des Lichtkegels riesige tanzende Schatten.

Sie gingen an steinernen Menschen vorbei, die Leiern und Speere trugen und von hohen Sockeln herabblickten.

Onkel Henri blieb plötzlich stehen, öffnete ein Kästchen, das in der Wand verborgen war, nahm einen Schlüssel heraus, steckte ihn in seine Stechuhr und drehte ihn mit einer flinken Bewegung um. Das Uhrwerk im Gehäuse ratterte. Onkel Henri zog den Schlüssel wieder ab und legte ihn zurück in das Kästchen. Schweigend gingen sie weiter.

»Warum machst du das?«, fragte Paul.

»Die Uhr gibt an, wann genau ich in welchem Saal war«, sagte Onkel Henri. »Zum Nachweis. Falls jemand einbricht.«

»Gab es schon mal Einbrecher?« Paul konnte sich nicht vorstellen, dass jemand so schwere Steine klaute, auch wenn sie alt und wertvoll waren.

»Nein«, sagte Onkel Henri. »Zum Glück noch nicht. Nur ab und zu verängstigte Touristen, die vom Tagesdienst aus

Versehen in der Toilette eingeschlossen wurden.« Er grinste. »Aber keine Sorge, hab schon nachgeschaut. Heute ist niemand da.«

Sie betraten eine große Halle. Durch ein Glasdach fiel gedämpftes Mondlicht und erleuchtete matt eine gewaltige Treppe, deren weiße Marmorstufen zu einem riesigen Altar hinaufführten.

Im Mondlicht sah dieser Raum richtig geheimnisvoll aus, dachte Paul.

Onkel Henri ließ die Taschenlampe über Bildfriese an den Wänden schweifen. Ihr Licht huschte über muskulöse Marmormänner und Frauen mit Flügeln, die gegen Wesen kämpften, die halb Mensch und halb Schlange waren.

»Hallo, Henri, hallo, Paul!«, rief plötzlich eine Stimme hinter dem Altar.

Onkel Henri blieb stehen.

»Herr Tisch, was machen Sie denn hier?«, fragte er verblüfft.

Ein älterer Mann trat in den Schein der Taschenlampe.

»Ick war hier janz in der Nähe und dat Tor war nich abjeschlossen. Da dachte ick, ick komm mal kurz rum. Wollte Se nämlich mal wat fragen«, sagte Herr Tisch.

Klaus Tisch war Onkel Henris Kollege. Paul war ihm schon ein paarmal begegnet, denn Herr Tisch kam ab und zu zum Kartenspielen vorbei. Er hatte ein ziemlich rotes, faltiges Gesicht, in dessen Mitte eine breite Knollennase thronte. Eine dunkle Hornbrille vergrößerte stark seine Augen. Onkel Henri hatte schon häufiger erzählt, dass Herr Tisch gerne mal etwas zu tief in die Flasche guckte, sodass er öfter seinen Dienst nicht antreten konnte. Onkel Henri musste dann immer für ihn einspringen.

Herr Tisch erzählte Onkel Henri nun ausführlich vom Hüftleiden seiner Frau. Onkel Henri hörte höflich zu und sagte immer wieder »ach ja« und »oh je« und »die Arme«. Paul merkte aber, dass er immer ungeduldiger wurde, denn sein Blick glitt jetzt unruhig durch den Raum. Endlich schaffte Onkel Henri es, Herrn Tisch zu unterbrechen: »Was wollten Sie mich denn nun fragen?«

»Na ja, da wollt ick grade druf kommen«, sagte Herr Tisch. »In zwee Wochen wird se nämlich operiert. In Leipzig. Da ha'm wa 'nen Platz jekriegt. Da muss ick Se mal wieder um 'n büsken Hilfe bitten.« Er blinzelte Onkel Henri verschwörerisch zu. »Se wissen ja.«

»Kriegen wir schon hin«, sagte Onkel Henri gutmütig.

Erleichtert lächelte Herr Tisch zurück und wollte gerade zu weiteren Erklärungen ausholen, doch da legte Onkel Henri auch schon eine Hand auf Pauls Schulter und sagte rasch: »Aber jetzt müssen Paul und ich dringend noch ein paar Hausaufgabendinge besprechen, stimmt's?«

Paul nickte sofort. Hausaufgabendinge hieß, keine Krankheitsgeschichten mehr.

»'N büsken Hilfe« bedeutete: Onkel Henri musste so tun,

als wäre Herr Tisch bei der Arbeit. Henri blieb dann nachts noch etwas länger als sonst im Museum. Herr Tisch war nämlich für die Frühschicht zuständig – von vier Uhr morgens bis zehn, bevor das Museum öffnete. Außerdem übernahm Herr Tisch die Nachtschicht, wenn Onkel Henri frei hatte, denn so ein Museum musste rund um die Uhr bewacht werden.

Onkel Henri hatte nie etwas dagegen, für Herrn Tisch einzuspringen. Dafür schenkte Herr Tisch ihm dann mal einen Karton Badezimmerkacheln, weil sein Schwager in einem Kachelkombinat arbeitete. Die Kacheln waren babyblau und mit großen rosa Margeriten gemustert. Damit flieste Onkel Henri die Wand um die Badewanne. Die passten zwar gar nicht zu den alten Kacheln mit den holländischen Windmühlen, aber das war Onkel Henri egal.

»Einem geschenkten Gaul schaut man nicht ins Maul«, sagte er nur, wenn man ihn auf die unterschiedlichen Fliesen ansprach.

Jedenfalls hatten die beiden ein prächtiges Arbeitsverhältnis, wie Onkel Henri meinte. Auch die Badewanne war ein Geschenk von Herrn Tisch gewesen. Dafür hatten dann Herr und Frau Tisch zwei schöne Wochen Urlaub an der Ostsee gemacht.

Jetzt verabschiedeten sie sich von Herrn Tisch, und der schlurfte zum Fahrstuhl. Onkel Henri und Paul gingen weiter zum nächsten Saal. Hier war es so dunkel, dass Paul den

Torbogen erst richtig erkannte, als Onkel Henris Taschenlampe darüberstreifte.

»Das Tor von Milet«, murmelte er und ließ den Lichtstrahl nach oben gleiten. Verzierte Säulen tauchten kurz aus den schwarzen Schatten auf und verschwanden gleich wieder. Das Ganze sah aus, als wäre es mit runden und dreieckigen Bauklötzen von Riesenkindern gebaut.

»Oh, ich hab die Stechuhr liegen lassen«, sagte Onkel Henri plötzlich. Er hatte das schwere Ding abgenommen, während er Herrn Tisch zugehört hatte.

»Bin gleich wieder da!«, rief er über die Schulter und ging mit schnellen Schritten zurück.

Paul sah sich um. Im fahlgrünen Dämmerlicht der Notleuchte wirkte dieser Saal wie eine Geisterstadt. Erst jetzt, als Onkel Henri weg war, merkte er, wie unheimlich still es hier war. Die dicken Wände schienen jedes Geräusch zu verschlucken. Ob wohl die Seelen der Toten hier herumschwebten, die in den Sarkophagen lagen?

Da! Plötzlich hörte er ein leises Knacken und Knarzen hinter dem Torbogen… Paul blieb reglos stehen und starrte in die schwarze Finsternis dahinter. Etwas schien sich zu bewegen. Aber was?

Onkel Henri konnte es nicht sein. Der war durch die andere Tür verschwunden. Ein eingesperrter Tourist konnte es auch nicht sein. Ein kühler Luftzug streifte Paul, und im gleichen Moment begann ein fernes, fast unmenschliches Heulen. Es wurde lauter und wütender und verlor sich dann langsam mit einem Seufzer in den Schatten.

In der Stille, die nun folgte, sah Paul sich vorsichtig um. Wo war nur Onkel Henri? Gerade als er in den Raum mit dem Altar zurückgehen wollte, hörte er wieder dieses Knarzen, das jetzt von oberhalb des Torbogens zu kommen schien, so als schwebe etwas über ihm…

Eigentlich hätte er Onkel Henri kommen hören müssen. Als der ihm eine Hand auf die Schulter legte, fuhr Paul erschrocken herum.

»Was ist los mit dir?«, fragte Onkel Henri.

»Da – da war etwas. Schritte, Knarzen oder so«, haspelte Paul und deutete in den Saal hinter dem Tor von Milet.

Onkel Henri sah ihn prüfend an. »Du hörst wohl schon die Geister aus ihren Grabkammern steigen, was?«, fragte er belustigt.

»Wieso? Gibt es hier etwa Geister?«

Onkel Henri ließ die Taschenlampe schweifen. »Ach, was. War ja nur ein Scherz. Manchmal knacken nachts die Holztreppen, die ins Obergeschoss führen. Das hast du wahrscheinlich gehört. Jetzt komm.«

Er blieb wieder neben einem Kästchen stehen, um die Stechuhr aufzuziehen. Paul war ihm langsam gefolgt. Er war sicher: Nichts davon hatte er sich eingebildet.

»Aber es kam aus der Luft«, sagte er. »Und da war noch so ein Heulen.«

Onkel Henri winkte ab. »Hier hört man nachts so einiges«, sagte er. »Wart's ab. Wir gehen mal ins Bode-Museum nebenan. Da knackt nachts das alte Parkett so laut, dass du glaubst, dir kommt gleich einer entgegen. So, jetzt hab ich Pause.«

Er ging zu der Wand, über der das Notlicht schimmerte, und öffnete eine Tür, die Paul jetzt zum ersten Mal bemerkte. Gemeinsam betraten sie ein kahles Treppenhaus, das mit Neonlicht beleuchtet war.

»Selbst die hölzernen Heiligenfiguren, die dort rumstehen, knacken«, sagte Onkel Henri, während sie die Stufen heruntergingen. »Da kann einem schon ganz anders werden. Viele Nachtwächter haben deswegen gekündigt.«

Sie hatten das Erdgeschoss erreicht. Onkel Henri öffnete eine schwere Tür, die nach draußen führte.

»Hast du denn keine Angst hier so ganz allein?«, fragte Paul.

Onkel Henri lächelte amüsiert. »Warum sollte ich? Mich hat noch nie ein Geist belästigt.«

Sie betraten einen düsteren Innenhof, der im Schatten eines hohen Baumes lag. Der Vollmond stand am Himmel und erleuchtete die steilen, schwarzen Wände, die den Hof umgaben. Sie gingen an einer Ruine mit schwarzen Fensterhöhlen vorbei.

»War auch mal Museum. Im Krieg zerstört«, erklärte Onkel Henri knapp. »Nun ja«, fügte er nachdenklich hinzu und führte ihn auf einen überdachten Säulengang zu. Ein hoher Zaun trennte den Wandelgang vom Museumsgelände, und davor, auf der Museumsseite, stand eine kleine Holzbaracke, in der ein funzeliges Licht brannte. Onkel Henri öffnete die Tür und sie traten ein.

»Mein Wohnzimmer«, sagte er, indem er mit der rechten Hand einen Halbkreis andeutete. Der Raum roch muffig, in der Mitte standen ein Tisch und drei Stühle und in einer Ecke bullerte ein kleiner Ofen. Paul stellte die Thermoskanne mit dem lauwarmen Pfefferminztee auf den Tisch. Sie setzten sich und packten schweigend ihre Brote aus.

Paul hatte Hunger, aber die Sache mit den Schritten beschäftigte ihn. Auch Onkel Henri schien seinen Gedanken nachzuhängen. Er redete sowieso wenig, außer, wenn es um Geschichte und Politik ging – da fand er dann kein Ende.

Nachdem er aufgegessen und sich die Krümel von der Jacke gewischt hatte, sagte Henri: »Übrigens, die Tochter von einem alten Schulfreund kommt in deine Klasse. Ich hab ihm gesagt, dass du dich kümmerst und ihr alles zeigst. Die sind nämlich erst vor Kurzem nach Berlin gezogen. Und noch was. Deine Lehrerin hat mich angesprochen.«

»Frau Kotze?« Paul seufzte.

Onkel Henri war stellvertretend für Papa und Mama beim Elterngespräch gewesen. Er warf Paul einen mahnenden Blick zu.

»Frau Götze meint, es wäre besser für dich, wenn du versuchen würdest, mehr ein Teil der Klassengemeinschaft zu werden. Sie meint, du würdest dich absondern und beim Fahnenappell nie richtig mitmachen.«

Paul verdrehte die Augen.

»Die soll mich in Ruhe lassen!«, sagte er.

»Paul, deine Eltern sind im Westen. Das weiß die Schulbehörde schon längst. Frau Götze haben sie bestimmt auch schon Bescheid gesagt. Sie können dir deine ganze Zukunft vermasseln, wenn sie Lust dazu haben. Aber wenn du dich jetzt ein bisschen zusammenreißt, dann besteht immerhin die kleine Chance, dass du später mal studieren darfst.«

»Du musst reden! Was hat dir dein Studium schon genützt?«, antwortete Paul, aber das hätte er lieber nicht sagen sollen. Onkel Henri schien etwas in sich zusammenzusacken. Paul biss sich auf die Zunge. Das war fies gewesen.

»Entschuldigung«, murmelte er. »War nicht so gemeint.«

»Schon gut«, sagte Onkel Henri, und dann sagte er lange gar nichts mehr.

Als es Zeit war zu gehen, führte Onkel Henri Paul zu einem rostigen Tor, das direkt neben der Baracke lag. Hinter dem Säulengang lag ein großer Platz, auf dem hier und da ein paar Grasbüschel wuchsen. Früher, bevor das Museum daneben zerbombt wurde, war dieser Platz sicherlich schön gewesen, jetzt aber wirkte alles ziemlich verwahrlost. Ein kalter Wind fegte darüber hinweg und die Luft war schwer vom schwefeligen Gestank der vielen Kohleöfen in der Stadt.

»Nächstes Mal, wenn du mich besuchen kommst, treffen wir uns hier an diesem Tor«, sagte Onkel Henri.

Paul nickte und wollte an ihm vorbei, da nahm Onkel Henri ihn plötzlich an beiden Schultern und schaute ihn ernst an.

»Hör zu«, sagte er leise. »Das mit deinen Eltern ... tut mir sehr, sehr leid. Aber du musst sie verstehen. Es war ihre einzige Chance. Glaub mir, Junge, es wird einen Weg geben. Vertrau einfach darauf.«

Paul biss sich auf die Unterlippe. Er wandte sich von Onkel Henri ab und starrte verzweifelt auf einen Fleck am Boden. Sein Hals hatte sich wieder zugeschnürt. Er schluckte hastig ein paar Tränen runter. Onkel Henri meinte es sicher gut, aber wie sollte sich da etwas finden? Seine Eltern waren weg, vielleicht für immer.

»Gute Nacht«, murmelte Paul und löste sich aus dem Griff.

Onkel Henri ließ die Arme sinken und trat einen Schritt zurück. »Gute Nacht, Junge.«

Paul schlug den Kragen seiner Jacke hoch und lief über den Platz zur Straße. Als er sich noch einmal umdrehte, sah er, dass Onkel Henri noch immer am Tor stand und ihm nachschaute. Jetzt hob er kurz die Hand, und Paul winkte zurück, bevor er in die Straße hinter dem Platz einbog.

Er fing an zu laufen, wurde immer schneller und flog schließlich fast über die Brücke, die von der Museumsinsel zur Straße führte. Im kalten weißen Licht der Laternen sprang sein Schatten unruhig hin und her. Er lief vom Licht ins Dunkel und wieder ins Licht. Die Gedanken purzelten in seinem Kopf durcheinander. Er dachte wieder an die unheimlichen Schritte im Museum. Herr Tisch konnte es nicht gewesen sein, der hätte an ihm vorbeigemusst. Und unter Geistersohlen knackten auch keine Dielen.

Plötzlich fielen ihm seine Eltern wieder ein. Tränen liefen ihm übers Gesicht. Mit einem Schlag wurde ihm klar: Sie hatten ihn im Stich gelassen! Sie waren einfach abgehauen, in eine andere Welt. Paul ballte die Fäuste, während er lief. Er war nicht nur traurig, er war wütend – sehr wütend sogar.

Ein Brief
mit schwarzen Balken

Als er eine Woche nach seinem Museumsbesuch am Morgen zum Frühstück kam, saßen Oma und Onkel Henri zusammen am Tisch. Das war ungewöhnlich, denn Onkel Henri lag meistens schon im Bett, wenn Paul aufstand.

Oma trug ihren abgewetzten rosa Bademantel und Lockenwickler. Onkel Henri, der seine Uniformjacke aufgeknöpft hatte, saß ihr gegenüber. Er hielt einen Brief gegen das Licht und schaute ihn von der Seite an. Erst von links, dann von rechts.

»Nichts zu machen«, sagte er gerade. »Die waren gründlich.«

Als er Paul bemerkte, faltete er den Brief zusammen. Aber auf dem Tisch lag ein aufgerissener Umschlag. Paul hatte die Handschrift sofort erkannt. Sein Hals war plötzlich ganz trocken. Er räusperte sich.

»Was schreibt Mama?«, fragte er leise.

»Setz dich hin und frühstücke«, antwortete Oma und warf einen Blick auf die Uhr. »Du bist spät dran.« Dann nahm sie den Brief, bevor Paul es tun konnte, und rückte die Brille zurecht. »Ich lese ihn dir vor«, sagte sie.

Paul machte sich ein Brot mit Erdbeermarmelade und hörte zu, während Oma stockend vorlas. Mama schrieb, dass es ihnen gut gehe und dass sie viel damit zu tun hätten, sich die richtigen Papiere zu besorgen. Beide wären auf der Suche nach Arbeit. Wenn sie erst einmal genug Geld hätten, wollten sie eine Wohnung mieten und ... Oma hielt inne.

»Und weiter?«, fragte Paul.

Oma zögerte kurz, bevor sie weiterlas: »...und dort einziehen. Eines hoffentlich nicht fernen Tages wollen wir Paul zu uns holen. Wir vermissen Euch sehr, besonders Paul, und schicken Euch ganz liebe Grüße.«

Sie faltete den Brief wieder zusammen.

»Das war's?«, fragte er und drehte unruhig den Griff des Messers zwischen den Fingern. Er schaute Oma nicht an.

»Ja«, sagte Oma und legte den Brief auf den Tisch. Sie warf Onkel Henri einen Blick zu und begann das Geschirr abzuräumen. »Das war's.«

Onkel Henris Brauen hoben sich fragend, als er Omas Blick erwiderte. Die beiden hatten sich irgendwann angewöhnt, sich ohne Worte zu verständigen. Onkel Henri gähnte und rieb mit den Händen über seine Bartstoppeln. Er wirkte sehr erschöpft und hatte Ringe unter den Augen.

»Ich muss ins Bett«, sagte er und schob seinen Stuhl zurück. Beim Aufstehen wischte er mit seinem Ärmel aus Versehen den Brief vom Tisch. Oma, die an der Spüle stand und den Abwasch machte, hatte es nicht bemerkt. Der Brief flatterte zu Boden. Paul hob ihn auf, und sah: Fast jedes zweite Wort war mit einem dicken Filzstift durchgestrichen. Ihm stockte der Atem.

Schnell legte er den Brief wieder auf den Tisch und tat so, als hätte er nichts gemerkt. Doch er war erschrocken und vor allem enttäuscht. Sein Herz hatte einen kleinen Freudenhüpfer gemacht, als er gehört hatte, sie wollten ihn bald holen. Aber jetzt war klar, Oma hatte die ganze Geschichte erfunden! Doch warum schickte Mama einen Brief mit schwarzen Balken? Jemand anderes musste die Worte durchgestrichen haben! Er würde auf dem Schulweg darüber nachdenken. Schließlich war er schon spät dran und musste sofort los.

Als Paul die Klasse betrat, saß jemand an seinem Tisch. Bislang war der Stuhl frei geblieben, weil niemand neben ihm sitzen wollte. Verblüfft blieb er stehen, als die Neue sich ihm zuwandte. Kein Zweifel, auch wenn es dunkel gewesen war: Es war das verrückte Mädchen aus dem Tunnel!

Sie war eigentlich ganz hübsch. Sie hatte die schwarzen, etwas drahtigen Locken nach hinten gebunden und ein viel zu großes Herrenoberhemd und eine altmodische Weste an, die wahrscheinlich ihrem Urgroßvater gehört hatte. Die anderen Mädchen, die Blusen und Ringelshirts trugen, linsten hinüber und tuschelten über die Aufmachung der Neuen. Falls sie die Blicke bemerkt hatte, ließ sich die Neue jedenfalls nichts anmerken.

Sie hob die rechte Augenbraue und kippelte mit dem Stuhl. Auch sie wirkte verblüfft, als sie Paul sah.

»So trifft man sich wieder«, murmelte sie halb verlegen und halb erfreut.

Paul nickte nur, so sehr hatte ihm die Begegnung die Sprache verschlagen.

»Guck nich wie 'n Auto«, sagte das Mädchen leise. »Sonst denkt jeder gleich, du bist in mich verknallt.«

Paul wurde rot. »So ein Quatsch«, zischte er zurück. Ihre direkte Art hatte ihn schon im Tunnel überrumpelt. Und dann hatte sie ihn auch noch beim Heulen erwischt. Das war ihm jetzt richtig peinlich.

Sie bückte sich und kramte ihr Federmäppchen aus der Schultasche. In diesem Moment betrat auch schon die Götze den Raum und alle flitzten auf ihre Plätze.

Frau Götze baute sich wie immer kerzengerade neben ihrem Pult auf. Dann ließ sie ihre hervorstehenden Augen durch den Raum schweifen und nickte der Klasse in schneller Abfolge von links nach rechts zu. Ihr Kinn verschwand dabei nahtlos in ihrem Hals, sodass sie wie eine pickende Taube aussah.

Uwe, der Ordnungsdienst hatte, trat vor: »Frau Götze, ich melde: Die Klasse 6b ist zum Unterricht bereit. Es fehlt heute keiner. Und wir haben eine Neue.«

»Danke, Uwe«. Frau Götze nickte, pickte wieder und schenkte ihm ein breites Lächeln.

Uwe war ein ziemlicher Streber, sogar sein rotes Pioniertüchlein trug er täglich, obwohl das nicht Pflicht war. Das kam wahrscheinlich daher, dass sein Vater ein hohes Tier in der Partei war. Jedenfalls behandelte die Götze ihn, als wäre er der zukünftige Staatsratsvorsitzende.

»Für Frieden und Sozialismus seid bereit!«, rief sie jetzt. Das tat sie jeden Morgen. Und wie jeden Morgen antwortete die Klasse: »Immer bereit.«

Frau Götzes Blick blieb an der Neuen hängen. Sie trat an den Tisch und streckte dem Mädchen die Hand entgegen.

»Ich freue mich, dich bei uns zu begrüßen.«

Zögerlich nahm das Mädchen ihre Hand. Frau Götze hatte das Zögern bemerkt und ließ die Hand schnell wieder los.

»Stell dich bitte der Klasse vor.«

»Milena Schonriegel«, sagte das Mädchen.

»Lauter«, sagte die Götze.

Milena wiederholte ihren Namen.

»Sie kommt aus ... Wo kommst du noch mal her, Kind?«

»Aus Cottbus«, antwortete Milena.

»Ja, genau. Cottbus«, sagte Frau Götze gedehnt. Einige aus der Klasse kicherten. Milena mit ihrer dunklen Haut sah nicht gerade wie die typische Cottbusserin aus. Frau Götze hob die Hand und das Kichern verstummte.

»Heißt eure neue Kameradin herzlich willkommen und setzt euch«, sagte sie und holte das Staatsbürgerkundebuch aus ihrer Aktentasche. »Paul, zeig Milena bitte, auf welcher Seite wir gerade sind.«

Und dabei blieb es nicht. Als es zur großen Pause klingelte, sagte Frau Götze, dass er mit der Neuen drinnen bleiben sollte, um ihr zu erklären, was sie in den letzten Wochen gemacht hatten. Das dauerte zum Glück nicht lange, denn seine neue Sitznachbarin kapierte schnell, um was es ging. Als Paul mit ihr das Wahlrecht aller Bürger in der DDR durchgehen wollte, winkte sie ab.

»Ach, das ist mir alles ziemlich scheißegal.«

Paul schaute sie überrascht an. Die hatte echt Nerven. Wie konnte sie das nur so offen sagen?

»Woher weißt du, dass ich dich nicht bei der Götze verpetze?«

Ihre großen, dunklen Augen blitzten. Sie lächelte.

»Würdest du das denn tun?«

»Nein, natürlich nicht, aber …«

»E-bent«, unterbrach Milena.

Wie konnte sie nur so sicher sein? Selbst wenn sie recht hatte. Paul hatte schon früh gelernt, sich genau zu überlegen, wem er was sagte.

Als hätte sie seine Gedanken erraten, sagte Milena: »Du bist in Ordnung, das sehe ich. Wenn man im Theater aufwächst, kriegt man schnell 'nen Blick für Leute. Das sagt Herr Frank, der Bühnenbildner, immer, und damit hat er recht.«

»Du bist beim Theater?«

»Mein Vater arbeitet dort.«

»Was macht er denn?«, fragte Paul. Vielleicht war Milena ja die Tochter eines bekannten Schauspielers?

»Mein Vater ist Oberbeleuchter«, antwortete sie. »Beim Theater am Schiffbauerdamm, wenn dir das was sagt.«

Paul nickte. »Kenn ich.«

Oma hatte sich dort schon mal als Klofrau beworben. Es war eine attraktive Stelle, wegen der vielen Westbesucher, hatte sie ihm erklärt. Aber das *Hotel Metropol* war dann die noch bessere Wahl gewesen, weil die Leute, die ins Theater gingen, oft »einen Igel in der Tasche hatten«, sagte Oma. Das bedeutete, dass sie knausrig mit Trinkgeldern waren. Bei den vielen Menschen, mit denen Oma täglich zu tun hatte, musste sie es ja wissen.

Milena sah ihn überrascht an. Dass er das Theater kannte, hatte sie nicht erwartet.

»Wenn du magst, kann ich dich bestimmt mal bei einer Vorstellung reinschmuggeln«, sagte sie. »Der Pförtner und ich sind so.« Sie verhakte ihre gekrümmten Zeigefinger. »Der hat bestimmt nichts dagegen. Sogar Herrn Hurtig habe ich schon mitgenommen.«

»Herrn Hurtig?«

»Der Hund von unseren Nachbarn. Ich kümmere mich manchmal um ihn, wenn sie bei der Arbeit sind.«

Da es in diesem Moment zur nächsten Stunde klingelte, war das Gespräch beendet. Mehr über Herrn Hurtig oder Milenas Vater erfuhr Paul an diesem Tag und auch an den nächsten Tagen nicht. Milena hatte sich schon bald mit einigen Mädchen aus der Klasse angefreundet. Wahrscheinlich hatte sie auch ihnen versprochen, sie alle mit ins Theater zu nehmen. Vielleicht hatte sie aber auch gemerkt, dass Paul in der Klasse ein Außenseiter war. Wenn ja, ließ sie sich nichts anmerken und blieb auch neben ihm sitzen.

Millie

Eine Woche später nahm Paul wieder die S-Bahn zur Friedrichstraße, um Onkel Henri im Museum zu besuchen. Inzwischen war er noch einmal bei ihm gewesen, als Oma wieder die Spätschicht im Hotel gehabt hatte. Onkel Henri hatte ihn am Tor neben dem Säulengang erwartet. Sie hatten gemeinsam im Wärterhäuschen gegessen und gemütlich geschwiegen.

Es wurde gerade dunkel und Regenwolken hingen tief über den Häusern, als er den Bahnhof verließ. Trotzdem hatten die Menschen ihre Wintermäntel abgelegt, denn die Luft war lau. Als Paul die Friedrichstraße überquerte, bemerkte er aus den Augenwinkeln ein Mädchen unter der S-Bahn-Brücke. War das nicht Milena? Sie stand im Schatten eines Pfeilers, sodass er sie nicht gleich erkennen konnte, und als er sich nach ihr umdrehte, war sie verschwunden.

Er ließ das belebte Viertel hinter sich und folgte der Georgenstraße, die an den S-Bahn-Gleisen entlang zum Museum führte. Abends war die Gegend verlassen, denn das Museum hatte schon geschlossen, und so verirrten sich nur selten Touristen hierher. Seine Schritte hallten in der Stille und plötzlich gesellten sich noch andere Schritte dazu. Paul lauschte. Die fremden Schritte waren hinter ihm und kamen näher. Er beschleunigte sein Tempo und auch die anderen Schritte wurden schneller. Paul tastete nach der Taschenlampe, die er in seiner Jackentasche trug. Seit seinem ersten Besuch bei Onkel Henri hatte er sie immer dabei, für den Fall, dass sie ins Museum gingen. Wenn dort das nächste Mal wieder etwas Merkwürdiges passieren sollte, wollte er gewappnet sein.

Seine Finger umfassten das kühle Metall. Damit könnte er notfalls auch kräftig zuschlagen. Die Person holte ihn ein und rief: »Hey Paul, warte doch mal.«

Er erkannte Millies Stimme und blieb stehen.

Atemlos sagte sie: »Warum rennst du denn vor mir weg? Ich tu dir doch nichts.«

»Ich renn nicht vor dir weg«, antwortete Paul.

Sie sah ihn neugierig an. »Klar rennst du vor mir weg. Was machst'n du überhaupt hier? Jetzt sitzen doch alle zu Hause beim Abendbrot.«

»Das mache ich auch gleich«, sagte Paul. »Ich gehe zu meinem Onkel.«

»Wohnt der etwa hier?« Milena deutete auf die heruntergekommenen Hausfassaden mit den dunklen Fenstern.

»Nein, er arbeitet dort.« Paul nickte mit dem Kopf in Richtung Museum, das sich am Ende der Straße abzeichnete.

»Im Pergamonmuseum?« Milena klang beeindruckt. »Echt? Das is' ja toll! Was macht er denn um diese Uhrzeit dort?«

»Er ist Nachtwächter«, sagte Paul und ging weiter, ohne sie anzusehen. »Und wartet wahrscheinlich schon auf sein Abendbrot.« Paul schwenkte kurz den Stoffbeutel mit der Thermoskanne und beschleunigte seine Schritte.

»Ich begleite dich«, antwortete Milena, die ein paar schnelle Hüpfer machte, um mitzuhalten. Sie lächelte und ihre Zähne blitzten in der Dunkelheit.

Das passte Paul überhaupt nicht. Seit ihrem ersten Schultag hatten sie kaum mehr ein Wort miteinander gewechselt. Was sollte jetzt diese plötzliche Freundlichkeit?

Es hatte angefangen zu tröpfeln. Sie gingen schweigend nebeneinander her, und Paul überlegte angestrengt, wie er sie wieder loswerden konnte.

»Musst du nicht nach Hause?«, fragte er schließlich.

Milena schüttelte den Kopf. »Nein. Ich warte auf meinen Vater. Der ist noch im Theater. Aber ich habe das Stück schon fünfmal gesehen.«

»Warum wartest du nicht zu Hause auf ihn? Richtig gemütlich ist es hier draußen gerade nicht.«

Milena kickte ein Stöckchen, das auf dem Bürgersteig lag, und schob die Hände tiefer in ihre Hosentaschen.

»Ich bin abends nicht so gerne allein in der Wohnung.« Sie zögerte und sah ihn aus den Augenwinkeln an. »Ich mag auch nicht alleine essen. Das ist mir zu öde.«

»Und deine Mutter?«

»Die is' tot. Sie starb, als ich klein war.«

»Oh.« Paul wusste nicht so recht, was er sagen sollte.

»Ich warte immer, bis mein Vater im Theater fertig ist, dann gehen wir zusammen zurück«, fuhr Milena fort.

»Und was machst du bis dahin?«

Sie zuckte die Schultern. »Zeit totschlagen. Spazieren gehen, Leute beobachten – deswegen sind wir uns damals im Tunnel begegnet. Da hab ich dich beobachtet und bin dir gefolgt.«

»Du bist mir gefolgt?«

Millie verzog den Mund. »Is' das schlimm?«

Merkwürdig ist es schon, dachte Paul und fragte: »Du läufst einfach stundenlang durch die Straßen?«

»Nur bis mein Vater mit der Arbeit fertig ist.«

Paul dachte daran, dass die Straßen ja nachts alle ziemlich düster und leer waren. »Macht dir das denn Spaß?«

»Besser als alleine zu Hause hocken.«

Sie schwiegen wieder. Paul bemerkte, wie sie ihn von der Seite ansah.

»Und du? Warum gehst du zu deinem Onkel?«

»Eigentlich aus dem gleichen Grund. Ich bin abends auch nicht gern allein.«

»Und wo sind deine Eltern?«

Paul biss sich auf die Lippe. »Sie ... sie sind nicht tot, aber ...« Er zögerte. »So gut wie. Es ist nicht ganz leicht zu erklären.«

»Probier's doch einfach mal«, sagte Milena und schaute ihn aufmerksam an. Er hatte ihr Interesse geweckt.

Sie überquerten die Brücke, die auf die Museumsinsel führte, und bogen in den trostlosen Platz mit den Säulengängen ein.

»Ich mag jetzt nicht darüber reden«, antwortete er etwas steif.

Der Regen war stärker geworden. Wie Perlen blieben die Tropfen an Milenas Locken hängen.

»Schade.« Sie sah ihn wieder von der Seite an und lächelte. »Du hast mich neugierig gemacht.«

Paul öffnete das Tor, das nicht abgeschlossen war. Ihre Blicke trafen sich kurz. »Also tschüss dann«, sagte er.

Milena zögerte. »Kann ich deinem Onkel noch Hallo sagen?«

Paul war überrascht. Warum wollte Milena Onkel Henri kennenlernen? Aber Nein sagen konnte er auch schlecht.

»Na gut. Aber nur kurz!«

In der Baracke brannte Licht. War da nicht ein Schatten? Vielleicht war Onkel Henri schon dort und wartete auf ihn. Paul ging, gefolgt von Milena, auf das Häuschen zu. Er wollte gerade durch das schmuddelige Fenster spähen, als ihn eine Stimme rief.

Die große Tür des Museums hatte sich geöffnet. Dort stand Onkel Henri und winkte heftig. Noch bevor sie ihn erreichten, rief er schon: »Was zum Teufel machst du denn hier?« Er wirkte verärgert.

»Oma ist noch im *Metropol*. Sie hat mir wieder das Übliche hingestellt, samt Zettel…« Pauls Stimme erstarb. Er ließ den roten Stoffbeutel mit dem Abendessen wieder sinken.

Onkel Henri presste die Lippen aufeinander. In seinem Unterkiefer zuckte ein Muskel.

»Sie hat wieder alles durcheinandergebracht… Ich hatte ihr gesagt: Morgen…«

Er bemerkte Pauls Enttäuschung und fuhr sich nervös durch die dichten Haare, die nun steil nach oben standen.

Paul zupfte am Reißverschluss seiner Jacke. »Ich kann ja wieder gehen.« Dass dieses Gespräch ausgerechnet vor Milena stattfinden musste, war ihm doppelt unangenehm. Zum zweiten Mal erwischte sie ihn in einer peinlichen Lage.

»Nein, nein. Natürlich nicht.« Onkel Henri fuhr sich wieder durch die Haare. »Es ist nur – ich hatte dich heute nicht erwartet.«

Er riss sich zusammen und dann wandte er sich Milena zu.

»Und wer bist du, wenn ich fragen darf?«

»Das ist Milena Schonriegel«, sagte Paul. »Sie geht seit Kurzem in meine Klasse.«

Milena lächelte Onkel Henri schüchtern an. In seiner blauen Uniform schien er ihr zu imponieren. Sie streckte ihm die Hand entgegen.

»Meine Freunde nennen mich Millie. Das ist mir lieber als Milena.«

Sie warf Paul einen kurzen Blick zu. Paul fragte sich, wie sie es schaffte, dabei nur eine Augenbraue zu heben.

Onkel Henri nahm ihre Hand. »Schonriegel? Moment, du bist doch nicht etwa die Tochter von Achim?«

Millie nickte. »Er hat mir schon von Ihnen erzählt.«

Paul sah von einem zum anderen. Jetzt fiel ihm das Gespräch mit seinem Onkel wieder ein. Er hatte es ganz vergessen. Hatte Millie es etwa die ganze Zeit im Kopf gehabt?

»Das ist ja eine Überraschung!« Onkel Henri lächelte ihr zu. »Dein Vater und ich haben zusammen die Schulbank gedrückt und waren, seitdem ihr in Berlin seid, ein paarmal zusammen was trinken!« Er warf einen nervösen Blick zur Baracke, dann schaute er von Millie zu Paul. »So, so! Na, das ist ja ein netter Zufall! Na, dann kommt mal lieber rein.« Er deutete auf die Stechuhr, die er über der Schulter trug. »Ich muss gleich noch die Runde fertig machen.«

Die beiden Kinder folgten Onkel Henri ins Treppenhaus. Der Regen wurde kräftiger und rauschte in dem alten Baum, der im Hof stand. Millie strahlte, und Paul bemerkte zufrieden, dass sie Onkel Henri mochte.

»Ich war noch nie hier«, sagte sie.

»Na denn«, Onkel Henri nickte ihr zu. »Aber ich bin hier der Chef und sage, wo's langgeht, kapiert?« Er klopfte auf die Stechuhr. Sie stiegen die Treppe hoch und traten ins grünliche Dämmerlicht des Museums.

Onkel Henri blieb gleich beim ersten Kästchen neben dem

Eingang stehen, öffnete das Türchen, holte einen Schlüssel heraus, steckte ihn in die Stechuhr und drehte. Die Uhr knatterte und rastete ein.

Millie sah sich neugierig um. Sie deutete auf das Tor von Milet.

»Ionisch mit dorischen Kapitälchen, stimmt's?«, sagte sie. Onkel Henri legte den Schlüssel zurück ins Kästchen und starrte sie so verzückt an, als hätte sie ihm gerade einen Westfernseher versprochen.

»Ja, sag einmal!«, rief er. »Woher weißt du das denn?«

»Vom Theater«, sagte Millie. »Der Bühnenbildner hat's mir beigebracht. Wir zwei sind nämlich so.« Sie verhakte die gekrümmten Zeigefinger. Paul verkniff sich ein Grinsen. Millie schien mit einigen Leuten vom Theater »so« zu stehen.

Onkel Henri schmunzelte. »So, so. Na, dann kommt mal weiter.«

Das war's! Mit sicherem Gespür hatte Millie gleich das richtige Thema gefunden. Geduldig hörte Paul sich nun die Unterschiede zwischen korinthischen und dorischen Säulen an. Immer wieder blieb Millie stehen und stellte Fragen zu den Friesen am Pergamonaltar. Das könnte dauern, dachte Paul besorgt. Doch Onkel Henri blieb diesmal erstaunlich einsilbig, während er von Kästchen zu Kästchen steuerte und seine Stechuhr aufzog. Die Runde endete schließlich wieder vor dem Tor von Milet. Vor der Tür, die ins Treppenhaus führte, blieb Onkel Henri stehen, zögerte und drehte sich noch einmal um. Es war ihm offenbar etwas eingefallen.

»Das hier muss ich dir noch zeigen«, sagte er zu Millie. »Das ist nämlich das berühmte Ischtartor.« Er führte sie durch den griechischen Torbogen in den stockdunklen Saal dahinter. Es war der Saal, aus dem Paul die Geräusche gehört hatte.

Ischtar im Reich
der Toten

Das Licht von Onkel Henris Taschenlampe glitt über die hohen Mauern, die in der Dunkelheit verschwanden. In ihrem Kegel leuchteten plötzlich tiefblaue Kacheln auf mit merkwürdig aussehenden Fabelwesen in einem strahlenden Eidottergelb. Diese Wesen waren halb Drache, halb Stier und hatten Krallen wie Raubvögel. Sie zierten die Mauern des Tores und wirkten unheimlich im zitternden Schein der Taschenlampe. Über ihnen erhob sich ein gewaltiger Torbogen mit Zinnen wie aus einer Ritterburg.

»Na ja«, brummte Onkel Henri. »Die Notbeleuchtung ist schon wieder kaputt.«

Als er die Taschenlampe unter den Arm klemmte, um in seiner Uniform nach Zettel und Stift zu kramen, sprangen im Lichtstrahl schwarz gezackte Schatten hinter den Türmen und Mauern hin und her. Es sah unheimlich aus.

Onkel Henri hatte endlich gefunden, wonach er suchte, und reichte Paul die Taschenlampe. Beim Durchforsten seiner Taschen fiel ihm ein Stück Papier auf den Boden, doch niemand bemerkte es.

»Muss das kurz aufschreiben«, sagte er, während er sich eine Notiz machte. »Sagt mal, habt ihr eigentlich Hunger?«

»Schon«, sagte Paul dankbar. Endlich würden sie hier rauskommen, weg von diesem gruseligen Ort. Er ließ die Taschenlampe durch den Raum gleiten. Vor dem Tor war ein langer Gang, der sich in der Ferne in tiefer Dunkelheit verlor. Woher war das Heulen neulich gekommen? Und die Schritte? Paul schwenkte suchend die Taschenlampe um sich und bemerkte plötzlich ein Türchen, das in der Wand des Ischtartors eingelassen war. Waren die Schritte vielleicht von dort gekommen?

Onkel Henri unterbrach seine Gedanken.

»Dann machen wir heute mal unser Picknick bei der Göttin Ischtar«, sagte er. Er hatte den Zettel mit seiner Notiz in die Hosentasche gesteckt und nahm Paul die Taschenlampe wieder ab.

»Wir haben doch alle keine Lust, nass zu werden, oder?«, fügte er als Erklärung hinzu. Er schien dabei fast etwas verlegen.

Paul war enttäuscht. Die Baracke war doch viel gemütlicher! Außerdem, was würde Herr Günther, Onkel Henris Chef, dazu sagen? Doch bevor Paul protestieren konnte, rief Millie: »Das ist eine tolle Idee!«

Sie und Onkel Henri ließen sich auch schon vor dem blauen Tor nieder. Onkel Henri stellte die Taschenlampe wie eine Fackel mit dem Lichtkegel nach oben auf den Boden und packte die Brote und die Thermoskanne aus. Paul folgte ihnen unwillig. Onkel Henri wollte sicher nur Millie beeindrucken, denn so viel Aufmerksamkeit für seine Vorträge bekam er von Paul nie.

»Das wäre eine tolle Bühnenkulisse«, sagte Millie und deutete hinauf zum Tor. »War das alles schon immer hier?«

Onkel Henri, der gerade Tee in die Becher goss, lachte. Sein Lachen klang anders als sonst. Der hohe Raum schien einen leichten Hall zu haben, der seine Stimme verzerrte.

»Aber nein, das kommt von weit her. Es wurde vor knapp hundert Jahren in Mesopotamien ausgegraben und dann hier neu aufgebaut«, antwortete er, nachdem er den Deckel der Thermoskanne wieder zugeschraubt hatte.

Paul musste an das Türchen denken und an die Geräusche. Und war da nicht wieder dieser eisige Luftzug, der über sein Gesicht strich? Ihn fröstelte etwas.

»Und wo liegt dieses Mesopotamien genau?«, fragte Millie.

»Im heutigen Irak«, sagte Onkel Henri. »Vor zweieinhalbtausend Jahren war es ein sehr mächtiges Reich. Die Hauptstadt hieß Babylon und das Ischtartor war eines der Stadttore. Jedes Frühjahr zog eine gewaltige Prozession hier durch, um nach dem Winter die Wiedergeburt der Erde und des Lebens zu feiern.«

Onkel Henri reichte Millie einen Becher mit heißem Tee. Dann stand er auf, nahm die Taschenlampe und machte ein paar Schritte in den dunklen Gang hinein. Er ließ ihren Strahl über die blauen Mauern schweifen, die sich weit auf

beiden Seiten des Ganges erstreckten. Dort, wo der Lichtkegel die Keramikfliesen traf, erstrahlten brüllende Löwen.

»Das hier waren die Begleittiere der Göttin Ischtar«, sagte
Onkel Henri. »Sie galt als sehr mächtig.«

Der Lichtkegel zitterte etwas und ließ die Tiere lebendig
wirken. Es war, als würden sie jeden Moment aus der Dunkelheit auf sie zuspringen.

»Und warum war Ischtar so mächtig?«, fragte Millie und
nippte an ihrem Tee.

»Sie war zugleich die Göttin der Liebe und des Krieges«,
antwortete Onkel Henri. »Sie konnte mal Frau und mal
Mann sein. Und sie regierte die Welt zwischen Himmel und
Erde.«

»Ja, das ist dann schon einigermaßen mächtig«, bemerkte
Paul trocken.

Onkel Henri tat so, als hätte er ihn nicht gehört.

Jetzt streifte der Strahl seiner Taschenlampe kurz die
Treppe, die in den ersten Stock führte. Paul durchfuhr ein
Schauer. Die Treppe war gar nicht aus Holz, wie Onkel Henri
neulich gesagt hatte, sondern genau wie der Fußboden aus
Stein. Hier konnte gar nichts knacken! Wieso hatte Onkel
Henri das behauptet?

Sein Onkel stellte die Taschenlampe wieder auf den Boden
und angelte sich ein belegtes Brot aus dem Beutel.

»So einen Löwen hätte ich auch gern an meiner Seite«,
seufzte Millie. »Einen, der mich immer beschützt.«

Onkel Henri nahm einen herzhaften Biss. »Trotzdem, letztendlich konnten auch diese mächtigen Tiere ihre Herrin nicht vor dem Allerschlimmsten bewahren«, sagte er kauend. »Damals nämlich, als sie unbedingt ins Große Unten wollte.«

»Was ist das denn?«, fragte Millie.

»Das Reich der Toten und der ewigen Dunkelheit«, sagte Onkel Henri und machte eine ausladende Geste.

»Und warum wollte sie ins Reich der Toten?« flüsterte Paul, der wieder das Gefühl hatte, dass die Dunkelheit sie wie ein großes Tier belauerte. Das Licht ihrer Taschenlampe war dagegen klein und schwach.

»Sie hatte einen guten Grund«, sagte Onkel Henri. »Jemand, den sie sehr liebte, war gestorben, und Ischtar wollte ihn unbedingt wiedersehen. Deswegen beschloss sie, zu ihm zu reisen. Natürlich wusste sie, wie gefährlich das war. Deshalb hatte sie einen treuen Boten angewiesen, er solle Hilfe von ihren Götterfreunden organisieren, falls ihr in der Unterwelt etwas zustoßen sollte. Und dann stieg sie weit, weit hinab ins Land ohne Wiederkehr. Sie fand dort ihren Geliebten und beide freuten sich über das Wiedersehen. Doch da kamen auch schon die Herrscherinnen der Unterwelt. Ischtar war überzeugt davon, dass ihr als Göttin nichts geschehen würde. Doch die Herrscherinnen schauten sie mit dem Blick des Todes an und ...« Onkel Henri sah knapp an den beiden vorbei: »Ischtar starb. Ihren Leichnam steckte man in einen ledernen Wassersack und hängte ihn an die Wand.«

Onkel Henri machte eine kurze Pause. In die Stille hinein erklang plötzlich ein leises Heulen, erst hörte es sich wie ein ferner Windstoß an, dann wurde es immer kräftiger. Wieder fuhr der kalte Luftstoß an ihnen vorbei.

»Was ist das?«, flüsterte Paul. Er hatte das Geräusch sofort wiedererkannt.

»Nur die S-Bahn«, sagte Onkel Henri. »Die klingt hier etwas verzerrt – durch die hohen Räume.«

Es klang überhaupt nicht wie eine S-Bahn. Allmählich fragte sich Paul, ob Onkel Henri ihm etwas verheimlichte. Der Kegel der Taschenlampe beleuchtete sein Gesicht von unten und ließ seinen Onkel auf einmal fremd wirken.

»Und das war schon die Geschichte?«, fragte Millie und verschränkte die Arme fest vor der Brust, als ob auch ihr plötzlich kalt wäre.

»Nein. Man soll ja die Hoffnung nie ganz aufgeben«, sagte Onkel Henri, und sein Blick fiel auf Paul. »Stimmt's? Auch wenn Ischtar eigentlich verloren war, gab es ja noch den Boten. Der alarmierte, wie vereinbart, die Götter. Die meisten waren ratlos, aber einer hatte schließlich eine Idee. Als Gott konnte er ein bisschen zaubern. Er erschuf zwei Wesen und gab ihnen vom Brot des Lebens zu essen und vom Wasser des Lebens zu trinken. Dadurch wurden sie lebendig. Diese zwei Wesen schickte er dann in die Unterwelt. Dort fanden sie den Wassersack, besprengten ihn mit dem Wasser des Lebens und legten Ischtar das Brot des Lebens in den Mund. Und siehe da: Ischtar wurde wieder lebendig. Zusammen mit den zwei Wesen schaffte sie es, der Unterwelt zu entfliehen und wieder in die Welt der Lebenden zurückzukehren.«

Onkel Henri streckte die Beine aus. Sie waren vom langen Sitzen auf dem Boden steif geworden.

»Ischtar dankte ihren Rettern und freute sich, dass sie dem Tod entkommen war«, schloss Millie. »Ein viel besseres Ende.«

»Genau.« Onkel Henri warf einen Blick auf seine Uhr und rief erschrocken: »Ihr müsst sofort los! Es ist richtig spät geworden.«

Sie standen auf und räumten die Picknickreste zusammen. Millie bückte sich noch einmal und hob einen Papierfetzen auf.

»Wo sind denn hier die Toiletten?«, fragte sie dabei.

Onkel Henri verstaute gerade die Thermoskanne im Beutel. Er schien es plötzlich sehr eilig zu haben.

»Ich zeig sie ihr«, sagte Paul und führte sie am Pergamonaltar vorbei auf die andere Seite des Museums.

»Aber beeilt euch!«, rief Onkel Henri ihnen nach.

Ein leises Heulen ließ die Kinder aufhorchen. Millie griff nach seinem Arm.

»Irgendwie unheimlich hier«, flüsterte sie.

Sie hatten den Gang mit dem Fahrstuhl erreicht.

»Hier links«, sagte Paul und deutete auf eine Tür. »Dahinter geht's zum Klo.« Er holte seine Taschenlampe aus der Jacke. »Nimm die. Ich geh zu meinem Onkel zurück.«

Wenn er sich beeilte, schaffte er es vielleicht doch noch, kurz mit ihm allein über Mamas Brief zu sprechen. Vor Millie wollte er davon lieber nichts sagen. Er lief wieder am Altar vorbei und betrat gerade den Raum mit dem Tor von Milet, als er etwas hörte. Es war ein leises Klicken und es klang wie eine Tür! War Onkel Henri gerade hinausgegangen? Nein, von nebenan hörte er jetzt das Rattern der Stechuhr. Durch das Tor von Milet sah Paul den schwachen Strahl der Taschenlampe.

Aber es war jemand in diesem Raum mit ihm! Das spürte er ganz deutlich! In einer Ecke zwischen den Säulen bewegte sich ein Schatten. Pauls Herz klopfte und ein Schauer kroch ihm über den Rücken. Er dachte an die Geister der Toten, die hier vielleicht nicht zur Ruhe kamen. Und er dachte plötzlich an die Hand, die ihn im Dunkeln so oft aus dem Schlaf riss. Jetzt wusste er, warum ihn der eisige Luftzug, der sein Gesicht hier streifte, so erschreckt hatte. Es fühlte sich genauso an wie die Hand in seinen Träumen.

Paul rannte durch das Tor, direkt auf den Lichtstrahl von Onkel Henris Taschenlampe zu. Überrascht wandte Onkel Henri sich vom Wandkasten ab und schloss das Türchen.

»Alles in Ordnung, Junge?«

Paul nickte atemlos. »Es ist nur… da ist etwas im Dunkeln«, stieß er hervor.

Onkel Henri legte den Kopf zur Seite und runzelte die Stirn. Sein Gesichtsausdruck war schwer zu entschlüsseln.

»Etwas im Dunkeln?«, fragte er und reichte ihm den roten

Beutel mit der Thermoskanne. Die Becher klimperten gegen die Kanne. Es klang fast wie das Geräusch, das er gerade gehört hatte; aber nur fast. Außerdem war das Klicken eindeutig aus einer anderen Richtung gekommen.

Paul wollte jetzt nur noch eines – so schnell wie möglich hier raus. Schweigend gingen sie zurück zum Tor von Milet. Die Schatten blieben diesmal reglos, und als Paul näher kam, lösten sie sich auf und wurden zu Säulen und Wänden. Paul war froh, dass er nicht allein war.

Gerade, als er sich fragte, wo Millie steckte, kam sie aus dem Saal mit dem Pergamonaltar auf sie zu.

»'Tschuldigung. Hab mich beeilt«, rief sie.

Onkel Henri öffnete bereits die Tür ins Treppenhaus und begleitete die beiden noch ein paar Schritte hinaus. Es regnete immer noch und der Mond lag hinter schweren Wolken verborgen.

»Also, Tschüss dann«, sagte Paul und streckte seinem Onkel die Hand entgegen. Onkel Henris Hand war warm und fest. Er lächelte seinem Neffen etwas abgelenkt zu.

»Mach's gut, Junge. Und pass auf, dass das junge Fräulein gut nach Hause kommt.«

Als Millie sich verabschiedete, fragte sie plötzlich: »Was befindet sich eigentlich im obersten Stock?«

Onkel Henri hob die Brauen. »Wieso? Nichts weiter. Nur die Depots.« Er sah wieder auf die Uhr. »Ich muss jetzt wirklich los.«

Millie zögerte noch.

»Sind Sie ganz allein in diesem Museum?«, fragte sie.

Onkel Henri, der schon zurückging, blieb kurz stehen.

»Ja, natürlich«, sagte er.

»Haben Sie da keine Angst?«

Henri schmunzelte. Paul hatte ihm neulich genau die gleiche Frage gestellt. »Vor was sollte ich denn Angst haben? Vor Gespenstern?« Er zwinkerte Paul zu.

Millie verzog keine Miene. »Ja, zum Beispiel.«

»Keine Sorge.« Onkel Henri schob seine Brille zurecht, die inzwischen mit vielen kleinen Regentropfen besprenkelt war. »Mit denen werde ich schon fertig.«

Spuk im Depot

Der regennasse Asphalt schimmerte im Schein der Laternen. Hier und da brannten Lichter in den Häusern, aber die Straßen lagen verlassen da. Bei diesem Wetter ging kaum jemand vor die Tür. Die Kinder überquerten schweigend die Brücke, gingen am Museum vorbei und schlugen wieder den Weg entlang der S-Bahn ein. Paul war froh, dass er auf dieser einsamen Strecke heute Gesellschaft hatte. Millie zog die Kapuze ihrer Jacke hoch und schlang die Arme fest um ihren Körper.

»Das war ziemlich … interessant«, sagte sie und sah Paul mit ihren dunklen Mandelaugen schräg von der Seite an. Er nickte. Ihm war nicht nach Plaudern zumute. Sie schwiegen wieder, und jeder hing seinen Gedanken nach, während sie zum Bahnhof gingen.

»Was ist eigentlich ein Depot?«, fragte Millie plötzlich.

»Da werden all die Sachen aufgehoben, die im Museum nicht ausgestellt werden können. Eine Art Lager.«

»Verstehe. Das heißt, es ist nicht bewohnt? Und da sind keine Büros oder so?«

»Nein. Warum?«

»Dein Onkel sagte, wir wären heute Abend ganz allein im Museum gewesen. Aber entweder spukt es dort oder das stimmt nicht.«

Paul blieb überrascht stehen. Hatte sie etwa auch was gehört? Das bedeutete, dass er mit seinen Beobachtungen nicht allein war.

»Wie kommst du darauf?«

»Weil ... weil da etwas war.«

Paul fuhr sich durch die Haare, genau wie Onkel Henri, und genau wie bei Onkel Henri standen sie ihm jetzt zu Berge.

»Als ich aus der Toilette kam, habe ich ein Geräusch gehört«, sagte Millie. »Ich glaube, es war das Schließen der Fahrstuhltür. Dann sah ich, wie die Zahlen über dem Aufzug sich bewegten. Er fuhr ganz nach oben.«

Paul schluckte. Ihm war fast ein wenig schwindelig.

»Bist du sicher?«, flüsterte er heiser.

Millie hob die Hand zum Schwur: »Beim Grab meiner Großmutter.«

»Ich habe auch etwas bemerkt«, sagte er, und dann erzählte er von den Schritten, die er gehört hatte, und von dem Türchen im Ischtartor. Und davon, dass er in dem Saal mit dem Tor von Milet ein Klicken gehört und das Gefühl gehabt hatte, nicht alleine zu sein. Und dass sich in den Schatten etwas zu bewegen schien. Alles sprudelte jetzt aus ihm heraus.

Millie lauschte aufmerksam. Vor Aufregung hatten sie Regen und Kälte ganz vergessen. Paul erzählte auch von der Steintreppe, die nachts angeblich knackte, obwohl doch nur Holztreppen knacken konnten. Sie sprachen über das unheimliche Heulen und den kalten Luftzug, für den beide keine Erklärung hatten.

»Onkel Henri sagt zwar immer, im Dunkeln bildet man sich so einiges ein. Und er meint, er hat noch nie einen Geist gesehen.«

»Jedenfalls habe ich noch nie von einem gehört, der Fahrstuhl fährt«, entgegnete Millie.

Paul vergrub die Hände in seinen Jackentaschen.

»Vielleicht gibt es ja doch eine einfache Erklärung«, sagte er zögernd. »Irgendein Mitarbeiter war noch im Museum unterwegs.«

»Nein. Dein Onkel hätte doch mitgekriegt, wenn jemand gekommen wäre. Außerdem, wer fährt um diese Uhrzeit mit dem Fahrstuhl ins Depot?«

»Ins Depot?«

»Ja«, antwortete Millie. »Dein Onkel hat doch gesagt, ganz oben ist das Depot. Deswegen frage ich mich, wer wohl einen Grund hat, zu so später Stunde da hochzufahren?«

Paul dachte an Onkel Henri, der jetzt ganz allein im Museum war.

»Meinst du etwa, ein Einbrecher stöbert da rum? Oder vielleicht mehrere?« Und dann fiel ihm noch etwas ein. »Onkel

Henri hatte das Tor zum Museum vorhin nicht abgeschlossen.«

»Dann hat sich vielleicht jemand hineingeschlichen!«, rief Mille. »Wir sollten deinen Onkel warnen.«

Paul zögerte. »Aber wenn doch niemand da ist? Dann wird Onkel Henri richtig sauer werden. Er war vorhin schon ziemlich genervt.«

Millie verschränkte die Arme vor der Brust. »Glaubst du mir nicht? Ich wette mit dir um fünf Mark, dass ich mich nicht getäuscht habe. Dein Onkel wird uns noch dankbar sein, wenn wir die oder den Einbrecher erwischen. Es ist schließlich seine Aufgabe, dieses Museum zu bewachen. Er kriegt doch sicherlich höllischen Ärger, wenn dort unter seiner Nase etwas geklaut wird.«

Vielleicht hatte Millie recht, überlegte Paul, auch wenn er alles andere als scharf darauf war, noch einmal zurückzugehen.

»Ich hab 'ne Idee«, sagte Millie jetzt. »Wir können uns ja erst mal selber umschauen, und wenn jemand dort is', rufen wir deinen Onkel. Sonst schleichen wir uns wieder raus, ohne dass er's merkt. Einverstanden?«

Millie sah Paul herausfordernd an. »Fünf Mark, wenn ich mich getäuscht habe?« Sie streckte ihm die Hand entgegen. »Oder traust du dich nich'?«

Diesmal zögerte Paul nicht. Noch einmal würde er sich nicht blamieren. Auch wenn er großen Ärger in Kauf nahm, jetzt musste er zurück. Blieb nur noch die Frage, ob er lieber einem Einbrecher, einem Geist oder seinem wütenden Onkel Henri begegnen würde.

»Also gut«, sagte Paul seufzend und schlug ein. »Fünf Mark, wenn wir nichts entdecken. Aber Westmark!«

Das Tor hinter dem Säulengang war noch immer nicht abgeschlossen. Paul öffnete es leise. Im Wärterhäuschen brannte Licht, aber als sie durch die beschlagene Scheibe schauten, war es leer. Onkel Henri machte also noch seine Runde durchs Museum. Wie würde er reagieren, wenn sie ihm in die Arme liefen?

Der Regen war wieder stärker geworden. Die Tropfen platschten schwer auf das Kopfsteinpflaster des Innenhofs und schlugen ihnen ins Gesicht.

Paul öffnete die Tür zum Treppenhaus und lauschte. Hier drinnen war es stockdunkel. Vorsichtig traten sie ein und genauso vorsichtig ließen sie die Tür ins Schloss fallen. Paul wagte nicht, die Taschenlampe anzuknipsen. Langsam tasteten sie sich an der Wand entlang die Treppe hinauf. Draußen rauschte der Regen und überdeckte alle Geräusche, trotzdem kamen Paul ihre Schritte furchtbar laut vor. Vor ihnen schimmerte ein schmaler, grüner Lichtstreifen. Er kam von der Tür, die in den Saal mit dem Tor von Milet führte. Sie war nur angelehnt. Langsam stieß Paul sie auf.

Seine Augen hatten sich inzwischen an die Dunkelheit im

Treppenhaus gewöhnt. Dagegen wirkte der Saal fast hell. Auf Zehenspitzen schlichen sie beide am weiß schimmernden Pergamonaltar vorbei und bogen in den Gang ein, der zum Fahrstuhl führte. Immer wieder blieben sie stehen, um zu lauschen. Sie hielten sich möglichst in den Schatten, um schnell darin zu verschwinden, sollte Onkel Henri plötzlich um die Ecke kommen. Sein Gesicht, wenn er sie hier entdeckte, wollte Paul sich lieber nicht vorstellen. Doch zum Glück kam Henri nicht und es blieb alles still.

Millie deutete auf die Anzeige über dem Fahrstuhl. Die Zahl Vier leuchtete orangegelb auf.

»Siehst du, da ist immer noch jemand oben«, flüsterte sie.

Und dann hörte Paul die Schritte. Erst waren sie ganz leise und dann wurden sie immer lauter. Millie hatte sie auch gehört. Aber wo kamen sie bloß her? Plötzlich öffnete sich eine Tür dicht neben ihnen. Paul packte Millie gerade noch rechtzeitig am Arm und zog sie hinter einen Sockel, von dem eine marmorne Kriegerin mit Speer streng auf sie herabblickte.

Der Strahl einer Taschenlampe tanzte über den Boden und mit einem dumpfen Hall fiel die Tür ins Schloss.

Es war Onkel Henri! Er hatte sie nicht bemerkt und lief mit zügigen Schritten durch den Säulensaal. Der Lichtkegel huschte über die Wände und verschwand dann samt dem Onkel im angrenzenden Saal mit dem Altar.

Paul und Millie hatten sich auf den Boden gekauert, bis der Klang seiner Schritte verhallt war.

Etwas fehlte, dachte Paul plötzlich. Was war es nur? Natürlich – Onkel Henri hatte seine Stechuhr nicht dabeigehabt. Wie konnte er ohne Stechuhr seine Runde laufen?

Millie ging zu der Tür, aus der er gekommen war, und drückte sie auf. Paul folgte ihr und knipste seine Taschenlampe an. Sie standen in einem fensterlosen Treppenhaus.

»Vielleicht hat dein Onkel gerade die oberen Stockwerke kontrolliert?«, flüsterte Millie.

Paul schüttelte den Kopf. »Ohne Stechuhr dreht er normalerweise keine Runden.«

»Komm. Wir schauen lieber selber mal nach.« Millie stieß ihn leicht in die Rippen. »Oder hast du Angst, deine Wette zu verlieren?«

Das ließ Paul nicht auf sich sitzen. Der schwache Schein der Taschenlampe sprang über die Stufen und die unverputzten Wände, während sie immer weiter nach oben stiegen. Die Stufen endeten vor einer weiß lackierten Tür aus Metall. Paul presste das Ohr dagegen und lauschte.

Von innen hörte er ein merkwürdiges Geräusch. Es klang, als würden viele Menschen klatschen. Sachte drückte er die Klinke und schob die Tür einen winzigen Spalt auf. Der Applaus wurde ohrenbetäubend, und dann sahen sie das große Glasdach, das den ganzen Dachboden überspannte. Der Regen trommelte laut auf die Scheiben.

Von außen drang etwas Licht durch das Dach, und Paul erkannte ein großes Quadrat aus Milchglas, das im Boden eingelassen war. Schlagartig wurde ihm klar, wo sie waren.

»Ich glaube, das hier ist die Glasdecke über dem Ischtartor«, flüsterte er Millie zu.

»Schsch.« Millie legte einen Finger auf die Lippen und deutete auf die Wand dahinter. Sie war quer über den Dachboden gezogen und teilte den Raum. In der Mitte der Wand war eine Tür.

Dorthin zeigte Millie jetzt, denn die Tür stand offen, und dahinter bewegte sich ein Lichtkegel direkt auf sie zu. Hastig suchte Paul den Knopf an seiner Taschenlampe. Seine Finger zitterten, und es dauerte eine Ewigkeit, bis er sie endlich ausgeknipst hatte. Da war es schon zu spät. Ein ungewöhnlich starker Lichtstrahl blendete ihn. Er hob den Arm, um sich davor zu schützen. Das Licht kam auf sie zu. Paul schloss die Augen und griff nach Millie.

»Schnell weg hier!«, keuchte er. Er machte einen Schritt zurück, blieb aber mit dem Ärmel am Türgriff hängen. Dabei verlor er das Gleichgewicht und ließ den Beutel mit der Thermoskanne fallen. Sie fiel scheppernd zu Boden. In diesem Moment ging das Licht aus. Paul rappelte sich schnell auf. Jemand lief auf sie zu, gleichzeitig riss Millie die Tür zum Treppenhaus auf, packte ihn am Ärmel und zerrte ihn hinaus.

Zum Glück fand er diesmal gleich den Knopf an der Taschenlampe. Der Lichtkegel warf wilde Schatten auf Wand und Treppe, während sie die Stufen hinabstürzten. Nach einer Weile bemerkte Paul, dass ihnen niemand gefolgt war. Als sie unten die Tür aufschoben, hörten sie das Surren des Fahrstuhls. Jemand fuhr damit ins Erdgeschoss. Mit einem schweren Ächzen blieb der Fahrstuhl unten stehen.

Ohne sich umzudrehen, rannten die beiden durch den Saal. Hinter ihnen öffnete sich die Fahrstuhltür und erhellte den Weg. Sie rannten am Altar vorbei, erreichten den Raum mit dem Tor von Milet, rissen die Tür zum Treppenhaus auf, stürzten die Treppe hinab und weiter bis zum Tor bei dem Säulengang.

Sie liefen über den Platz auf die Straße, über die Brücke und hörten erst auf zu rennen, als sie im Schutz der S-Bahn-Brücke standen. Ihre Lungen fühlten sich an, als würden sie gleich platzen. Paul warf sich gegen die Wand. Ein Zug donnerte über ihnen dahin. Sie hielten sich die Ohren zu, während ein Waggon nach dem anderen mit Getöse und Quietschen vorbeiratterte. Paul und Millie sahen sich an.

»Scheiße!«, rief Millie, noch ganz außer Atem, als das Rattern des letzten Waggons verklungen war. Ihre Augen waren weit aufgerissen und dunkler als sonst.

»Scheiße«, antwortete Paul. Sein Herz klopfte wild in seiner Brust. Der Regen hatte sie komplett durchnässt, und er fragte sich, in was sie da wohl hineingeraten waren. Und was war mit Onkel Henri? Jetzt hatten sie ihn ja doch nicht gewarnt. Dafür hatten sie dem Eindringling wahrscheinlich einen ziemlichen Schrecken eingejagt. Vielleicht war er gleich hinter ihnen aus dem Museum gestürzt.

»Für einen Geist war der ziemlich lebendig«, sagte Millie, als sich ihr Atem etwas beruhigt hatte. »Und übrigens: Du hast die Wette verloren.« Sie grinste und hielt die Hand auf. »Fünf Westmark.«

Paul nickte abwesend. Gerade fiel ihm auf, dass etwas fehlte. Er hatte den Beutel mit der Thermoskanne im Museum verloren.

Ein böser Verdacht

Als Paul am nächsten Morgen aufwachte, schlich er als Erstes über den Flur und lauschte an Onkel Henris Tür. Er war erleichtert, als er leises Schnarchen hörte. Das bedeutete, dass Onkel Henri nicht von einem Einbrecher niedergeschlagen worden war, sondern sicher in seinem Bett lag.

Paul tapste in die Küche. Die Frühlingssonne stand nach den langen Wintermonaten wieder hoch genug am Himmel, um gerade über das Dach des Seitenflügels kriechen zu können. Sie beschien den gedeckten Frühstückstisch, an dem Oma mit einer Tasse Kaffee und der Zeitung von gestern saß. Heute war Sonntag, da gab es immer ein Ei und frische Schrippen. Oma trug einen Pullover unter ihrer Kittelschürze, denn trotz des Feuerchens im Herd war es in der Wohnung noch kühl. Die Briketts wurden langsam knapp, und Oma meinte, sie sollten die wenigen, die es noch gab, für Notfälle aufheben, denn für diese Heizperiode gab es keine mehr zu kaufen.

Paul ging zurück in den Flur, um sich seine Strickjacke zu holen. Wie immer im Winter hingen wahre Mantelberge an der kleinen Garderobe. Paul musste einiges beiseiteschieben, um an seine Jacke zu kommen. Zuoberst hingen Onkel Henris schwerer Mantel, die Wintermäntel von Oma und Paul, Sommermäntel und diverse Jacken, dazwischen noch zwei Handtaschen und ein Rucksack. Endlich hatte Paul seine Strickjacke entdeckt. Er wollte sie gerade vom Haken nehmen, da sah er hinter einem alten Regenmantel eine Ecke des roten Stoffbeutels hervorlugen. Überrascht zog er ihn ein Stück heraus. Die Thermoskanne und das Butterbrotpapier steckten noch darin. Onkel Henri hatte den Beutel also im Museum gefunden! Aber warum hatte er ihn unter all den Mänteln versteckt?

Paul runzelte die Stirn. Onkel Henri musste wissen, dass er und Millie ins Museum zurückgekommen und ins Depot gestiegen waren. Vielleicht wollte er Paul gleich in gespielter Unschuld fragen, wo denn der Stoffbeutel sei? Und dann würde es ein großes Donnerwetter geben. Onkel Henri konnte bei aller Gelassenheit manchmal sehr aufbrausend sein.

Paul zog die Strickjacke über und schlich zurück in die Küche. Er hatte doch geahnt, dass es so kommen würde! Ob er Oma die Geschichte gleich beichten sollte? Sie war schließlich meistens auf seiner Seite. Und er hatte ja auch nichts Schlimmes gemacht. Aber dann zögerte er den Moment doch lieber hinaus.

Oma nahm das Ei, das sie für ihn gekocht hatte, aus dem

Wasser und legte ihm eine Schrippe auf den Teller. Gerade als Paul überlegte, ob es klüger wäre, Onkel Henri für heute aus dem Weg zu gehen, schlurfte der auch schon im Bademantel in die Küche.

Oma goss ihm einen Westkaffee ein. Onkel Henri setzte sich und nippte an seiner Tasse. Paul schmierte sich ausgiebig sein zweites Marmeladenbrötchen und schielte vorsichtig zu seinem Onkel hinüber. Er stählte sich schon für das Verhör und überlegte, wie er am besten alles erklären sollte. Doch Onkel Henri schwieg.

Paul kaute lustlos und wartete. Onkel Henri hatte sich ein Stück Zeitung von Oma abgeben lassen und war dahinter verschwunden.

Paul wusste nicht, ob er schon aufatmen konnte oder nicht. Als er es nicht mehr aushielt, sagte er, was er gestern Abend nicht mehr hatte sagen können: »Übrigens, ich habe Mamas Brief gesehen. Mit den schwarzen Balken. Er ist dir runtergefallen und ich hab ihn aufgehoben. Du hast ja viel mehr vorgelesen als drinstand, Oma.«

Onkel Henri ließ die Zeitung langsam ein Stück sinken. Er sah Oma an und hob die Brauen. Oma blinzelte Paul verlegen an. Sie brauchte einen Moment, um sich zu sammeln.

»Ich hab's doch nur gut gemeint, mein Junge«, sagte sie schließlich. »Ich wollte dir die Enttäuschung ersparen. Die haben den Brief zensiert.«

Noch vor Kurzem wäre Paul böse mit ihr gewesen, weil sie

ihn an der Nase herumgeführt hatte. Aber jetzt fragte er nur: »Was heißt das? Und wer hat das getan?«

»Jemand von der Stasi hat den Brief geöffnet und gelesen«, sagte sie. »Und alles, was wir nicht lesen sollen, mit 'nem dicken, schwarzen Stift übermalt.«

»Die Stasi?« Paul war überrascht. »Wieso interessieren die sich für Mamas Briefe?«

In der Schule hatten sie gelernt, dass die Staatssicherheit, wie die Stasi eigentlich hieß, zum Schutz und zur Sicherheit des Landes da war. Aber von Onkel Henri wusste er, dass es in Wirklichkeit ein Geheimdienst war, der im ganzen Land Spitzel hatte. Die Stasi beobachtete alle, und besonders die, von denen sie glaubte, sie würden etwas gegen die Regierung sagen oder tun. Mama und Papa hatten die Regierung beleidigt, denn Republikflucht galt in der DDR als Hochverrat.

Paul kam noch ein unguter Gedanke: »Lesen die auch die Briefe, die wir an Mama und Papa schreiben?«

»Wahrscheinlich«, sagte Onkel Henri hinter seiner Zeitung. »›Horch und Guck‹ ist überall.«

Paul spürte ein Fünkchen Erleichterung. Onkel Henri redete also doch noch mit ihm.

Oma seufzte. »Damit müssen wir rechnen. Weißt du, mit den schwarzen Balken wollen die uns ein Zeichen geben.«

»Was für ein Zeichen?«

»Dass sie uns beobachten. Aber es gibt zum Glück andere Wege …«, begann sie.

»Mutter!«, unterbrach sie Onkel Henri hinter seiner Zeitung scharf.

Wieder senkte sich ein längeres Schweigen über den Tisch. Paul schielte hinüber zu seinem Onkel.

Er sah irgendwie missmutig aus, dachte Paul.

Onkel Henri hatte die Zeitung weggelegt, ein Buch aus der Tasche seines Morgenmantels geholt und sich darin vertieft.

»Ich bin mal eben kurz weg«, brummte Oma. Sie stand auf, klopfte suchend ihre Taschen ab, bis sie die Streichholzschachtel fand, und zog eine Zigarette hinter ihrem linken Ohr hervor. Dann schlurfte sie in Richtung Bad.

Paul wusste, dass das Bad jetzt mindestens eine halbe Stunde lang besetzt war, während Oma auf dem Klo saß und eine Zigarette nach der anderen paffte.

Onkel Henri blickte nicht von seinem Buch auf. Es musste ziemlich spannend sein. Paul versuchte, die Kapitelüberschrift zu lesen: irgendetwas über den ägyptischen Totenkult. Typisch. Warum konnte er nicht mal einen normalen Krimi lesen, so wie Oma? Leise trank Paul den letzten Schluck Milch aus, stellte sein Geschirr ins Spülbecken und verschwand in seinem Zimmer.

Auch den Rest des Tages wechselte Onkel Henri kein Wort mit ihm. Am frühen Nachmittag nahm er dann seine Aktentasche und verschwand. Paul war erleichtert. Als er später noch einmal an der Garderobe nachschaute, war der rote Beutel verschwunden.

Am Montag nach der Schule hatte Paul Millie die fünf Mark für die verlorene Wette geben wollen. Er hatte sie aus dem Sparschwein geholt, das Oma ab und zu mit Westmünzen fütterte. Aber Millie hatte die Hände hinter dem Rücken versteckt und gesagt: »Auf keinen Fall.« Und weil Paul nicht so recht wusste, was er tun sollte, sagte sie schließlich: »Du kannst mich ja zum Eis einladen.«

So saßen sie eine halbe Stunde später in der Mokka-Milch-Eisbar in der Karl-Marx-Allee und Millie fragte, während sie ihr Schoko-Eis auf ein Waffelstück löffelte, nach Onkel Henri. Hatte er bemerkt, dass sie noch einmal im Museum gewesen waren?

»Also, gesagt hat er nichts. Das war ja das Komische.«

»Wieso komisch?«

»Er hat uns bemerkt.«

»Wie kannst du das wissen?« Millie hörte auf, Eis auf ihre Waffel zu löffeln.

Paul zögerte. »Er hat den roten Beutel gefunden und nach Hause mitgebracht«, sagte er. »Gestern Morgen hing er an unserer Garderobe.«

»Und er hat wirklich nichts gesagt?« Millie sah ihn überrascht an.

»Seitdem redet er kaum mit mir.«

Millie löffelte weiter an ihrem Eisturm. »Das ist allerdings äußerst komisch.« Sie steckte das Stück Waffel in den Mund. Dann brach sie das nächste Stück ab und löffelte wieder etwas

Eis darauf. Paul fand, dass sie eine sehr komplizierte Art hatte, ihr Eis zu essen. Sie blickte ihn fragend an. »Findest du nicht? Er muss sich doch gefragt haben, wie der Beutel dahin gekommen ist.«

»Ich weiß.« Paul schob die Kugel Eis in seiner Schale hin und her. Er hatte sich das immer wieder überlegt. Millie beobachtete ihn.

»Was ist?«, fragte sie. »Ist da etwas, was du mir nicht erzählst?«

Paul zögerte. »Er hat den Beutel sogar versteckt«, sagte er schließlich. Er fühlte sich, als hätte er Onkel Henri damit verraten, und wusste nicht einmal genau, warum. Millie ließ den Löffel sinken.

»Aber warum hat er das gemacht?«

»Das ist es ja, was ich mich auch die ganze Zeit frage«, sagte Paul. »Ich kapier's einfach nicht.«

»Hmm«, sagte Millie nach einer Pause. »Lass uns zusammenfassen. Dein Onkel geht ins Depot. Da oben ist noch jemand. Er findet den Beutel, versteckt ihn zu Hause und tut so, als ob er nicht wüsste, dass du ihn verloren hast.« Millie hob den Löffel wie einen Zeigestock. »Wieso sagt er nichts?«

»Vielleicht hat er ja auch gemerkt, dass jemand oben war, ist nachschauen gegangen und hat dann den Beutel gefunden«, antwortete Paul.

Millie schüttelte langsam den Kopf. »Nein. Dein Onkel war vor uns im Depot, und zwar ohne seine Stechuhr. Der Fremde war zu der Zeit schon oben. Dein Onkel war entweder noch ein zweites Mal dort oder aber der Einbrecher hat den Beutel gefunden und ihn deinem Onkel gegeben.«

»Du meinst, dass Onkel Henri wusste, dass jemand im Depot ist?«

»Ich glaube, er wusste es«, sagte Millie. »Das würde auch erklären, warum er uns am Schluss so schnell loswerden wollte, erinnerst du dich? Ich glaube, er weiß sogar, wer es war. Die Frage ist, was die Person da oben zu suchen hatte und warum dein Onkel uns angelogen und gesagt hat, er sei allein.«

Onkel Henri ein Lügner? Das war unmöglich! Er war der ehrlichste Mensch, den Paul kannte. Henri mochte es nicht mal, wenn Oma flunkerte. Das passte alles überhaupt nicht zusammen.

»Die Frage ist«, wiederholte Millie: »Was hatte dieser Fremde da oben zu suchen? Sind die Sachen im Depot wertvoll?«

»Ja, das sind sie wohl. Aber wenn du glaubst, Onkel Henri ist ein Dieb oder steckt mit einem Dieb unter einer Decke, dann irrst du dich!«, rief Paul. Er hatte endgültig den Appetit verloren und schob den Eisbecher zur Seite.

»Schsch, nicht so laut«, sagte Millie mahnend. »Ich versuch doch nur rauszukriegen, was eine gewisse Person X nachts im Museum zu suchen hat. Und warum dein Onkel den Beutel versteckt hat. So etwas tut man doch nur, wenn man ein schlechtes Gewissen hat oder etwas verbergen will.

Wir haben etwas gesehen, das wir nicht sehen sollten. Versteh doch!«

Paul biss sich auf die Lippe. Millie hatte ja nicht unrecht. Unter normalen Umständen hätte Onkel Henri ihm und Oma bestimmt erzählt, wenn er jemanden auf dem Dachboden entdeckt hätte. Er hatte ihnen damals sogar von den Leuten erzählt, die er nachts in den Ruinen des Neuen Museums erwischt hatte. Die hatten dort die wertvollen, alten Fliesen von den Wänden geklopft, um ihre Badezimmer damit zu kacheln. Sie hatten Onkel Henri Fliesen angeboten, wenn er sie weitermachen ließe. Er hatte natürlich abgelehnt, auch wenn er sie damals dringend gebraucht hätte. Nein, jemand wie Onkel Henri würde ganz bestimmt keine krummen Geschäfte machen.

»Mein Onkel ist kein Dieb«, sagte er halblaut und sah Millie streng an. »Und er arbeitet auch nicht mit Dieben zusammen. Das würde er nie tun.«

»Für Geld tun Menschen viele Dinge, sagt mein Vater immer«, antwortete Millie sanft. Sie spielte mit ihrem Löffel und sah Paul schuldbewusst aus den Augenwinkeln an. »Ich find deinen Onkel ja wirklich nett«, sagte sie beschwichtigend. »Ich will ihm gar nichts unterstellen. Im Gegenteil, es wäre mir viel lieber, wenn er unschuldig wäre.«

»Unterstellt hast du ihm aber schon so einiges«, antwortete Paul. »Und du machst es gerade wieder.«

»Sei doch nicht gleich eingeschnappt«, seufzte Millie. »Ich will doch nur der Sache auf den Grund gehen.«

Paul stand auf. Er hatte plötzlich keine Lust mehr, mit Millie in der Eisdiele zu sitzen.

»Ab jetzt kannst du ja alleine Detektiv spielen«, sagte er kühl. »Ich kenne meinen Onkel besser als du. Und für Geld tut er ganz bestimmt nicht alles, auch wenn dein Vater das sagt.«

Er ließ Millie sitzen und verließ die Eisbar, ohne sich zu verabschieden. Trotzdem ging ihm nicht aus dem Kopf, was sie angedeutet hatte. Der Gedanke, dass Onkel Henri ein Dieb sein sollte, war ihm unerträglich. Es war schon schlimm genug, dass Mama und Papa im Gefängnis gewesen waren. Onkel Henri durfte so etwas nicht auch noch passieren.

Während er nach Hause lief, dachte er über seinen Onkel nach. Er hatte wirklich kein einfaches Leben. Er musste arbeiten, wenn andere schliefen, und schlafen, wenn die Sonne schien. Für das wenige Geld, das er verdiente, konnte er sich nicht einmal eine eigene Wohnung leisten. Und obendrein konnte er nicht das sein, was er am liebsten geworden wäre – ein Archäologe.

Wäre es da ein Wunder, wenn er am Ende auf dumme Gedanken käme?, flüsterte eine kleine nagende Stimme in Pauls Kopf.

Besuch im Theater

Zwei Abende später klingelte es. Millie stand vor der Tür. Damit hatte Paul nicht gerechnet. Nach ihrem Eisdielen-Besuch war er ihr in den Pausen und nach der Schule aus dem Weg gegangen. Millie hatte das natürlich gemerkt und sich sehr um ihn bemüht, aber Paul wollte nicht mit ihr über Onkel Henri reden. Er brauchte Zeit, um über die ganze Sache nachzudenken. Und Onkel Henri machte es ihm auch nicht leicht. Er sprach kaum ein Wort mit ihm. Warum benahm er sich nur so merkwürdig? Millie hatte doch nicht etwa recht?

Als Millie klingelte, war Paul allein zu Hause. Oma war noch im *Hotel Metropol* und Onkel Henri schon im Museum. Es war wieder kälter geworden, und weil sie ja Briketts sparen mussten, hatte Paul sich zwei Pullover übereinander angezogen und sich in eine Decke gewickelt. In dieser Aufmachung saß er am Küchentisch und machte Hausaufgaben, als Millie kam. Sie konnte sich ein Grinsen nicht verkneifen. Paul ahnte, dass es wegen seiner Klamotten war, in denen er wie eine unförmige Wurst aussah. Millie hielt ihm eine Dose entgegen.

»Für dich«, sagte sie. »Als Zeichen meiner Reue. Wegen

dem, was ich über deinen Onkel gesagt habe. Ich ... ich ...
wollte nicht ... du weißt schon, ich möchte einfach, dass wir
Freunde bleiben. Deswegen ... also, es tut mir leid.«

Ihr Besuch hatte Paul so überrumpelt, dass er nicht wusste,
was er sagen sollte. Er öffnete die Dose, sie enthielt lauter
kleine bunte Bonbons.

»Als Wiedergutmachung«, sagte Millie und streckte ihm
die Hand entgegen. »Freunde?«

»Okay. Komm rein.«

Millie schüttelte den Kopf. »Ich muss leider gleich wieder
zurück. Ich wollte dich morgen Nachmittag ins Theater einladen. Falls du überhaupt kommen magst.«

Paul nickte. »Klar. Um wie viel Uhr? Was wird denn ge-
spielt?«

Millie blieb am Treppenabsatz stehen und lächelte erleichtert. »Vier Uhr vor dem Theater. Aber wir sehen uns ja in der
Schule. Ich kann dich morgen in der Pause noch mal erinnern.«

Als Paul seiner Oma von der Theatereinladung erzählte,
war sie ganz aufgeregt. Man hätte meinen können, es wäre
ihr erster Theaterbesuch und nicht seiner. Sie bestand darauf, dass er ein frisch gebügeltes Hemd anzog und dunkle
Hosen. Auch bei seinen Haaren ließ sie nicht locker, denn
wie bei Onkel Henri standen sie schnell in alle Richtungen
ab. Irgendwann war Paul völlig genervt.

»*Ich* steh doch nicht auf der Bühne!«, rief er. »Ich sitze irgendwo im Dunkeln, wo keiner sieht, was ich anhabe.«

Das war Oma vollkommen egal.

Millie war nicht allein, als sie Paul pünktlich vor dem Theater am Schiffsbauerdamm erwartete. Sie hatte einen kleinen Hund dabei. Er war grauweiß mit schwarzen und braunen Flecken und sah aus wie eine Mischung aus Jagdhund und Zwergpudel. Paul begriff sofort, warum seine Besitzer ihn Millie überlassen hatten. Er war extrem hässlich.

»Das ist Herr Hurtig. Ist er nicht süß?«, rief sie und sah den Hund verzückt an.

»Süß« war vielleicht nicht das treffende Wort. Bei dem Tier passte gar nichts zusammen. Sein Kopf war zu klein und die Pfoten und Ohren waren viel zu groß. Paul lächelte wohlwollend. Jedenfalls bemerkte Millie dank Herrn Hurtig nicht, wie herausgeputzt er war, oder wenn sie es bemerkte, machte sie zum Glück keine Bemerkungen.

»Komm schon!«, rief sie und hüpfte ums Haus zum Bühneneingang. Sie schien sich mächtig zu freuen, dass er gekommen war, was wiederum Paul freute. Der Pförtner in seinem Häuschen zwinkerte Millie zu und sagte: »Der Herr Papa ist schon oben.«

Millie zwinkerte zurück und zeigte auf Paul. »Übrigens – das ist mein Freund Paul. Er will sich die Vorstellung angucken.«

»Ist schon recht«, sagte der Pförtner. »Herrn Hurtig lässt du aber wieder schön bei mir, stimmt's?«

Millie hielt ihm Herrn Hurtigs Leine entgegen. Herr Hurtig starrte auf das Brötchen, das der Pförtner in der Hand hielt, und machte brav vor ihm »Sitz«.

»Siehst du, dass wir zwei so sind?«, tuschelte Millie Paul zu und verhakte ihre beiden Zeigefinger, während sie die Treppe hochstiegen.

Es waren viele Stufen und Paul war schon ganz außer Atem. Millie hatte zwei auf einmal genommen und wartete oben auf ihn.

Sie öffnete die Tür zu einem winzigen Raum mit einem Fenster zum Theatersaal. Vor einem großen Pult mit vielen Knöpfen saß Herr Schonriegel.

Komisch, er sah ganz anders aus als Millie. Er war sehr blass und seine Augen waren blau – ein sehr verwaschenes Blau. Überhaupt wirkte alles an ihm irgendwie blass und verwaschen, ganz anders als bei seiner Tochter. Er nahm die Hand, die Paul ihm entgegenstreckte, und sah ihn forschend an.

»So, so«, sagte er. »Das ist also der junge Mann.« Sein Blick hatte etwas Lauerndes. Gleich darauf wandte er sich wieder seinem Pult zu.

»Ich muss hier weitermachen«, sagte er.

Paul schaute neugierig auf das Pult und fragte sich, wie Herr Schonriegel sich merken konnte, was die vielen Knöpfe und Schalter zu bedeuten hatten. Aber er traute sich nicht zu fragen.

»Guckt mal, ob in der Loge noch Platz ist«, murmelte Herr Schonriegel, ohne sich umzudrehen.

Millie hatte die Aufforderung sofort verstanden.

»Na, dann bis nachher!«, rief sie und gab Paul ein Zeichen.

Sie stiegen wieder die Treppe hinunter, gingen durch eine Tür in den Vorraum des Theaters und von dort durch eine weitere schmale Tür zu einem Balkon mit roten Samtstühlen. Von hier aus hatte man einen herrlichen Blick ins Theater und auf die Bühne, die direkt unter ihnen lag.

»Die Loge, mein Herr«, sagte Millie mit einer einladenden Geste.

Paul ließ sich auf einen der weichen Samtstühle fallen und schaute sich in dem mit Goldstuck verzierten Raum um.

Hier fühlt man sich wie ein König, dachte er.

Während sie auf den Beginn der Vorstellung warteten, plauderten sie über die Klasse und den Unterricht. Irgendwann fragte Millie vorsichtig, ob er abends mal wieder im Museum gewesen sei.

»Nein, Onkel Henri spricht kaum noch mit mir«, sagte Paul.

»Oh, das tut mir leid.« Millie blickte ihn betroffen an. In diesem Moment ging das Licht aus und die Vorstellung begann. Paul dachte über Onkel Henri nach.

Er hatte genauso wenig versucht, mit seinem Onkel zu

reden, wie der mit ihm. Und er war ihm ebenfalls aus dem Weg gegangen, weil er selbst ein schlechtes Gewissen hatte, und das schlechte Gewissen hatte er, weil er Onkel Henris Verhalten verdächtig fand.

Je mehr Paul darüber nachgrübelte, desto klarer wurde es ihm. Morgen würde er die Gelegenheit nutzen und nach dem Sonntagsfrühstück endlich mit Onkel Henri über den Abend im Museum und den roten Beutel sprechen. Sollte sein Onkel etwas Verbotenes getan haben, war es vielleicht noch nicht zu spät, es wieder rückgängig zu machen. Dann würde er ihm sagen, dass er Bescheid wusste und Angst um ihn hatte. Wer würde sich denn um Oma und ihn kümmern, wenn Onkel Henri im Kittchen säße? Genau das würde er ihm sagen, und wenn es ihm noch so schwer fiel!

Paul lehnte sich in seinem Sessel zurück und sah den Schauspielern zu. Endlich hatte er einen Plan! Dass alles ganz anders kommen würde, ahnten weder er noch Millie, die mit strahlenden Augen dem Hinkefuß auf der Bühne folgte, der eine Schar gackernder Hühner herumscheuchte.

Auf der Spur
des Professors

Es war noch hell, als sie das Theater verließen. Paul begleitete Millie und Herrn Hurtig zum nahe gelegenen Monbijoupark. Herr Hurtig brauchte dringend etwas Auslauf, und Paul machte es Spaß, mit ihm spazieren zu gehen. Sie schlenderten an der Spree entlang und unterhielten sich über das Stück, in dem eine echte und eine falsche Mutter darum stritten, wem das Kind gehörte. Dann kamen sie auf die Schule und die schreckliche Frau Götze, die Millie immer wieder spüren ließ, dass sie anders war als die anderen.

»Ja, hast du das auch gemerkt?«, fragte Millie. »Ich dachte schon, ich bilde mir das vielleicht nur ein.«

»Nein, das sieht ein Blinder mit Krückstock«, versicherte ihr Paul. Frau Götze war auf fiese kleine Nadelstiche spezialisiert.

»Weißt du noch, als ich einmal meine Mathehausaufgaben vergessen hatte? Da hat sie gesagt, na, kein Wunder, bei euch hat man das Arbeiten ja nicht erfunden.«

Millie tätschelte Herrn Hurtig und fuhr mit gedrückter Stimme fort: »Aber in Cottbus war es noch schlimmer. Dort haben die Leute ständig Bemerkungen über mein Aussehen gemacht.«

Paul spürte, dass es Millie nicht leichtfiel, weiterzusprechen. Er traute sich nicht nachzubohren, aber das war auch gar nicht nötig.

Nach einer kleinen Pause sagte sie: »Meine Mutter kam ja aus Kuba.«

»Kuba?« Paul war beeindruckt. »Das ist ja wahnsinnig weit weg! Da bist du her? Wie haben deine Eltern sich dann überhaupt kennengelernt?«

»Mein Vater lebte eine Weile dort. Er hat an einem Film über Castro mitgearbeitet.«

Paul wusste, dass Castro das Staatsoberhaupt von Kuba war. »Donnerwetter!«

»Wahrscheinlich musste er ihn ausleuchten oder so«, sagte Millie. »Jedenfalls traf er dort meine Mutter. Es war Liebe auf den ersten Blick, aber nicht auf den zweiten, doch da war sie schon schwanger. Sie haben schnell geheiratet. Und meine Mutter kam mit in die DDR.«

»Wieso nicht auf den zweiten?«, fragte Paul.

Millie schob die Hände in die Manteltaschen und ihr Blick ging in die Ferne. Sie zuckte mit den Schultern.

»Das Leben hier war für meine Mutter unerträglich. Meine Oma sagt, die Leute haben sie ständig schief angesehen, weil sie eine Ausländerin war, und blöde Bemerkungen über ihre Haare und Hautfarbe gemacht.«

»Ich dachte, deine Oma sei tot?«, sagte Paul.

Millie sah ihn überrascht an.

»Ich meine, weil du vor dem Museum auf ihr Grab geschworen hast.«

»Ach so! Das war das Grab meiner kubanischen Oma«, antwortete Millie. »Die andere lebt hier in Berlin. Ich bin ihre Lieblingsenkelin – na ja, ich bin ja auch die einzige. Sie hält immer zu mir, auch wenn ich mit Papa Probleme habe.«

Die beiden hatten den kleinen Park an der Spree erreicht, der eigentlich nur aus einer vertrockneten Grasfläche, ein paar Bäumen und ungepflegten Büschen bestand.

»Guck mal! Ist das nicht dein Onkel?«

Paul schaute in die Richtung, in die Millie plötzlich zeigte. Zwei Männer durchquerten zielstrebig den Park auf einem Weg, der sich zwischen Bäumen und ein paar Büschen dahinschlängelte. Herr Hurtig verstand Millies Zeigefinger wohl als Aufforderung, etwas zu suchen. Bellend sprang er den Männern hinterher.

»Herr Hurtig, komm sofort zurück!«, rief Millie und rannte ihm nach. Paul folgte ihr.

Herr Hurtig sprang schwanzwedelnd um die Männer herum. Sie blieben stehen und drehten sich um. Onkel Henri starrte Millie überrascht an. Auch Paul hatte die Männer inzwischen eingeholt.

»Entschuldigung!«, rief Millie und legte Herrn Hurtig wieder an die Leine.

»Hallo, ihr zwei«, sagte Onkel Henri. Er wirkte ertappt. Auch bei seinem Begleiter schien ein kurzer Schrecken über das Gesicht zu huschen. Dann fasste er sich wieder.

»Mein Neffe Paul und seine Freundin Millie«, stellte Onkel Henri die beiden mit knapper Handbewegung vor. Unter dem linken Arm trug er ein schmales Päckchen.

Der Mann nickte den Kindern zu und lächelte höflich. Er trug eine Hornbrille, hinter der er Paul mit wachen Augen musterte. Er war deutlich älter als Onkel Henri, ja wahrscheinlich schon so alt wie Oma. Er trug einen dunklen Anzug mit Hemd, Krawatte und Einstecktuch. Sein grauer Lockenkranz war ordentlich nach hinten gekämmt. Er hätte Schuldirektor sein können oder Minister, jedenfalls wirkte er wie ein Vorgesetzter.

Jetzt warf er einen Blick auf seine Armbanduhr. »Mein Zug!« Er klopfte ungeduldig mit dem Zeigefinger auf das Glas seiner Uhr.

»Ja, wir müssen weiter«, sagte Onkel Henri zu Paul. »Also, ab nach Hause. Was macht ihr überhaupt um diese Zeit noch hier? Sag Oma, dass ich auch bald komme.«

»Mach ich.«

Paul blickte den beiden nach. Die Dämmerung war hereingebrochen und der Abendhimmel schimmerte blaugrün zwischen den kahlen Zweigen der Bäume, hinter denen die beiden Männer jetzt verschwanden.

Kaum waren sie außer Hörweite, flüsterte Millie aufgeregt:

»Hast du gesehen, wie der Typ uns angeschaut hat, vor allem dich?«

Natürlich hatte Paul es gesehen und fragte sich, ob Onkel Henri es auch bemerkt hatte.

»Ich wette mit dir um zehn Westmark, das war der Mann vom Dachboden!«, sagte Millie.

»Die Wette nehme ich aber nicht an.«

»Ebent!« Millie blieb beharrlich. »Ich hab da so ein komisches Gefühl. Los, komm, wir folgen ihnen zum Bahnhof.«

Paul schüttelte den Kopf. »Die gehen aber nicht zum Bahnhof, sondern in die andere Richtung.«

Millie sah ihn verblüfft an. »Stimmt!«

Sie folgten Onkel Henri und dem Fremden in sicherer Entfernung durch den Park. Immer wieder blieben sie stehen und taten so, als würden sie auf Herrn Hurtig warten. Die Männer erreichten die Oranienburgerstraße, bogen in die Auguststraße ein und blieben vor einem der grauen Häuser stehen. An diesem waren noch besonders viele Einschusslöcher aus dem Krieg zu sehen.

Paul und Millie versteckten sich hastig in der nächsten Toreinfahrt und drückten sich dort in die Dunkelheit. Zum Glück war die Einfahrt nicht beleuchtet. Vorsichtig schaute Millie um die Ecke. Onkel Henri klingelte gerade, kurz darauf ging das Licht im Treppenhaus an und beide Männer verschwanden in der Tür.

Die Kinder warteten in ihrem Versteck. Was sollten sie

jetzt machen? Herr Hurtig war gar nicht damit einverstanden, dass er hier still warten musste, und zog unruhig an der Leine. Gerade als Paul vorschlug, sie sollten sich doch besser auf den Heimweg machen, ging die Haustür auf und Onkel Henri und der Mann traten wieder hinaus. Wie Paul auffiel, trug sein Onkel jetzt kein Päckchen mehr unterm Arm. Herr Hurtig dachte, die Wiederkehr der Herren wäre der Beginn einer lustigen Verfolgungsjagd, und Millie musste ihn mit allen Tricks ablenken, um ihn ruhigzuhalten.

Diesmal folgten sie den Männern in noch größerem Abstand, denn die Straßen waren inzwischen fast leer. Im Konsum brannte noch Licht, das die magere Auslage beleuchtete, und ab und zu fuhr ein Trabi vorbei. Die Laternen warfen ihren matten Schein über die Bürgersteige und hinter vielen Fenstern flimmerte das bläuliche Licht der Fernseher.

Die beiden Männer überquerten eine Brücke und liefen jetzt auf den Bahnhof Friedrichstraße zu. Sie gingen inzwischen so schnell, dass Paul und Millie fast rennen mussten, um sie nicht aus den Augen zu verlieren. Die Straße wurde belebter. Herr Hurtig sprang mal nach links, mal nach rechts, und seine Leine verhedderte sich zwischen den Füßen eines Passanten, der sofort zu schimpfen anfing.

»Wat soll denn dat, du Göre!«

Millie bückte sich, um Herrn Hurtig zu befreien, und entschuldigte sich. Und da war es passiert: Die Männer waren im Bahnhof verschwunden.

Außer Atem betraten die Kinder die Haupthalle und sahen sich um. Reisende mit Koffern und Besucher aus dem Westen eilten oder schlenderten durch die Halle. Von den zwei Männern keine Spur. Enttäuscht wollte Paul die Suche aufgeben, als Millie plötzlich seinen Arm packte und ihn hinter eine Säule zog. Sie zeigte auf jemanden, der gerade die Stufen des Fernbahnhofs hinaufstieg. Es war der Mann, der Onkel Henri begleitet hatte.

»Los, wir sehen nach, wo er hinfährt«, sagte Millie und ging zielstrebig auf die Treppe zu. Paul folgte ihr die Stufen hinauf zum Gleis. Auf halber Höhe blieb er stehen.

»Schau mal«, sagte er leise. Wenige Meter von ihnen entfernt wartete der grauhaarige Mann mit hochgeschlagenem Kragen unter der Anzeigetafel und rauchte. Weil sie beide zum Gleis schauten, bemerkten sie Onkel Henri erst, als er direkt vor ihnen stand. Er hatte wahrscheinlich die ganze Zeit am Fuß der Treppe gewartet und sie beobachtet. Nun kam er direkt auf sie zu.

»Na, ihr Detektive!«, sagte er.

Der Schreck war den beiden deutlich ins Gesicht geschrieben, was Onkel Henri nicht entging.

»Wenn ihr zwei echte Spürnasen werden wollt, müsst ihr noch ein bisschen an eurer Beschattungstechnik arbeiten«, sagte er.

Paul wurde rot. »Wann hast du denn bemerkt, dass wir euch folgen?«, fragte er.

Onkel Henri machte eine wegwerfende Handbewegung. »Lange genug jedenfalls.«

Millie trat unruhig von einem Fuß auf den anderen. Es war das erste Mal, dass sie die Sprache verloren zu haben schien.

»So«, sagte Onkel Henri, fasste beide Kinder an den Schultern und steuerte sie durch die Menge. »Ich glaube, es ist an der Zeit, dass wir drei mal ein ernstes Gespräch führen.«

Paul schaute zu Millie, die seinen Blick mied. Auch wenn er nicht genau wusste, was sie jetzt erwartete, war Paul doch insgeheim erleichtert: Wenigstens war sein Onkel endlich bereit, über alles zu reden.

Der Hieroglyphenstein

Die beiden Kinder folgten Onkel Henri quer durch die Bahnhofshalle ins *Mitropa-Restaurant*. Der Raum war stickig und überheizt. Die Fenster waren beschlagen und es roch nach Grünkohl, altem Fett und Reinigungsmittel. Obwohl nur wenige Gäste an den eng beieinander stehenden braunen Holztischen saßen, mussten sie eine ganze Weile warten, bis die schlecht gelaunte Kellnerin zur Tür kam und ihnen einen der vielen freien Plätze anwies. Paul hatte sich nicht getraut, Onkel Henri anzuschauen, während sie auf den Tisch warteten, und auch Onkel Henri und Millie hatten geschwiegen.

Nachdem sie sich gesetzt hatten, knallte ihnen die dicke Kellnerin die Speisekarte auf den Tisch und verschwand.

»So«, sagte Onkel Henri noch einmal, als sie alleine waren. Er stützte die Ellenbogen auf den Tisch und beugte sich vor. »Ihr zwei tanzt mir ganz schön auf der Nase herum. Wegen euch hat der Professor neulich fast einen Herzinfarkt bekommen.«

»Professor?«, fragte Millie überrascht. »Der von vorhin ist ein Professor?«

»Ja«. Onkel Henri klang ungeduldig. Er sah sie an, als wären sie zwei Kindergartenkinder, die gerade groben Unfug angestellt hatten.

»Du meinst«, fragte Paul kleinlaut, »in der Nacht im Depot?« Onkel Henri nickte und schob seine Brille den Nasenrücken hinauf. »Er hat euch heute gleich wiedererkannt.« Onkel Henris Augen funkelten. »Vielleicht erklärt ihr mir mal bei Gelegenheit, warum ihr euch noch mal ins Museum geschlichen habt?«

Weil Millie noch immer kein Wort herausbekam, erzählte Paul schließlich alles – vom Fahrstuhl, der nach oben gefahren war, und von ihrer Sorge, Einbrecher könnten Onkel Henri überfallen. Millies bösen Verdacht gegen Onkel Henri erwähnte Paul natürlich mit keinem Wort.

Onkel Henri hörte aufmerksam zu und schaute jetzt nicht mehr wütend, sondern eher etwas müde.

»Wisst ihr, dass ihr zwei mich in Teufels Küche gebracht habt?« Onkel Henri fuhr sich durch die Haare. »Der angebliche Einbrecher war der Professor, dem ich bei einer sehr wichtigen Sache helfe. Genügt euch das, um endlich damit aufzuhören, eure Nase in fremde Angelegenheiten zu stecken?«

»Nur wenn du uns verrätst, was diese sehr wichtige Sache ist«, platzte Paul heraus.

Onkel Henri warf ihm einen undurchschaubaren Blick zu, schwieg und spielte mit seiner Serviette. Nach einer längeren

Pause warf er die Serviette zur Seite und sagte: »Und woher weiß ich, dass ihr niemandem davon erzählt?«

»Ich gebe dir mein Ehrenwort«, sagte Paul und streckte ihm die Hand entgegen.

»Ich auch«, flüsterte Millie.

Onkel Henri lehnte sich zurück, ließ die beiden aber nicht aus den Augen. Er verschränkte die Arme.

»Und wenn ich es euch erzähle, versprecht ihr mir, dass ihr aufhört, Detektiv zu spielen?«, fragte er streng.

Paul seufzte. »Also gut.«

Auch Millie nickte.

»Ich helfe dem Professor«, Onkel Henri räusperte sich kurz, »bei einer wissenschaftlichen Entdeckung.«

»Aber warum mitten in der Nacht? Und warum im Depot?«, fragte Paul.

»Erstens war es nicht mitten in der Nacht, sondern spät abends, und zweitens musste der Professor an diesem Abend im Depot etwas nachschauen.«

»Was denn?«, fragte Paul.

»Es hat eben mit der wissenschaftlichen Entdeckung zu tun.«

»Und was für eine Entdeckung ist das?«

Doch da trat endlich die dicke Bedienung an ihren Tisch.

»Bitte schön!«, sagte sie barsch, schob einen kleinen Block vor ihren gewaltigen Busen und hielt den Stift, als wäre er ein Wurfpfeil, den sie gleich nach Onkel Henri werfen würde.

Paul bestellte die Bratwürstchen, die er sich auf der Karte ausgesucht hatte.

»Ham wa nich.«

»Dann vielleicht das panierte Kotelett?«, fragte Onkel Henri.

»Ham wa nich«, antwortete die Frau ungeduldig.

»Was haben Sie denn dann?« Onkel Henri lächelte ihr betont freundlich zu. Sie lächelte nicht zurück.

»Gulasch-Suppe. Da steht's doch.«

Onkel Henri bestellte drei Suppen, zwei Vita-Cola und ein kleines Pils. Als die Kellnerin schnaufend abgezogen war, beugte Paul sich zu Onkel Henri und wiederholte seine Frage.

»Was wollte der Professor nachschauen?«

Ihm war ein Stein vom Herzen gefallen, seit klar war, dass Onkel Henri nicht in irgendwas Kriminelles verwickelt war, sondern bei einer wissenschaftlichen Arbeit half.

Onkel Henri klopfte mit einem Bierdeckel auf den Tisch.

»Ich habe also euer Versprechen? Ihr haltet euch ab jetzt raus?«

»Ehrenwort«, sagte Paul noch einmal und Millie nickte wieder zögerlich.

Onkel Henri lehnte sich vor und erzählte mit gesenkter Stimme, dass er dem Professor, der übrigens Hartwig hieß, dabei half, nach einem Stein im Ischtartor zu suchen.

»Da, wo wir unser Picknick gemacht haben?«, fragte Millie.

Onkel Henri nickte. »Auf einem dieser Steine steht nämlich eine ganz besondere Botschaft.«

»Aber das hätte doch schon längst jemand gesehen, oder?«, fragte Paul.

»Eben nicht«, antwortete Onkel Henri. »Die Botschaft ist auf der Innenseite des Steins eingeritzt, auf dem Teil, der eingemauert ist. Doch statt in Keilschrift, der Schrift der Babylonier, ist die Botschaft in Hieroglyphen geschrieben.«

»Ist das nicht früher die Schrift der Ägypter gewesen?«, fragte Millie.

Onkel Henri lächelte zum ersten Mal erfreut. »Genau. Daher die große Frage: Wieso waren ägyptische Schriftzeichen auf einem Stein für ein heiliges mesopotamisches Tor eingraviert? Ägypten lag schließlich ziemlich weit von Babylon entfernt.«

»Und?« Die Kinder lehnten sich neugierig vor.

Onkel Henri lächelte schon wieder. Zum Glück war seine Verärgerung etwas verraucht.

»Tja, es gibt eine Geschichte dazu, und auf die ist der Professor zufällig gestoßen. Deswegen will er ja unbedingt den Stein finden.«

»Also hat er ihn noch nicht gefunden?«, fragte Millie.

»Und wie will er das überhaupt machen?«, hakte Paul nach. »Er kann ja nicht das ganze Tor auseinandernehmen.«

»Vollkommen richtig«, erwiderte Onkel Henri. »Aber es gibt noch alte Dokumente und Pläne aus der Zeit, als das Ischtartor nach Deutschland gebracht wurde. Beim Auseinandernehmen des Tors im Irak haben die Archäologen jeden einzelnen Stein nummeriert und alles dazu aufgeschrieben. Sie haben auf Plänen eingezeichnet, wo genau jeder Stein hingehört und wie er aussieht. Nur so konnten sie das Tor in Berlin wieder originalgetreu zusammenbauen. Und nach diesen Plänen hat Professor Hartwig überall gesucht – auch im Depot.«

»Verstehe«, sagte Paul. Das klang nach ziemlich viel Aufwand für einen einzigen Stein. »Was ist denn nun so besonders an diesem Hieroglyphenstein?«

Onkel Henri wiegte den Kopf.

»Das ist eine sehr unglaubliche, aber wahre Geschichte ...«

Schnaufend stellte die Kellnerin ein großes Tablett mit drei Tellern voller rotbrauner dicker Suppe auf den Tisch. Ihr Busen schwebte wie ein Raumschiff über Paul, als sie Onkel Henri die Rechnung vor die Nase hielt. Erst nachdem sie wieder verschwunden war und Onkel Henri sich vergewissert hatte, dass niemand in Hörweite saß, fuhr er fort:

»Ich hatte euch ja im Museum gesagt, das alte Mesopotamien lag im heutigen Irak. Vor einiger Zeit machte Professor Hartwig bei einer Reise dorthin eine aufregende Entdeckung. Er ist, müsst ihr wissen, ein führender Experte für Keilschrift. Zwei irakische Kollegen brachten ihm eine große Tontafel und baten ihn um die Übersetzung. Ein Bauer hatte die Tafel beim Brunnengraben nahe dem Fluss Tigris gefunden. Da es viele Sorten von Keilschrift gibt und der Professor sie alle lesen kann, baten ihn die zwei Iraker um Hilfe. Und als er die Worte entziffert hatte, wusste der Professor, dass er sofort nach Berlin kommen musste.«

»Was stand denn so Wichtiges auf dieser Tafel?«, fragte Paul.

»Also – ihr erinnert euch ja an die Geschichte der Göttin Ischtar, die es geschafft hatte, der Unterwelt zu entkommen. In so einer Geschichte steckt natürlich der tiefe Wunsch der Menschen nach dem ewigen Leben. Die Botschaft auf dem Stein hat genau damit zu tun.«

»Wie das?« Millie und Paul sahen ihn aufgeregt an. Das war ja eine tolle Geschichte!

Onkel Henri nahm einen Löffel von seiner zähflüssigen Suppe. »Nicht nur Ischtar wollte den Tod bezwingen. Auch andere träumten vom ewigen Leben«, sagte er dann, nachdem er sich mit der Serviette den Mund abgewischt hatte. »Zum Beispiel die Ägypter. Bei ihren Mumien sind nach über 2000 Jahren immer noch Haut und Haare und der ganze Körper sehr gut erhalten. Die ägyptischen Priester waren damals die Einzigen auf der Welt, die die Kunst des Einbalsamierens beherrschten. Und natürlich hüteten sie ihre Geheimrezepte streng. Ihr könnt euch vielleicht vorstellen, dass auch andere dieses Rezept besitzen wollten, und nicht nur, um ihre Toten einzubalsamieren. Einige Zutaten nützten auch den Lebenden. Der Pharao und seine Frauen erhielten sich ihr jugendliches Aussehen mit den Mittelchen, die ihnen die Priester damals zusammenstellten. Dokumente darüber gibt es fast gar nicht, aber man weiß, dass ein Mittel in Gebrauch war, das sehr wirksam gewesen sein muss. Das Rezept dafür war so geheim, dass es nur mündlich überliefert wurde, bis auf eine Ausnahme.«

»Und das stand alles auf der Tontafel?«, fragte Millie.

»Nein, das wusste man schon seit Längerem«, sagte Onkel Henri. »Auf der neu gefundenen Tafel aber hat der Professor etwas entziffert, was eine Sensation ist, wenn es sich bestätigt.«

Onkel Henri nahm einen Schluck von seinem Pils, das inzwischen lauwarm geworden war.

»Die Tafel berichtet von einem jungen ägyptischen Priester, der mit dem Geheimrezept nach Babylon zu König Nebukadnezar reiste. Der babylonische König zählte zu denen, die unbedingt das Geheimnis der ewigen Jugend besitzen wollten. Er war bereit, seine Goldkammern dafür zu öffnen. Als die ägyptischen Priester mitbekamen, was ihr junger Ordensbruder getan hatte, meldeten sie es sofort dem Pharao. Der schickte seine Soldaten los, denn kein anderer König durfte das Geheimrezept für ewige Jugend besitzen. Die Soldaten verfolgten den jungen Priester bis nach Mesopotamien. Sie erwischten ihn nicht, aber verwundeten ihn mit einem vergifteten Pfeil. Der Verletzte entkam ihnen, indem er in den Fluss Euphrat sprang. Irgendwann wurde er weiter unten ans Ufer gespült.«

Onkel Henri drehte sich um und prüfte, ob jetzt jemand in der Nähe saß, der ihn hätte belauschen können.

»Dort am Ufer fand ihn ein Ziegler. Er war einer von den

Männern, die die Ziegel für das Ischtartor brannten. Der Ziegler nahm den verwundeten Priester zu sich nach Hause und pflegte ihn. Aber der junge Mann konnte das Gift in seinem Körper nicht besiegen. Als er spürte, dass er sterben würde, bat er den Ziegler um einen noch ungebrannten Tonziegel. Darauf gravierte er das Rezept und schenkte es dem Ziegler. Dann erzählte er ihm seine Geschichte und sagte, er solle den gebrannten Ziegel zu seinem König Nebukadnezar bringen. Damit würde er zu einem sehr reichen Mann werden.«

Paul und Millie tauschten Blicke. In was für eine haarsträubende Geschichte waren sie denn da geraten?

»Der Ziegler brannte zwar den Ziegel, wagte aber nicht, das Rezept dem König zu bringen. Das Ganze war ihm zu gefährlich, denn der König war unberechenbar. Vielleicht hätte er ihn für das Rezept fürstlich belohnt. Vielleicht hätte er ihn aber auch umbringen lassen, damit nur er allein vom Geheimrezept wusste. Das Leben eines Untertanen war dem König keinen Pfifferling wert. Tja, und weil dem Ziegler sein Leben und das seiner Familie wichtiger war, wurde der Stein im Ischtartor eingemauert.«

Onkel Henris Suppe war inzwischen kalt geworden.

»Aber dann war es doch leichtsinnig von dem Ziegler, das alles aufzuschreiben! Ich meine, wenn jemand die Tafel gefunden hätte?«, warf Millie ein.

Onkel Henri stutzte kurz und lächelte dann.

»Du hast ganz recht. Aber er hat es offenbar erst kurz

vor seinem Tod aufgeschrieben und die Tafel irgendwo in der Nähe seines Hauses vergraben. Er dachte vielleicht, die Nachwelt müsste von diesem Geheimnis erfahren. Später gab es dort eine riesige Überschwemmung und die Häuser aller Ziegler wurden von einer Schlammlawine begraben.«

»Das also verbirgt sich im Ischtartor«, sagte Paul fasziniert, der seine Suppe nicht angerührt hatte. »Nur eines versteh ich trotzdem nicht. Das Ganze ist doch eine tolle Sache fürs Museum. Warum dann diese Heimlichtuerei?«

Onkel Henri schien die Frage erwartet zu haben. »Sie erlauben dem Professor nicht, offiziell danach zu forschen. Er hat zig Anträge gestellt. Sie wurden alle abgelehnt.«

»Aber wer verbietet es ihm?«, fragte Millie.

Onkel Henri breitete die Hände aus und schaute sich noch einmal um, ob jemand zuhören konnte.

»Du weißt doch, auch bei uns herrscht ein König Nebukadnezar. Auch wir leben in einem Land, in dem vieles verboten ist.«

»Aber, stellt euch mal vor«, sagte Paul halblaut. »Wenn auf dem Stein wirklich ein Geheimrezept steht, um lange jung zu bleiben, eines, das auch wirklich funktioniert – das wäre doch eine Sensation!«

»Sage ich ja«, erwiderte Onkel Henri. »Was glaubt ihr, wie sich Pharmafirmen darum reißen würden!«

»Der Professor würde nicht nur berühmt, sondern auch schwerreich«, bemerkte Millie trocken.

»Schon möglich.« Onkel Henri schmunzelte. »Aber eins nach dem anderen. Erst einmal muss er in den Archiven das Rezept oder einen Hinweis darauf finden, und diese Suche darf nicht gefährdet werden. Versteht ihr?«

Sie nickten beide ernst.

»So, Kinder, es ist spät«, sagte Onkel Henri, stand auf und ging zur Kasse, um zu zahlen. »Allerhöchste Zeit, dass ihr nach Hause kommt.«

Sie verabschiedeten sich von Millie, die mit der S-Bahn eine Station zum Alexanderplatz fahren musste, und nahmen die Straßenbahn nach Hause.

Sobald sie auf dem letzten Stück Weg wieder zu zweit waren, fragte Paul: »Aber sag mal, Onkel Henri: Wenn ihr erwischt werdet? Dann verlierst du doch deine Stelle, oder?«

»Für diesen Fall haben wir schon einen Plan«, antwortete Onkel Henri. »Ich würde einfach so tun, als ob ich den Professor nicht kennen würde und auch nicht wüsste, wie er ins Museum gekommen ist. Du weißt ja, der Tagesdienst hat immer mal wieder aus Versehen jemanden eingesperrt. Der Professor wird dann aufgeregt tun, als wäre er etwas verwirrt und seit Stunden dort eingeschlossen gewesen.«

Paul fand, das klang nach einem ziemlich guten Plan. Als sie schon fast vor ihrer Haustür standen, musste er aber noch eine letzte Frage loswerden.

»Sag mal, das erste Mal, als ich dich abends im Museum

besucht habe, habe ich auch so komische Geräusche gehört. War das der Professor?«

»Du hast es erraten«, antwortete Onkel Henri. »Er hat sich im Ischtartor versteckt. Im Tor gibt es nämlich einen Hohlraum und eine Treppe, die nach oben führt. Du erinnerst dich, ich hab dich beim Haupteingang empfangen, eben weil ich nicht wollte, dass ihr beide euch über den Weg lauft. Ich hatte dem Professor genügend Zeit gegeben und ahnte ja nicht, dass er sich noch länger umschauen würde. Er hätte das Museum längst durch das Tor neben dem Wandelgang verlassen sollen. Und als er dich dann gehört hat, hat er sich im Innern des Ischtartors versteckt.«

Sie hatten die Haustür erreicht. Paul sah Onkel Henri erleichtert an.

»Dann ist auch das geklärt«, sagte er. »Ich hatte damals für einen Moment lang befürchtet, dass es im Museum spukt, auch wegen des merkwürdigen Heulens. Oder dass du…« Er senkte verlegen den Blick. »Vielleicht etwas tust, das nicht ganz…«

Paul beendete den Satz nicht.

Onkel Henri lächelte gedankenverloren, wuschelte ihm durchs Haar und legte ihm einen Arm um die Schulter.

»Nein«, sagte er. »Da mach dir mal keine Sorgen. Und der einzige Geist, der dort nachts herumspukt, bin ich. Das komische Heulen, das ist wirklich die S-Bahn.«

Lebende Tote
und gefälschte Pässe

Seit ihrem Gespräch mit Onkel Henri im *Mitropa* unternahmen Millie und Paul auch nach der Schule viel zusammen. Paul hatte sie gefragt, ob sie nicht Lust hätte, gemeinsam Hausaufgaben zu machen, und Millie war sofort einverstanden gewesen.

Oma, die Millie bei diesem ersten Besuch kennengelernt hatte, kochte ab jetzt immer für beide vor. Wenn Oma abends zu Hause war, blieb Millie auch gleich zum Abendessen. Wenn sie nicht da war, begleitete er Millie zum Theater. Manchmal besuchte er danach Onkel Henri im Museum. Einmal zeigte ihm Onkel Henri die verborgene Tür in der Wand und Paul stieg selbst ins Innere des Ischtartors.

Für diesen Sonntag hatte er sich mit Millie am Theater verabredet, um mit Herrn Hurtig spazieren zu gehen. Herr Hurtig saß schon beim Pförtner und wartete wieder auf ein Brötchen. Der Pförtner, der sich an Paul erinnerte, sagte ihm, Millie und der Herr Papa seien in der Künstlerkantine direkt nebenan. Er deutete über den kleinen Hof auf eine Tür, die in ein Kellergeschoss führte.

Paul ging die Stufen hinab in den niedrigen Kantinenraum, der mit Neonlicht erleuchtet war. Es roch nach Kohlsalat und Bratkartoffeln. Paul sah sich um – es saßen Schauspieler und andere Theaterleute an einem Tisch. Sie unterhielten sich, lachten und rauchten.

An einem Ecktisch entdeckte er Herrn Schonriegel. Er saß allein und aß zu Mittag. Als Paul zu ihm trat, schaute er nur kurz von seinem Schnitzel auf und aß dann schweigend weiter.

»Ich suche Millie«, sagte Paul. »Der Pförtner meinte, sie wäre hier bei Ihnen. Wir wollten zusammen mit Herrn Hurtig spazieren gehen.«

Herr Schonriegel betrachtete ihn jetzt etwas genauer. »Ah, der junge Freund! Du bist doch Henris Neffe, stimmt's?«

Paul nickte.

»Setz dich, setz dich.« Herr Schonriegel deutete mit der Gabel auf einen leeren Stuhl. »Millie müsste gleich hier sein. Die ist noch mal schnell nach Hause, um für mich was zu holen.«

Paul setzte sich neben Herrn Schonriegel, der schweigend seinen Kohlsalat in den Mund schaufelte und ihn nicht mehr ansah. Paul hatte nichts gegen Schweigen, im Gegenteil, er und Onkel Henri konnten stundenlang zusammensitzen, ohne ein Wort zu sagen. Aber das Schweigen mit Herrn Schonriegel war kein gemütliches wie mit Onkel Henri. Paul versuchte, Herrn Schonriegel nicht beim Essen zuzusehen, aber dazu musste er den Kopf zur Seite drehen, und das war nach einer Weile unangenehm. Er wandte sich wieder um und machte eine Bemerkung über das Wetter. Herr Schonriegel nickte abwesend und belud wieder seine Gabel. Paul suchte krampfhaft ein Thema, auf das Herr Schonriegel bestimmt antworten würde. In seiner Not verfiel er auf das denkbar Unpassendste.

»Wie lange ist Ihre Frau denn schon tot?

Herr Schonriegel ließ überrascht die Gabel mit dem Kohlsalat sinken und starrte ihn verdutzt an. Da war Paul wohl ins Fettnäpfchen getreten. Oder wohl eher schon eine ganze Fettwanne.

»Verzeihung…«, murmelte Paul. »Ich wollte nicht…«

Herr Schonriegel grinste plötzlich und zeigte zwei Goldzähne. »Wie kommste denn darauf…?«

Paul schluckte. »Millie hat gesagt, dass… dass Ihre Frau gestorben ist.«

»Unsinn.« Herr Schonriegel schob die Gabel jetzt endlich in den Mund und kaute. »Abgehauen is' sie. Das Leben hier war dann doch nicht so doll, wie sie sich das ausgemalt hatte. Ihren Mann und ihr kleines Kind hat sie einfach sitzen lassen und is' zurück nach Hause.«

Paul suchte nach Worten, aber sein Kopf war leer. Warum hatte Millie so eine Geschichte erfunden? Aber er wagte es nicht, Herrn Schonriegel noch mal anzusprechen, der nach der letzten Gabel leise rülpste.

Als Millie kurz darauf mit einer Aktentasche kam, die sie

ihrem Vater neben den Stuhl stellte, merkte sie gleich, dass etwas nicht stimmte.

»Gehen wir lieber«, sagte sie zu Paul.

Sie holten Herrn Hurtig beim Pförtner ab und liefen mit ihm zum Monbijoupark. Weil Paul noch immer schwieg, stupste ihn Millie irgendwann in die Seite.

»Nun sag schon, was ist los?«

»Warum lügst du mich eigentlich an?«, fragte Paul mit gepresster Stimme.

Millie blieb überrascht stehen. Ihr Gesicht hatte sich verändert.

»Was meinst du damit?«

»Du hast mir gesagt, dass deine Mutter tot ist. Dein Vater hat mir gerade erzählt, dass sie wieder in Kuba lebt.«

Millie schaute zu Boden und drehte an einer Strähne in ihrem Haar. Sie sah plötzlich klein und hilflos aus.

»Ich geh lieber«, sagte sie. »Komm, Herr Hurtig.«

Sie zog an der Leine. Herr Hurtig drehte sich unwillig um und trottete widerstrebend hinter ihr her.

»Feigling!«, rief Paul ihr nach.

Sie blieb wieder stehen und wandte sich um. In ihren Augen standen Tränen.

»Du hast ja keine Ahnung, wie das ist«, sagte sie kläglich. »Wenn deine Mutter, die du über alles liebst, eines Tages ohne Erklärung verschwindet und dich mit … mit allem allein lässt. Das kannst du dir nicht vorstellen.«

Sie wischte sich mit dem Handrücken über die Augen und drehte den Kopf zur Seite.

»Doch«, sagte Paul schließlich leise. »Das kann ich mir schon vorstellen. Sehr gut sogar.«

Millie sah ihn verwundert an.

»Ich will bloß nicht angelogen werden«, sagte Paul.

Millie kam langsam wieder zurück. Herr Hurtig hoppelte geduldig hinterher. Einen Schönheitspreis konnte der Hund wirklich nicht gewinnen, fand Paul, aber er war ein süßer Kerl.

»Du erzählst mir ja auch vieles nicht«, sagte Millie, als sie dicht vor ihm stand. »Zum Beispiel, was mit deinen Eltern ist und warum ihr nicht zusammenlebt.«

Paul schwieg und blickte zu Boden. Sie hatte recht. Allerdings hatte er bis jetzt niemandem davon erzählt. Seit er in Berlin wohnte, hatte er keine richtigen Freunde gefunden, mit denen man über alles sprechen konnte. Das hatte er lange nicht mehr gehabt, auch nicht im Heim. Deswegen hatte er fast vergessen, wie das war – bis Millie kam. Mit ihr hatte er in den letzten Wochen mehr geredet als mit irgendeinem sonst. Und hatte sie ihm nicht auch bei der Geschichte mit Onkel Henri zur Seite gestanden?

»Also gut, komm«, sagte er kurz entschlossen und zeigte auf ein Stück Rasen unweit der Spree.

»Was?«

»Ich erzähle es dir. Ich will auch keine Geheimnisse mehr vor dir haben.«

Millie sah ihn erstaunt an. Ihr Blick war ernst.

»Wirklich?«

Paul nickte. Mit niemandem außer Oma und Onkel Henri hatte er je über das gesprochen, was vor zwei Jahren passiert war. Aber jetzt war der Moment gekommen. Sie fanden einen sonnigen Platz im Gras und ließen sich nieder. Herr Hurtig schnüffelte sich durch die interessanten Abfälle unter den Ginsterbüschen, die schon blühten. Stockend begann Paul zu erzählen.

»Es war kurz nach meinem zehnten Geburtstag. In den großen Ferien wollten wir zum ersten Mal richtig ins Ausland verreisen – nach Ungarn – an den Plattensee. Ich hatte mich riesig darauf gefreut. Wir wollten sogar fliegen. Ich war noch nie in meinem Leben in einem Flugzeug gewesen. Auf dem Weg zum Flughafen waren meine Eltern sehr aufgeregt – so wie ich. Ich hab mir nichts dabei gedacht. Mein Vater hat sich am Flughafen in ein Café gesetzt und meine Mutter wollte mit mir unbedingt Flugzeuge anschauen. So spannend war das auf Dauer nicht, aber sie konnte anscheinend gar nicht genug kriegen. Im Nachhinein würde ich sagen, sie hat versucht, mich abzulenken, damit mein Vater ungestört war. Als wir zurückkamen, saß er mit einem fremden Mann zusammen. Ein Arbeitskollege, sagte meine Mutter, und wir sollten die zwei in Ruhe lassen. Stimmte aber nicht. Sie hatten mich angelogen.«

Paul kaute auf seiner Unterlippe und riss zornig ein paar

Grasbüschel aus. Er dachte wieder daran, wie wenig er damals von all dem geahnt hatte, was wirklich passierte.

»Das war kein Arbeitskollege!«

Millie legte den Kopf zur Seite. »Und dann?«

Paul schaute sie nicht an. Leise fuhr er fort: »Wir flogen also los. Der Arbeitskollege war auch dabei. Wie gesagt, ich dachte, die sind so aufgeregt wie ich, weil wir alle zum ersten Mal im Flugzeug sitzen. Mein Vater ist kurz nach dem Start zur Toilette gegangen. Er blieb ziemlich lange dort. Ich dachte mir nichts dabei. Vielleicht war er nervös wegen der Fliegerei. Stimmte aber nicht. Als wir in Budapest gelandet waren, sagte mein Vater, wir müssten jetzt in ein anderes Flugzeug steigen, um zu unserem Ferienort zu kommen. An der Passkontrolle merkte ich gar nicht, dass die Pässe, die mein Vater in der Hand hielt, anders aussahen als die Pässe, mit denen wir eingestiegen waren. Aber selbst wenn ich es gemerkt hätte, wäre mir wohl kein Licht aufgegangen.« Paul rupfte ein weiteres Grasbüschel aus und warf es fort. »Ich war ja erst zehn. Ich weiß nur, dass meine Eltern sehr still waren.«

»Wieso hattet ihr plötzlich andere Pässe?«

Paul starrte auf die kahlen Baumwipfel, die die Frühlingssonne beschien, und dachte an jenen heißen Sommertag zurück, der so vielversprechend begonnen hatte und dann so schrecklich endete.

»Oma hat sich später alles so zusammengereimt: Der angebliche Arbeitskollege war wahrscheinlich ein Fluchthelfer.

Mein Vater hatte viel Geld gezahlt, damit der Mann für uns westdeutsche Pässe besorgt. Im Flugzeug hat Papa wohl die alten zerrissen und ins Klo gespült.«

Millie pfiff durch die Zähne. »Deine Eltern wollten also in den Westen abhauen?«

Paul nickte. »Aber das wusste ich damals natürlich nicht. Sie hatten mir ja nichts erzählt.« Er presste die Lippen zusammen. »Niemand wusste davon«, stieß er hervor, »nicht einmal meine Großmutter. Es wäre zu riskant gewesen. Die Polizei hätte sie verhaftet, wenn sie davon gewusst hätte, ohne es zu melden. Und Oma würde natürlich nie ihren Sohn verpfeifen. Das wussten meine Eltern.«

»Trotzdem hätten sie dich fragen sollen, ob du überhaupt in den Westen willst. Sie hätten ja auch dein Leben völlig umgekrempelt. Fremdes Land, fremde Leute, fremde Schule ...«

»Hätten? Sie *haben* mein Leben völlig umgekrempelt!«, rief Paul so laut, dass Herr Hurtig, der neben Millie lag und ein Mauseloch beobachtete, ruckartig den Kopf umwandte und ihn anstarrte.

Millie kraulte ihn hinter den Ohren. »Und was passierte dann?«, fragte sie. Herr Hurtig wandte sich wieder dem Mauseloch zu.

Paul lehnte sich auf die Ellbogen. »Als wir dran waren, guckte sich der Zollbeamte ganz lange die Pässe an. Er sagte, da würde das Transitvisum fehlen, mit dem wir von Westberlin nach Ostberlin gekommen wären. Ich verstand nur

Bahnhof. Wir waren doch gar nicht in Westberlin gewesen! Aber mein Vater drückte meine Hand ganz fest, sodass ich wusste, dass ich still sein musste. Ich sah, wie ihm der Schweiß auf der Stirn stand. Meine Mutter war sehr blass geworden. Inzwischen umringten uns mehrere Polizisten. Ich spürte, dass gerade etwas Schreckliches passierte, aber ich wusste nicht, was. Ich hielt die ganze Zeit nur Papas Hand. Mama sagte später, die vielen Polizisten hätten schon auf uns gewartet. Jemand hätte uns verraten.«

»Uff«, machte Millie leise.

Paul starrte hinüber zum Fluss, der im Sonnenlicht glitzerte. Noch einmal durchlebte er jenen Moment.

»Ich war wie gelähmt vor Angst. Der Polizist hatte ja alles sofort durchschaut. Mein Vater sagte noch, er hätte das Visum verloren, aber der Mann winkte nur ab. Meine Eltern waren keine besonders guten Schauspieler. Dann haben sie uns mitgenommen und in einen verlassenen Teil des Flughafens gebracht. Dort wurden wir in einen Wartesaal eingesperrt, so ein Raum ohne Fenster. Erst verhörten sie Papa stundenlang, dann Mama. Dann haben sie Papa mitgenommen. Mama und ich verbrachten eine schlaflose Nacht in einem schmuddeligen Hotel, das von der Polizei bewacht wurde. Mama weinte die ganze Nacht und sagte immer wieder, wie leid ihr das alles tue.« Paul schluckte. »Am nächsten Tag brachten sie uns zu einer Bank. Dort ging es weiter mit den Verhören. Ich habe den ganzen Tag in dieser ungemütlichen Halle gewartet, wo

Leute ihr Geld abheben. Ich hatte solche Angst, ich wusste nicht, was wird. Ich wusste gar nichts.«

»Oh Gott«, sagte Millie leise. »Aber wieso in einer Bank?« Paul zuckte mit den Schultern. »Keine Ahnung. Niemand redete ja mit mir.«

Millie hatte aufgehört, Herrn Hurtig zu kraulen. »Das muss ja furchtbar gewesen sein.«

»Ja, das war es. Aber es kam noch schlimmer.« Paul versuchte, das Zittern zu unterdrücken, das seinen Körper durchfuhr. Die Bilder dieser Tage lebten wieder auf, als wäre alles erst gestern passiert. »Irgendwann sah ich Papa zwischen zwei Polizisten am anderen Ende der Halle. Sie haben ihn abgeführt. Er hat mich nicht gesehen. Ich konnte mich nicht mal von ihm verabschieden. Viele Stunden später brachten sie Mama raus. Sie schluchzte nur noch. Ein Polizist deutete auf unsere Taschen und sagte, dass sie getrennt gepackt sein müssen. Dann haben sie mich und meine Mutter zum Flughafen gebracht und in ein Flugzeug nach Ostberlin gesetzt.« Paul rieb sich über die Augen. »Wir mussten als Letzte aussteigen. Die Grenzpolizei hat uns gleich an der Rolltreppe empfangen und uns sofort getrennt abgeführt. Ich drehte mich noch einmal zu meiner Mutter um. Sie sah so klein und verloren aus, wie sie da stand und meinen Namen rief. Ich wäre am liebsten zurückgelaufen, um sie ein letztes Mal zu umarmen, aber ich durfte nicht. Seitdem habe ich sie nicht mehr gesehen. Meinen Vater auch nicht.«

Paul senkte den Kopf. »Alles was ich von ihnen habe, sind ein paar Briefe, die sie mir aus dem Gefängnis geschrieben haben. Ich weiß nicht, ob du dir vorstellen kannst, wie so etwas ist. Es verfolgt mich jeden Tag.«

Millie wischte sich die Tränen weg, die plötzlich in ihren Augen standen. Paul hatte es bemerkt.

»Doch, das kann ich mir vorstellen«, sagte sie heiser.

Herr Hurtig legte seine Schnauze auf ihr Knie und sah sie besorgt an. Millie strich ihm über den Kopf. »Wo haben sie dich dann hingebracht?«

»In ein Kinderheim bei Rostock. Das war aber eher ein Gefängnis. Es war von hohen Mauern umgeben. Obendrauf waren Stacheldraht und Glasscherben, damit wir nicht abhauen konnten. Und vor dem Tor stand immer ein Polizist, der aufpasste. Vor den Fenstern waren Gitterstäbe, und als ich ankam, haben sie mir alles weggenommen, sogar meine Kleider, und mir Heimkleidung gegeben, wie in einem Erwachsenengefängnis. Dabei waren ich und die anderen Kinder doch keine Verbrecher.«

Paul hatte länger nicht mehr an die anderen Kinder gedacht. Jetzt sah er sie wieder vor sich: den dicken Wanja, mit dem er das Zimmer mit den sechs Doppelstock-Betten geteilt hatte. Seine Eltern hatten Flugblätter gedruckt, auf denen sie verlangten, dass man reisen durfte, wohin man wollte. Deswegen waren sie ins Gefängnis gekommen und Wanja ins Heim. Er dachte an den kleinen, blassen Kai, den sie jede

Nacht wimmern hörten. Er wurde genauso streng behandelt wie die großen, dabei war er erst acht. Und weil er so viel heulte, wurde er ständig bestraft. Seine Eltern waren auch »Politische«, wie Wanjas Eltern. Die Stasi war zu ihnen nach Hause gekommen und wollte die Rechnungen für ihre Möbel sehen. Die hatten sie natürlich nicht mehr. Das war der raffinierte Grund, den sich die Stasi ausgedacht hatte, um sie ins Gefängnis zu stecken. Und dann gab es noch Klaus, der war schon vierzehn, hatte aber immer noch große Angst vor der Dunkelheit. Was wohl aus ihnen allen geworden war?

»Morgens um halb sechs mussten wir aufstehen und dann im Flur zum Appell antreten. Danach Anstehen für Zahnpasta. Und dann kam das Putzen dran. Jeden Tag. Alles – die Klos schrubben, die Gänge und die Zimmer. Und wenn du, wie Kai, zu viel geheult hast, musstest du zur Strafe alles noch mal putzen. Dann gab's Unterricht. Vor allen Dingen aber wollten die uns beibringen, dass der Staat gut ist und unsere Eltern einen riesigen Fehler gemacht hatten. In den Ferien mussten wir Flugzeuglämpchen zusammenschrauben. Aber das Schlimmste waren die beiden Frauen, die auf uns aufgepasst haben. Sie haben uns nur herumkommandiert und angebrüllt. Und wehe, man hat nicht gespurt. Die Großen munkelten, dass es im Keller einen fensterlosen Raum gab – sie nannten ihn ›das Loch‹. Da wurde man zur Strafe stundenlang eingesperrt, wenn man etwas ausgefressen hatte. Abends wurden wir in unsere Zimmer eingeschlossen. Und wenn man nachts aufs Klo wollte, musste man im Dunkeln in einen Blecheimer pinkeln. Überhaupt – es war durch die dichten Vorhänge so dunkel in unserem Schlafraum, dass man gar nichts mehr gesehen hat. Es war ziemlich gruselig.«

Paul dachte an diese schreckliche Dunkelheit. Pechschwarz war es im Zimmer gewesen, nicht einmal durch eine Ritze war Licht gedrungen. Und in dieser Dunkelheit hatte er plötzlich Dinge gesehen – Lichtblitze und unheimliche Fratzen, die kamen und dann wieder im Dunkeln verschwanden. Oft hatte er vor Angst lange nicht einschlafen können.

»Haben deine Eltern nicht gewusst, was mit euch passieren würde, wenn der Plan schiefging?«, fragte Millie.

»Ich weiß es nicht.« Paul schaute hinüber zu drei Kindern, die auf dem Rasen Fangen spielten. Wie oft hatte er sich schon die gleiche Frage gestellt.

»Oma hat mir später erzählt, dass Mama und Papa mit dem Leben in der DDR schon lange unzufrieden waren. Sie wollten, dass ich eine bessere Zukunft habe. Sie wollten, dass ich in einem Land aufwachse, in dem ich selber bestimmen kann, was aus mir wird. Allerdings ist das mit der besseren Zukunft ganz schön in die Hose gegangen.«

»Immerhin haben dich die Leute aus dem Heim zu deiner Oma zurückgeschickt«, sagte Millie.

»Nein, das haben sie nicht. Oma und Onkel Henri mussten mich überall suchen. Himmel und Hölle haben sie in Bewegung gesetzt, um mich zu finden. Nach der Verhaftung war die

Stasi bei ihnen und hat sie ausgefragt. Die wollten nicht glauben, dass die beiden nichts von der geplanten Flucht gewusst hatten. Aber so haben sie überhaupt erst erfahren, was passiert war. Oma hat mich dann überall gesucht. Sie war immer wieder beim Jugendamt und ist zur Polizei gegangen, aber die haben ihr nicht weitergeholfen. Oma glaubt, die wollten nicht helfen, weil Onkel Henri ihnen die Meinung gesagt hatte. Oma behauptet immer, Henri könne sein Mundwerk nicht halten, wenn er aufgeregt ist. Zum Glück hat Oma irgendwann eine Freundin gefragt, die als Erzieherin gearbeitet hat. Und die wiederum kannte andere Erzieher, und die kannten wieder andere. So hat einer den anderen gefragt, bis sie endlich herausfanden, wo sie mich hingebracht hatten. Aber das hat über ein halbes Jahr gedauert. Ich weiß nicht, wie sie es geschafft hat, mich aus dem Heim zu holen, aber wenn es jemand schaffen konnte, dann sie.« Paul zog noch ein paar Grasbüschel aus dem Rasen. »Sie ist der mutigste Mensch, den ich kenne.«

Millie sah ihn von der Seite an. »Du bist genauso mutig. Ich hätte das alles nicht durchstehen können, was du erlebt hast.«

War das gerade ein Kompliment gewesen? Paul schaute überrascht zu ihr hinüber und lächelte schüchtern. Noch nie hatte jemand gesagt, dass er mutig sei.

Herr Hurtig, der zwischendurch verschwunden war, kam und legte ihnen einen kleinen Knochen vor die Füße, den er irgendwo ausgescharrt hatte.

»Ich glaube, das ist ein Geschenk für dich«, sagte Millie.

Paul grinste. »Genau so einen wollte ich schon immer haben«, sagte er und streichelte den Hund. Herr Hurtig leckte ihm die Hand, doch als er ihm gleich danach das Gesicht abschlecken wollte, wehrte Paul ihn glucksend ab.

Sie saßen noch eine ganze Weile im Gras und redeten über ganz normale Sachen, über die Schule und den Streber Uwe und die schreckliche Frau Götze. Millie brachte Paul wieder zum Lachen, indem sie Frau Götze perfekt nachahmte. Paul erzählte von Omas Nachbarn, dem ollen Markowitsch, der immer die Mülltonnen überwachte und sofort schimpfend in den Hof stürzte, wenn jemand beim Mülleimerleeren ein Stückchen Papier auf den Boden fallen ließ.

Als es kühler wurde, spazierten sie zurück. Paul begleitete Millie zu ihrer Haustür. Millie wohnte in einem Hochhaus in der Nähe vom Alexanderplatz. Auf dem Weg dahin schwiegen sie. Es war nicht die Art Schweigen wie mit Millies Vater, sondern ein gemütliches Schweigen wie mit Onkel Henri.

Millie schloss die Haustür auf. Dann wandte sie sich noch einmal zu ihm um und senkte den Blick. Sie zögerte.

»Paul, ich … ich muss dir noch etwas sagen«, stieß sie hervor. Da fiel ihr Blick auf seine Armbanduhr. »Oh nein, ist es wirklich schon sechs? Herr Hurtig sollte seit einer halben Stunde zu Hause sein. Wir reden morgen weiter!«, rief sie noch über die Schulter und sprang mit Herrn Hurtig die Treppe hoch.

Paul sah ihr lächelnd nach. Dann schlenderte er in der Abendsonne zur S-Bahn. Die Hände hatte er in den Hosentaschen vergraben. Genau wie Millie, dachte er plötzlich mit einem warmen Gefühl im Bauch. Er kickte ein Steinchen und fühlte sich so leicht und glücklich wie schon lange nicht mehr.

Wo ist Onkel Henri?

Als Paul am nächsten Tag von der Schule nach Hause kam, war die Wohnungstür nur angelehnt. Er hörte ein leises Klicken und sah aus den Augenwinkeln, wie in der Wohnung gegenüber die Briefklappe in der Tür langsam aufgeschoben wurde. Warum beobachtete der olle Markowitsch ihn? Paul drückte die Wohnungstür auf und schaute sich in dem dämmrigen Flur um. Mäntel und Jacken lagen am Boden verstreut. Der Garderobenständer war leer. Die Tür zu Onkel Henris Zimmer stand offen und seine Matratze lehnte dagegen. Auch im Wohnzimmer standen die Schranktüren und Schubladen offen. Der Inhalt stapelte sich auf dem Couchtisch und dem Teppich. Es sah aus, als hätte jemand alles durchwühlt. Fassungslos sah Paul sich um.

Was war hier passiert? Als Paul ein Geräusch aus der Küche hörte, stieß er vorsichtig die angelehnte Küchentür auf. Oma kniete auf dem Boden und räumte gerade Töpfe in den Unterschrank. Auch hier herrschte ein völliges Durcheinander.

»Was machst du denn da?«, rief Paul.

Oma stützte sich an der Schranktür ab und stand langsam auf. Sie sah blass aus und sehr erschöpft.

»Einräumen«, sagte sie und wischte sich mit dem Handrücken über die Stirn. »Sie haben die Wohnung durchsucht.«

»Wer denn?«

»Die Polizei und jemand von der Stasi. Sie waren hier. Haben alles durchwühlt und dann haben sie ihn mitgenommen.«

Sie tastete nach dem Stuhl und ließ sich erschöpft darauf nieder. Paul ließ die Schulmappe fallen und kniete sich neben sie.

»Wen haben sie mitgenommen?«, fragte er, aber er ahnte es schon.

»Na, Henri.«

»Nein!« Paul schloss die Augen.

Er zog einen Stuhl heran und setzte sich zu Oma. »Aber warum denn?«

Oma senkte den Kopf. Ihre breiten Hände, die gefaltet in ihrem Schoß lagen, zitterten ein wenig. »Sie sagten etwas von staatsfeindlichen Aktivitäten oder so ähnlich. Wahrscheinlich hat er die Klappe wieder zu weit aufgemacht. So wie damals.«

»Wie damals?«, fragte Paul.

»Ach, Jungchen«, seufzte Oma. »Das weißt du nicht? Er ist doch wegen deinen Eltern von der Uni geflogen! Er hat dagegen protestiert, dass sie eingesperrt werden, nur weil sie das Land verlassen wollten. Das hat schon gereicht und sein

Studienplatz war weg. Deshalb ist er jetzt Nachtwächter im Museum.«

Das musste Paul erst einmal verdauen. Ihm war nicht klar gewesen, wie sehr sich sein Onkel für Papa und Mama eingesetzt hatte. Und er war so dumm gewesen und hatte noch blöde Bemerkungen über Onkel Henris Archäologiestudium gemacht! Und jetzt war er weg...

»Was haben sie gesagt? Was werfen sie ihm genau vor?«

Oma presste ihre Hände zusammen, um das Zittern zu stoppen.

»Sie wollten wissen, ob er Volkseigentum veruntreut und an den Klassenfeind veräußert hat. Sie meinen wohl, dass er Sachen aus dem Museum mitgehen lässt. Lächerlich...!«

Ihre Augen blickten müde durch die Brillengläser, und sie glättete immer wieder die Falten, die ihre Kittelschürze im Schoß warf.

»Was... was soll er denn geklaut haben?«, rief Paul.

Die Gedanken wirbelten durch seinen Kopf. Das war doch sicher alles ein Missverständnis. Jemand musste Onkel Henri und den Professor nachts im Museum beobachtet haben. Jemand, der nicht wusste, dass der Professor und Onkel Henri in Wirklichkeit nur forschten.

»Hat ihn denn jemand angezeigt?«

Oma zuckte die Schultern. »Wenn ich das nur wüsste!«

Sie stützte den Kopf in die Hände und starrte auf die Tischdecke. Ihre sonst so ordentlich frisierte Dauerwelle war ganz durcheinander. Oma tat Paul so leid. Sie wirkte zerbrechlich und kraftlos. So viel hatte sie schon wegstecken müssen, erst die Sache mit Pauls Eltern und jetzt auch mit ihrem zweiten Sohn. Fast hätte Paul ihr von dem Professor und dem Hieroglyphenstein erzählt, aber dann hielt er sich doch zurück. Er hatte Onkel Henri ein Versprechen gegeben, daran musste er sich halten.

Plötzlich schüttelte Oma, die noch immer gedankenverloren die Tischdecke anstarrte, nervös den Kopf.

»Wie kommen die auf Klaus B. Tirch?«, murmelte sie kaum hörbar.

Dann blickte sie erschrocken auf und fing sich wieder. Sie schien ganz vergessen zu haben, dass Paul ihr gegenübersaß.

»Oh je, Junge, ich bin schon ganz wirr im Kopf«, seufzte sie. »Die haben mich völlig aus der Fassung gebracht, mich olle Frau.«

Paul lächelte ihr aufmunternd zu. »Wie wäre es mit einer Tasse Westkaffee?«, schlug er vor. »Und dann räumen wir gemeinsam auf. Ich wette, das Ganze ist ein Irrtum und klärt sich bald auf.«

So zuversichtlich fühlte Paul sich zwar ganz und gar nicht, aber bei Omas Zustand musste er sich zusammenreißen. Er füllte den Wasserkessel und stellte ihn auf den Herd.

Wer hatte Onkel Henri und den Professor nur verraten? War ein Museumsmitarbeiter nachts aufgetaucht? Eigentlich kam nur ein Mensch ab und zu abends vorbei. Ja, das musste es sein. Je mehr Paul darüber nachdachte, desto wahrscheinlicher schien es ihm! Herr Tisch musste die beiden im Depot gesehen haben. Aber war Tisch ein Petzer? Schließlich waren seine »Tauschgeschäfte« ja auch nicht gerade super legal. Wenn es danach ging, dürfte er ja eigentlich nicht zur Polizei gehen, oder? Es ergab alles keinen rechten Sinn. Aber was hatte Oma da eben erzählt?

»Oma«, sagte er sanft. »Du hast doch gerade gesagt, dass die Polizei irgendwie auf Klaus Tirch gekommen ist. Meinten sie vielleicht Klaus Tisch?«

Oma sah ihn lange durch ihre Brille an. Sie sah plötzlich wie eine alte Schildkröte aus. »Nein, nein, mein Junge. Vergiss das mal schnell wieder«, sagte sie und winkte ab. »Lass uns jetzt wirklich lieber aufräumen.«

Paul nahm ihre Hand und drückte sie. »Ist gut«, sagte er. »Wir räumen auf.«

Später würde er zum Museum fahren und versuchen, Herrn Tisch zu finden. Aber vorher würde er mit Millie darüber sprechen. Sie war ja die Einzige, die Bescheid wusste. Vielleicht fanden sie gemeinsam einen Weg, Onkel Henri aus der Patsche zu helfen.

Die nächste Stunde verbrachten Oma und Paul damit, alles wieder in Ordnung zu bringen. Sogar sein Geheimfach, in dem er die Briefe seiner Eltern aufbewahrte, hatten die Männer durchsucht.

Als sie alles wieder in die Schränke geräumt hatten, legte

Oma sich auf die Couch und bat Paul, sie im Hotel krankzumelden. Sie war zu erschöpft, um jetzt noch zur Arbeit zu gehen. Paul brachte ihr noch eine Decke und machte den Fernseher für sie an. Dann setzte er sich aufs Rad und fuhr los.

Auf dem Weg zum Hotel radelte er erst bei Millie vorbei,
um sich für später mit ihr zu verabreden. Vielleicht könnten
sie gemeinsam zum Museum gehen, um Herrn Tisch auf den
Zahn zu fühlen. Millie würde gleich merken, ob er sich nur
rausredete oder nicht. Sie hatte ja Erfahrung mit Schauspielern. Außerdem wäre ihm wohler dabei, wenn er ihn nicht
allein zur Rede stellen musste.

Als er gerade unter den vielen Klingelschildern am Hochhaus ihren Namen suchte, trat Herr Schonriegel aus der
Haustür. Er hatte seine Aktentasche dabei und erkannte Paul
gleich wieder.

»Brauchst nicht klingeln. Millie ist nicht da«, sagte er.

Paul sah ihn enttäuscht an.

»Wann kommt sie denn wieder?«, fragte er.

»Heute gar nicht«, sagte Herr Schonriegel knapp. »Ich
brauche sie nachher im Theater.«

Er wartete, bis Paul aufs Rad gestiegen war, dann ging er
mit schnellen Schritten davon.

Langsam radelte Paul die Straße »Unter den Linden«
hinunter. Es war einfach zu dumm, dass Millie heute nicht
da war. Aber spätestens am nächsten Tag würde er ihr in der
Schulpause alles berichten.

Überraschung im Hotel

Paul war noch nie im *Hotel Metropol* gewesen, aber Oma hatte ihm den Weg genau beschrieben. Rechts in die Friedrichstraße rein und dann bis zur Clara-Zetkin-Straße. »Ein Riesenklotz«, hatte sie gesagt. »Gar nicht zu übersehen.«

Sie hatte recht, es war ein großes Hotel. Wahrscheinlich hatte es Hunderte von Zimmern. Oma hatte mal erzählt, dass es ein Fünf-Sterne-Hotel war, in dem berühmte Leute aus dem Westen – auch Politiker – abstiegen.

Metropol-Grill stand in Leuchtbuchstaben über dem Hotelrestaurant – das musste der Ort sein, wo Oma arbeitete. Die großen Fensterscheiben waren verspiegelt, sodass man nicht hineinschauen konnte. Paul schloss sein Rad ab und ging zu der Glastür, die ins Restaurant führte. Er trat ein und sah sich um. An der Decke hingen üppige Glasleuchter, die Wände waren mit hellbraunem Holz getäfelt und die Stühle waren mit Stoff bezogen. Anders als das *Mitropa-Restaurant* war der *Metropol-Grill* gut besucht. Paul sah, dass die meisten Gäste aus dem Westen kamen. Das konnte er an ihrer Kleidung und sogar ihren Gesichtern erkennen. Onkel Henri hatte recht gehabt.

Jetzt steuerte eine schwarz gekleidete Kellnerin mit weißer Haube und Schürzchen auf ihn zu. Sie hatte sofort gesehen, dass er nicht hierher gehörte, und fragte, was er wollte.

»Ich will meine Großmutter, Frau Fährmann, krankmelden.«

»Warte hier, Kleener«, sagte die Kellnerin. »Ick sag Bescheid.«

Etwas verloren stand Paul an der Tür herum und ließ seinen Blick durch den Raum schweifen. Er bemerkte, wie viel schäbiger er gekleidet war als die Gäste hier – und da plötzlich sah er ihn. Dort saß der Professor! Paul erkannte den markanten Kopf mit der zurückgekämmten grauen Mähne und die spitze Nase, auf der die Hornbrille saß, gleich wieder. Wie bei ihrer letzten Begegnung trug der Professor einen dunkelgrauen Anzug mit Einstecktuch und Krawatte. Er saß allein am Tisch und blätterte in einem Stapel Papiere.

Paul war in wenigen Schritten bei ihm. Der Professor könnte, nein, er musste ein Wort für Onkel Henri bei der Polizei einlegen. Schließlich war er ja für den ganzen Schlamassel verantwortlich.

»Professor Hartwig?«

Überrascht blickte der Professor auf. Der Teppichboden hatte Pauls Schritte verschluckt, sodass er den Jungen nicht hatte kommen hören. Jetzt sah er Paul verständnislos an.

»Könnte ich Sie bitte kurz sprechen? Es ist wegen Onkel Henri, Heinrich Fährmann. Er ist verhaftet worden!«, rief Paul aufgeregt.

Die Worte sprudelten aus ihm heraus. Der Professor wollte etwas erwidern, aber Paul ließ sich nicht unterbrechen.

»Und das nur wegen Ihres Hieroglyphensteins im Ischtartor! Sie müssen zur Polizei gehen und alles erklären. Henri hat bestimmt nichts gestohlen. Er ist unschuldig!«

Während Paul sprach, war der Blick des Professors hinter ihn geglitten. Sein Gesicht verfinsterte sich. Er stand auf und packte Paul an der Hand.

»Beruhige dich, Junge«, sagte er leise und streng. »Ich weiß nicht, wovon du sprichst und was du überhaupt von mir willst. Du scheinst mich mit jemandem zu verwechseln!«

Erst jetzt bemerkte Paul, dass sie nicht alleine waren. Hinter ihm stand ein schmaler, kleiner Herr mit hellgrauer Aktentasche, den der Professor mit einem Kopfnicken begrüßte. Auch die Kellnerin kam an den Tisch. Sie hatte den lauten Wortwechsel gehört.

»Hallo, junger Mann? Du sollst hier nicht die Gäste belästigen«, sagte sie barsch.

Der Professor lächelte ihr beschwichtigend zu.

»Ist schon gut. Er hat mich wohl mit jemandem verwechselt.«

Ohne Paul eines weiteren Blickes zu würdigen, wandte sich der Professor dem kleinen Mann zu, der Zeuge ihres Gesprächs geworden war. Paul bemerkte, dass er ziemlich stark stotterte, als er den Professor begrüßte. Die beiden setzten sich wieder an den Tisch, auf den der kleine Mann seine

Aktentasche abstellte. Die Kellnerin packte Paul am Arm und schob ihn energisch zum Ausgang.

»Sag deiner Oma, es geht in Ordnung«, sagte sie. »Sie soll morgen wieder zur üblichen Zeit hier sein. Sie kommt doch morgen, oder?«

»Ja, natürlich«, antwortete Paul. »Es ist nur heute ...«

»Is' gut.« Die Kellnerin öffnete die Tür und schob Paul hinaus. »Und behellige hier keine Gäste mehr«, zischte sie ihm zum Abschied hinterher und verfiel wieder ins Berlinern: »Det sind hohe Tiere, det riech ick.«

Paul sperrte sein Fahrradschloss auf und überlegte die nächsten Schritte. Sollte er ins Museum zu Herrn Tisch fahren? Oder warten, bis der Professor das Restaurant verließ? Nein, das Letztere war wahrscheinlich zwecklos. Der Professor hatte so abweisend reagiert, der würde sicher auch später nicht mit ihm sprechen.

Andererseits habe ich ihn gerade ziemlich überrumpelt, sagte sich Paul. Er hätte ihn nicht gleich in der Öffentlichkeit überfallen dürfen. Wahrscheinlich war ihm das vor diesem anderen Mann furchtbar peinlich gewesen. Das war vielleicht auch die Erklärung dafür, dass er so abweisend reagiert hatte. Wenn Paul ihn allein erwischen könnte, würde er vielleicht mit ihm sprechen. Der Professor war schließlich der einzige Mensch, der zur Polizei gehen konnte, um die Sache aufzuklären.

Paul beschloss, auf Professor Hartwig zu warten, und setzte

sich auf den Rand eines Blumenkübels. Er war aus Zement mit geriffeltem Muster, in dem zu dieser Jahreszeit nur ein paar vertrocknete Pflanzen wuchsen. Ein kalter Wind fegte über die Straße und Paul fror. Seine Jacke war viel zu dünn und außerdem schon fast zu klein.

Ein großer Mann ging auf den Restauranteingang zu und schaute kurz über seine Schultern nach links und rechts, bevor er das Restaurant betrat. Sein weiches, fast kindliches Gesicht passte nicht recht zu seinem sportlichen Gang. Paul beschloss, noch eine Viertelstunde zu warten.

Nach fünf Minuten trat der große Mann wieder aus der Tür des Restaurants. In der rechten Hand trug er eine hellgraue Aktentasche. War das nicht die vom kleinen Stotterer? Paul wartete, bis der Mann mit der Tasche verschwunden war – er hatte sich wieder kurz nach allen Seiten umgedreht, aber Paul nicht beachtet. Dann schlich Paul sich vor die verspiegelten braunen Fenster des Restaurants. Wenn man das Gesicht ganz nah an die Scheibe drückte, konnte man doch nach innen schauen.

Der Tisch, an dem der Professor zuletzt mit dem kleinen Mann gesessen hatte, war leer. Aber konnten sie sich in Luft aufgelöst haben? Natürlich, wurde Paul jetzt klar – es musste eine andere Tür geben, die vom Restaurant direkt ins Hotel führte! Und das hatte einen eigenen Ausgang, den Paul nicht im Blick gehabt hatte.

Paul seufzte – er hatte den Professor verpasst. Es war ein

Tag, an dem aber auch alles schiefging. Er dachte an Oma, die so erschöpft gewirkt hatte. Irgendetwas musste er tun, aber was? Es war kurz nach sechs. Herr Tisch könnte inzwischen im Museum sein, denn bestimmt musste er für Onkel Henri einspringen. Paul beschloss, zum Museum zu fahren und so zu tun, als ob er Onkel Henri suchte. Dann würde er ja sehen, wie Herr Tisch reagierte.

Er setzte sich aufs Rad und fuhr »Unter den Linden« hinauf zur Museumsinsel. Es dämmerte schon, und der kühle Märzwind, der die breite Straße entlangfegte, wurde noch kälter. Je näher Paul dem Museum kam, desto unsicherer wurde er. Er war, wie seine Eltern, kein besonders guter Schauspieler. Herr Tisch würde ihn wahrscheinlich sofort durchschauen.

Er stieg ab und lehnte sich ans Rad. Wie dumm, dass Millie keine Zeit gehabt hatte. Gerade überlegte er, ob er das kleine Stück zum Alexanderplatz hochradeln sollte, um noch einmal bei ihr zu klingeln, da bemerkte er einen Mann, der mit schnellen Schritten die Straße entlangkam.

Kein Zweifel, es war der Professor. Er war außer Atem, als er neben Paul ankam, als wäre er zu schnell gelaufen.

»Warte kurz und dann folge mir«, murmelte er, als er an ihm vorbeiging.

Paul war so überrascht, dass er keinen Ton herausbekam. Er schaute dem Professor nach. Was sollte das? War er nun plötzlich doch bereit, mit ihm zu reden?

Der Professor bog in eine schmale Gasse hinter der Oper

ein. Paul zählte bis dreißig, dann setzte er sich aufs Rad und fuhr hinterher. Die Gasse war leer, auf zwei breiten Toren stand »Bühneneingang«. Durch ein geöffnetes Fenster hörte Paul eine Frauenstimme, die eine Tonleiter nach oben sang. An der nächsten Ecke wartete der Professor. Er hatte seinen Fuß auf ein Mäuerchen gestellt und band sich den Schuh zu. Paul stieg vom Rad.

»Geh an mir vorbei«, murmelte der Professor, ohne von seinem Schuh aufzublicken.

Aus den Augenwinkeln sah er sich nach allen Seiten um. Paul schob sein Rad langsam an ihm vorbei. Er kam sich vor wie in einem Agentenfilm. Was sollte die Geheimnistuerei? Als der Professor ihn einholte, wirkte er angespannt.

»Hallo, Paul«, sagte er, nahm die Brille ab und wischte sich Stirn und Nase mit einem Taschentuch ab. »Du hältst einen ja ganz schön auf Trab.«

Seine Stimme klang nicht unbedingt freundlich. Er lächelte Paul kurz zu, aber in seinen Augen kam das Lächeln nicht an.

»Ich habe nicht damit gerechnet, dich im *Metropol* zu treffen. Mach so etwas bitte nicht noch mal. Das ist gefährlich!«

Paul wusste nicht recht, was er von dem Professor halten sollte. Etwas an ihm war merkwürdig.

»Das war Zufall«, erklärte Paul. »Meine Großmutter arbeitet dort. Ich war nur im Restaurant, um sie krankzumelden. Wir haben zu Hause kein Telefon.«

»Ich hoffe, es geht ihr bald wieder besser«, sagte der Professor. »Ein, zwei Tage kommen die bestimmt ohne Klofrau aus. Also, was ist nun mit deinem Onkel?«

Paul erzählte noch einmal, was vorgefallen war, und der Professor hörte mit ernstem Gesicht zu. Sie waren hinter der Hedwig-Kathedrale angekommen und bogen in die Behrenstraße ein, die zum Platz der Akademie führte.

»Sie halten ihn für einen Hehler oder Dieb«, schloss Paul seine Erzählung. »Dabei ist Onkel Henri unschuldig. Er wollte Ihnen doch nur bei Ihrer Forschung helfen und dafür haben sie ihn jetzt eingelocht. Sie müssen mit der Polizei sprechen! Und mit Onkel Henris Chef! Das schulden Sie ihm nach allem, was er für Sie getan hat. Erzählen Sie ihnen von dem Stein!«

Der Professor blieb stehen und starrte ihn verständnislos an. »Von was sprichst du überhaupt, mein Junge?«

»Na, von dem Hieroglyphenstein«, antwortete Paul ungeduldig.

»Dem Hieroglyphenstein?«, wiederholte der Professor langsam und wischte sich wieder mit dem Taschentuch über die Stirn. Er hob fragend die Brauen. »So, so.«

Warum tat er so, als ob er nichts wüsste? Paul wünschte, er würde mit dieser Heimlichtuerei aufhören.

»Onkel Henri hat uns alles erzählt – über die Tontafel, die im Irak gefunden wurde, und über Ihre Suche im Archiv nach dem Stein. Wir kennen die ganze Geschichte.«

»Ah, verstehe.« Der Professor zögerte kurz. »Davon hat dein Onkel euch also erzählt?«

Paul nickte. Der Professor sah ihn jetzt scharf an.

»Und wer ist ›wir‹?«

»Millie und ich.«

»Deine kleine Freundin?«

»Ja. Aber keine Angst: Wir haben geschworen, mit niemandem darüber zu sprechen, und haben uns auch daran gehalten. Trotzdem, irgendwer muss Onkel Henri verraten haben, und da kommt eigentlich fast nur Herr Tisch infrage. Das ist der zweite Nachtwächter. Vielleicht hat er Sie ja nachts mit Onkel Henri im Museum gesehen. Er kommt manchmal unangemeldet vorbei, auch wenn er keinen Dienst hat. Vielleicht hat er es seinem Chef erzählt. Millie und ich haben ja zuerst auch gedacht, dass Sie ein Einbrecher sind.«

Der Professor schüttelte unwillig den Kopf. »Nein, das ist unmöglich. Herr Tisch war nie da, als ich im Museum war. Da bin ich mir ganz sicher.«

Er schaute Paul wieder mit strengem Blick an. »Die Einzigen, die mich gesehen haben, sind du und deine Freundin.«

»Wir haben aber mit niemandem darüber geredet«, antwortete Paul. »Dafür lege ich meine Hand ins Feuer. Vielleicht haben Sie ja doch irgendwem von Ihrer Forschung erzählt?«

Der Professor wirkte etwas abwesend. Er schien nachzudenken und reagierte nicht auf seine Frage.

»Oder es ist doch Herr Tisch?«, fuhr Paul fort. Dass der

Professor ihn und Millie verdächtigte, gefiel ihm gar nicht.

»Die Polizei hat wohl nach ihm gefragt.«

»Was?« Der Professor wandte seine Aufmerksamkeit wieder Paul zu.

»Na ja, sie haben zwar Klaus Tirch gesagt, aber ich glaube, sie haben Klaus Tisch gemeint. Das klingt ja sehr ähnlich. Das ist nämlich auch so eine Sache.« Schon wieder überschlugen sich Pauls Worte und er sprudelte los. »Onkel Henri hat für ihn manchmal die Stechuhr gedrückt und so getan, als ob er – ich meine, Herr Tisch – im Museum wäre, wenn er eigentlich im Urlaub war, und das ist verboten. Vielleicht hat jemand Herrn Tisch unter Druck gesetzt und …«

Professor Hartwig blieb noch mal stehen. »Sie haben nach Klaus Tirch gefragt?« Er klang ungläubig oder überrascht.

»Hat Oma gesagt. Jedenfalls klang es so …«

»Klang es so?« Der Professor betrachtete die kleinen Steinchen, die den Gehweg säumten. »Oder hast du dich … vielleicht verhört?«

Er sah Paul forschend an, dann schien er sich wieder in seinen Gedanken zu verlieren. Seine Schritte wurden schneller, und Paul musste fast rennen, um mit ihm mitzuhalten.

»Hör zu, Junge«, sagte er nach einer langen Pause, nachdem er sich prüfend umgeblickt hatte. »Versuche herauszubekommen, wer was erzählt hat. Dann sehen wir weiter. Damit helfen wir deinem Onkel. Und mach nur nicht die Pferde scheu!«

»Aber können Sie nicht einfach zur Polizei gehen und alles aufklären? Wenn Sie ihnen sagen, Sie sind ein alter Freund und Sie haben sich im Depot nur ein paar alte Dokumente angeschaut.«

»Nein«, sagte der Professor knapp. »Das kann ich nicht. Dann würde dein Onkel noch mehr Ärger bekommen. Erst müssen wir herausfinden, warum er verhaftet wurde. Und wer ihn verraten hat!«

»Also gut.« Paul war enttäuscht. Aus irgendeinem Grund konnte oder wollte der Professor Onkel Henri nicht helfen. Jedenfalls nicht sofort und nicht, indem er zur Polizei oder zum Museumsdirektor, Herrn Günther, ging. »Aber falls ich was rauskriege …«, sagte er, »wie finde ich Sie dann wieder?«

Der Professor überlegte kurz. Sie waren vor dem Platz der Akademie angekommen und er deutete auf die Kirche zu ihrer Linken. »Wir treffen uns morgen um 18 Uhr hier. Ist das möglich?«

Paul nickte.

»Gut, und falls dir jemand folgen sollte, gehst du einfach an mir vorbei und holst dir im Café dahinten ein Eis.«

Das klang schon wieder nach Agentenfilm, dachte Paul, nur war er kein Agent, und das Ganze war kein Film. Es ging darum, Onkel Henri aus dem Gefängnis zu holen, in dem er unschuldig saß, nur weil er dem Professor geholfen hatte.

Während er nach Hause radelte, dachte Paul noch mal über das ganze Gespräch nach. Irgendetwas war merkwürdig gewesen. Der Professor hatte so seltsam auf die Erwähnung des Hieroglyphensteins reagiert, als ob er gar nicht wüsste, wovon Paul sprach. Und dann kam ihm noch ein Gedanke: Woher wusste der Professor überhaupt, dass Oma im *Metropol* Klofrau war?

Der Trabi
vor der Haustür

»Wo warst du gestern Nachmittag?«, flüsterte Paul am nächsten Morgen, als er sich zu Millie an den Tisch setzte und sein Federmäppchen darauf legte. Vor der Klasse taten sie so, als hätten sie nicht viel miteinander zu tun, um sich blöde Bemerkungen übers Verknalltsein zu ersparen.

»Na, zu Hause«, murmelte sie zurück, beugte sich dabei über ihre Schultasche und tat so, als suche sie ein Heft.

»Was? Dein Vater hat mir gesagt, du seist nicht da.«

Millie schaute irritiert hoch. »Mein Vater spinnt! Natürlich war ich da.«

»Ich muss dir dringend was erzählen«, fuhr Paul leise fort. »Große Pause – hinter den Mülltonnen?«

Frau Götze betrat den Raum und die Klasse erhob sich. Wie jeden Morgen trat Uwe vor und rief: »Frau Götze, ich melde: Die Klasse 6b ist zum Unterricht bereit. Es fehlt heute keiner.«

Der Unterricht begann. Frau Götze hatte eine besondere Überraschung für die 6b. Sie würden im Sportunterricht etwas über Handgranaten lernen und später sogar ein paar

Übungen mit Holzattrappen machen. Für den Weltfrieden, fügte sie hinzu. Millie rollte nur die Augen. Paul stieß sie warnend in die Rippen.

Den ganzen Vormittag wartete er ungeduldig auf die Pause. Warum hatte Millies Vater nur gesagt, sie wäre nicht da? Hatte er ihn angelogen, damit er sich nicht mit Millie traf?

Als es endlich läutete und alle nach draußen strömten, tat Paul so, als schlendere er am Schulgebäude entlang. Er beobachtete den Lehrer, der Aufsicht hatte, und als der gerade sein Brot auspackte, verschwand Paul unbemerkt hinterm Schulhaus, wo die Mülltonnen standen. Dahinter war ein hoher Zaun neben einem schmalen Grasstreifen, der von Unkraut überwuchert war. Hier konnte man ungestört die Pause verbringen. Millie hatte ihm das Versteck einmal gezeigt, aber sie hatten sich noch nie hier getroffen.

»Stinkt, aber ansonsten ein perfekter Ort, wenn man seine Ruhe will«, hatte sie damals erklärt.

Paul musste nicht lange warten, bis sie um die Ecke kam.

»Was ist?«, fragte sie leicht gereizt. »Kann das nicht bis nachher warten? Ich musste gerade Bauchschmerzen vortäuschen, um mich von Ida und Susie loszueisen.«

»Nein, kann es nicht. Es ist etwas passiert!«, sagte Paul und erzählte ihr, dass daheim alles durchwühlt worden war und dass die Polizei Onkel Henri mitgenommen hatte. Millie hörte mit wachsender Unruhe zu. Sie hatten sich ins Gras gehockt und lehnten an der Schulmauer.

»Mann, das ist ja furchtbar!«, rief sie. »Wie konnte das passieren?«

»Jemand hat ihn verraten«, sagte Paul.

Millie knabberte an ihren Nägeln. Die Geschichte mit Onkel Henri hatte sie sichtlich mitgenommen. Paul war froh, mit ihr über alles reden zu können. Auch über seine Begegnung mit dem Professor und dem unguten Gefühl, das er seitdem hatte.

»Das ist ein ziemlich komischer Typ«, sagte er. »Ich weiß nicht, ob Onkel Henri ihm hätte trauen sollen. Ich bin mir auch nicht sicher, ob er Onkel Henri wirklich helfen will. Und das nach all dem, was Onkel Henri für ihn getan hat!« Er schüttelte den Kopf. »Ich wünschte, mein Onkel hätte sich nie auf diese ganze Hieroglyphen-Geschichte eingelassen.«

»Warte«, rief Millie. »Erzähl mir bitte alles, von Anfang an und ganz genau.« Sie wirkte auf einmal ziemlich nervös.

Paul erzählte erst von der Begegnung im *Metropol-Grill* und dann von dem sonderbaren Agenten-Spaziergang danach. Millie hörte aufmerksam zu und spielte dabei mit einem silbernen Amulett, das sie um den Hals trug.

»Er wusste, dass meine Oma im *Metropol* Klofrau ist, obwohl ich ihm das nicht erzählt hatte«, schloss er den Bericht.

Millie winkte ab. »Das weiß er wahrscheinlich von deinem Onkel«, antwortete sie. »Aber merkwürdig ist, dass er nicht zu wissen schien, von welchem Stein die Rede war.«

»Genau!«, rief Paul. »Er hat zwar dann so getan, als ob, aber ich habe gemerkt, dass er sich verstellt. Und dann war da noch was: Als ich sagte, dass die Polizei Onkel Henri wegen Klaus Tisch, den die aber Klaus Tirch nannten, angesprochen hat, hat er zum ersten Mal richtig aufgehorcht. Ich hab noch gesagt, dass es eine Verwechslung ist und die sicher den ollen Tisch meinen, aber ...«

»*Klaus Tirch*?«, unterbrach ihn Millie. Sie war auf einmal noch aufgeregter. »Du bist sicher, dass sie nach einem Klaus Tirch gefragt haben?«

»Also, ja.« Paul sah sie überrascht an. Wieso reagierte jetzt auch Millie so heftig auf diesen Namen?

»Das ist der Name, der auf dem Zettel deines Onkels stand!«, sagte sie zögernd. Sie kaute wieder an ihren Nägeln. »Zusammen mit irgendwelchen Zahlen. Ich hab ganz vergessen, dir davon zu erzählen. Das heißt, als wir in der Eisdiele waren, wollte ich dir davon erzählen, aber du warst ziemlich sauer auf mich, und dann hab ich's vergessen.«

Paul verstand überhaupt nichts mehr.

»Was für ein Zettel?«

»Er ist deinem Onkel aus der Tasche gefallen, als wir im Museum im Saal mit dem Ischtartor waren. Wo wir das Picknick gemacht haben. Und weil ich dachte, es ist nicht gut, wenn wir hier Spuren hinterlassen, hab ich den Zettel aufgehoben, bevor wir gegangen sind.«

Paul erinnerte sich plötzlich. »Stimmt, da ist ihm was aus der Tasche gefallen, ich habe es auch gesehen. Solche Zettel kritzelt Onkel Henri gerne voll. Er benutzt sie manchmal auch als Lesezeichen und malt Figuren oder irgendwelche Schriftzeichen darauf. Keilschrift oder Hieroglyphen oder so. Und da stand der Name Klaus Tirch? Was ist denn damit?«

Millie nickte nachdenklich, »Wir müssen rauskriegen, wer das ist. Aber dein Herr Tisch ist es wahrscheinlich nicht.«

In diesem Moment schrillte die Glocke. Die Pause war vorbei. Millie ging zuerst vor.

»Wir treffen uns nach der Schule!«, rief sie Paul noch über die Mülltonnen zu. »An der Eisdiele. Ich hab nämlich eine Idee!«

»Ich muss noch mit meiner Pioniergruppe leere Flaschen sammeln«, seufzte Paul. »Du weißt schon, für den Weltfrieden.« Er grinste. »Aber gleich danach komm ich. So gegen vier?«

Doch als Paul nach dem Pioniertreffen zur Eisdiele kam, war Millie nicht da. Er wartete fast eine halbe Stunde vor der Tür. Schließlich ging er enttäuscht nach Hause.

Auf dem Küchentisch lag ein Zettel von Oma. »*Buletten im Kühlschrank. Lass dir's schmecken!*« Das hieß, sie war wieder zur Arbeit gegangen. Von Onkel Henri hatte sie nichts geschrieben. Trotzdem schaute Paul in dessen Zimmer nach, aber es sah so aus, wie sie es für ihn hergerichtet hatten. Seine Pantoffeln standen ordentlich vor dem Bett, und die Tagesdecke lag so, wie Oma sie auf dem Bett drapiert hatte. Er war also immer noch im Gefängnis. Paul packte seine Schulmappe aus und versuchte, sich auf seine Hausaufgaben zu konzentrieren, kam aber nicht so richtig voran. Ihm schwirrte zu viel im Kopf herum. Gelangweilt blätterte er im »Neues Leben«, der Jugendzeitschrift, die Oma für ihn besorgt hatte, und legte sie wieder weg. Es gab diesmal hauptsächlich Fotos von jungen Pionieren und Berichte über ihren tollen Einsatz für den Arbeiter- und Bauernstaat. Er machte sich die Buletten warm und ließ sie wieder kalt werden. Er hatte keinen Appetit, stützte den Kopf auf den Arm und starrte aus dem Fenster. Der Himmel über dem Dach war bleigrau. In dieser grauen Unendlichkeit lag etwas Trostloses. Er dachte an seine Eltern und an Onkel Henri und daran, dass Millie nicht zum Eiscafé gekommen war. Auf einmal fühlte er sich sehr verloren.

Es war kurz nach sechs, als er vor der Hugenotten-Kirche am Platz der Akademie eintraf. Paul stellte sich vor den Eingang, wo er sich am Tag zuvor von dem Professor verabschiedet hatte, doch der war nirgends zu sehen. Zum Glück war der Abend lau. Die Bäume, die den Platz säumten, trieben schon die ersten hellgrünen Knospen aus. Spaziergänger wanderten in Abendgarderobe über den Platz zum Konzerthaus. Immer wieder, wenn er einen älteren Herrn mit Brille und Halbglatze sah, wollte Paul ihm schon erwartungsvoll entgegengehen. Umsonst, es war immer der falsche. Hatte er sich vielleicht im Treffpunkt geirrt? Sicherheitshalber ging er ein paarmal um die Kirche herum und umkreiste den ganzen

Platz. Irgendwann war klar: Der Professor würde nicht mehr kommen.

Gegen sieben Uhr fuhr Paul endlich nach Hause. Als er die Wohnungstür aufschloss, brannte Licht im Flur und jemand kam ihm entgegen. Es war Onkel Henri.

Paul blieb wie angewurzelt stehen. Onkel Henri breitete die Arme aus und Paul lief auf ihn zu. Erleichtert und glücklich rief er: »Mensch, du bist wieder da! Das ist ja toll. Was ist denn passiert?«

Dabei klopfte er Onkel Henri immer wieder auf den Arm. Auch Onkel Henri drückte ihn fest an sich und Arm in Arm gingen sie in die Küche.

Oma stand auf dem Esstisch und untersuchte gerade die Hängelampe. Sie legte einen Finger auf die Lippen und kletterte vom Tisch. In ihrer Hand hielt sie etwas, das auf den ersten Blick wie ein Knopf aussah. Paul wollte etwas sagen, aber Oma schüttelte den Kopf und legte den Zeigefinger wieder auf ihre Lippen. Dann holte sie einen Zettel aus der Küchenschublade und schrieb: »Eine Wanze. Nichts sagen. Wir werden abgehört.«

Onkel Henri nahm den Knopf, legte ihn in das Spülbecken und ließ es voll Wasser laufen. Dann ging er zum Radio, das auf dem Küchenschrank stand, und machte Musik an.

»So«, sagte Oma leise. »Mehr haben wir nicht gefunden.«

Paul sah sie fragend an. »Gab es denn noch mehr?«

»In jedem Raum«, antwortete Oma. »Ich weiß aber nicht,

ob das alle waren. Die Küche müsste jetzt eigentlich wanzenfrei sein. Trotzdem sollten wir erst mal leise reden.«

Zum Abendessen gab es Butterbrote und die Buletten, die Paul mittags nicht angerührt hatte. Im Schein der Küchenlampe konnte Paul Onkel Henri genauer betrachten. Er hatte dunkle Ringe unter den Augen und tiefe Furchen um den Mund. Er sah sehr viel älter aus als vor seiner Verhaftung und wirkte sehr erschöpft.

Oma wirkte zwar glücklicher als in den letzten zwei Tagen, war aber trotzdem sehr still und ernst. Auch an ihr war die aufreibende Zeit nicht spurlos vorübergegangen. Nach dem Essen zog sich Oma ins Wohnzimmer zurück, um einen amerikanischen Western zu gucken, denn Western liebte sie über alles.

Erst als sie zusammen das Geschirr abwuschen, fragte Paul seinen Onkel: »Was haben sie mit dir im Gefängnis gemacht? Warum warst du überhaupt dort?«

»Sie haben mich verhört«, antwortete Henri. »Sie haben mich nicht schlafen lassen und mich immer wieder ausgefragt.«

»Was wollten sie denn wissen?«

Onkel Henri zuckte mit den Schultern. »Sie wissen, wie ich zu diesem Staat stehe. Und damit sind die Herren da oben nicht einverstanden. Aber da gibt es noch etwas.« Er sah Paul mit einem prüfenden Gesichtsausdruck an. »Sie wissen auch, dass jemand nachts bei mir im Museum war. Sie behaupten, dass seitdem Sachen aus dem Depot fehlen, sagen aber nicht genau was. Das ist natürlich reine Schikane und bloße Erfindung. Aber ich kann ihnen nicht das Gegenteil beweisen.«

»Ich hab ihn übrigens getroffen«, sagte Paul.

»Wen?«, fragte Onkel Henri.

»Na, den Professor«, antwortete Paul, worauf Onkel Henri das Handtuch, mit dem er eben noch den Topf abtrocknen wollte, über den Stuhl warf und rief: »Was? Du hast ihn getroffen?«

Und dann wollte er alles genau wissen, möglichst jedes Wort, das sie gesprochen hatten. Und zum zweiten Mal an diesem Tag erzählte Paul die ganze Geschichte: Wie er den Professor zufällig im Restaurant des *Metropol Hotels* gesehen und angesprochen hatte, wie der ihm dann gefolgt war und wie merkwürdig er auf die Sache mit dem Hieroglyphenstein reagiert hatte. Nur vom geheimnisvollen Klaus Tirch erwähnte Paul nichts, obwohl es ihm auf den Lippen lag.

Onkel Henri schüttelte nur den Kopf. »Mein Gott, musste das sein? Wenn euch jemand gesehen hat! Du weißt nicht, was du tust, mein Junge. Du hättest überhaupt nicht mit ihm sprechen dürfen!«

Onkel Henri stützte sich am Rand der Spüle ab und starrte ins Abwaschwasser. Erschrocken erkannte Paul, dass sein Onkel um seine Fassung kämpfte.

»Aber warum nicht?«, fragte Paul vorsichtig. »Ich versteh sowieso nicht, warum der Professor dir nicht helfen wollte.

Nur deshalb hab ich ihn doch im Hotel angesprochen! Ich habe ihn gebeten, dass er mit deinem Chef oder der Polizei spricht und alles aufklärt. Aber heute kam er nicht einmal zu unserer Verabredung...«

Seine Stimme erstarb, als er Onkel Henris versteinerten Blick sah. Sein Hals schnürte sich zu, und plötzlich begann er, an allem zu zweifeln – auch an Onkel Henri.

»Ihr seid doch keine Diebe oder Verbrecher oder so?«, fragte er leise.

Onkel Henri seufzte, ließ das Wasser aus der Spüle laufen, legte seine feuchten Hände auf Pauls Schultern und sah ihn traurig an.

»Junge, du hast mein Ehrenwort! Das, was ich tue, ist ganz bestimmt kein Verbrechen. Eines Tages wirst du es verstehen. Mehr darf ich dir im Moment nicht sagen.«

Paul wusste nicht, was Onkel Henri damit meinte. Redete er immer noch vom Hieroglyphenstein? Oder ging es um etwas ganz anderes? Was auch immer es sein mochte, er spürte, wie ernst es Onkel Henri war. Das, was er gerade gesagt hatte, meinte er von ganzem Herzen.

»Das Wichtigste im Moment ist, dass ich herausbekomme, wer mich verraten hat«, sagte er. Sein Blick war wieder traurig. Er schaute Paul forschend an.

»Dich hat jemand verraten?«, fragte Paul.

»Das ist es ja. Sie wussten, dass der Professor nachts im Depot war und dort etwas gesucht hat. Es gibt außer ihm und mir nur zwei Menschen, die darüber Bescheid wussten – du und deine Freundin Millie. Oder hast du jemand anderem davon erzählt?«

»Natürlich nicht!«, rief Paul entrüstet. »Und meinst du nicht, dass vielleicht Herr Tisch …?«

»Du meinst, dass der Tisch geplaudert hat? Aber ich bitte dich!« Onkel Henri winkte nur ab. »Sei nicht albern, der ist treu wie Gold, abgesehen davon, dass er es gar nicht wusste. Nein, ich weiß, dass du nichts gesagt hast«, fuhr er nach einer Pause fort. »Du kannst schweigen.« Und dann beugte er sich plötzlich zu Paul, sodass sich fast ihre Nasenspitzen berührten. »Ich denke aber, wir sollten mit deiner kleinen Freundin sprechen.«

Erschrocken wich Paul zurück. »Millie hat geschworen, dass sie nichts sagt. Sie würde dich doch nie verpfeifen!«

Onkel Henri richtete sich sehr langsam wieder auf und warf Paul einen mitleidigen Blick zu.

»Ich weiß, du hast sie gern«, sagte er. »Das habe ich schon damals im Museum gemerkt. Ich fand sie ja auch nett. Trotzdem – und es tut mir leid, dir das zu sagen …«

Er ließ das Ende des Satzes in der Luft hängen.

»Nein!« Paul schüttelte ungläubig den Kopf. Er war wie betäubt. »Du irrst dich. Millie ist nicht so. Das würde sie nie tun. Das glaube ich einfach nicht!«

Schweigend standen sie einander gegenüber, der eine mit geballten Fäusten, der andere mit verschränkten Armen.

»Geh in mein Zimmer«, sagte Onkel Henri schließlich mit leiser, fester Stimme. »Stell dich ans Fenster, aber so, dass man dich von außen nicht sehen kann. Am besten hinter die Gardine, und schau, ob ein Auto vor der Tür steht, in dem zwei Männer sitzen.«

Paul sah ihn immer noch ungläubig an. Onkel Henri deutete mit dem Kopf zur Tür. Paul durchquerte langsam den Flur. Aus dem Wohnzimmer drangen wildes Pferdegetrappel und Pistolenschüsse. Die Tür zu Onkel Henris Zimmer stand offen und das schummrige Licht vom Flur fiel hinein.

»Mach kein Licht an und pass auf, dass du die Gardine nicht bewegst«, sagte Onkel Henri, der an der Küchentür lehnte und ihn beobachtete.

Paul ging in Onkel Henris Zimmer, trat hinter die Gardine und spähte auf die Straße. Im Schein der Laternen sah er einen grauen Trabi, der auf der gegenüberliegenden Straßenseite parkte. Ein Mann saß auf der Fahrerseite und schaute direkt hinauf zu ihren Fenstern. Neben ihm saß noch jemand. Paul wich zurück. Onkel Henri lehnte immer noch am Türrahmen und beobachtete ihn.

»Woher wusstest du das?«, fragte Paul.

»Du meinst, dass ich beschattet werde?« Er lachte müde. »Sie stehen schon seit ein paar Stunden dort«, sagte er. »Ich vermute, sie folgen mir ab jetzt überallhin, meine guten Freunde von ›Horch und Guck‹.«

Paul bekam eine Gänsehaut. Was vorher fast noch wie ein

Spiel gewirkt hatte, als der Professor sich wie in einem Agentenfilm benahm, war bitterer Ernst geworden.

»Du musst morgen mit Millie sprechen und rausbekommen, was sie genau wem erzählt hat«, fuhr Onkel Henri fort. »Es hängt sehr viel mehr davon ab, als du dir vorstellen kannst.«

»Aber Onkel Henri, das kann ich nicht!« Paul setzte sich an den Küchentisch, weil seine Knie auf einmal ganz weich wurden. Onkel Henri blickte zu ihm herunter. Das Licht beleuchtete nur seinen Mund, die Augen waren im Schatten verschwunden.

»Tu es einfach. Bitte, du musst.«

Paul starrte ihn hilflos an. Es kam ihm alles vor wie ein böser Traum. Nein, schlimmer, denn aus einem Traum konnte man ja aufwachen.

»Ich könnte ihr vorschlagen, dass sie uns besucht«, sagte er zaghaft. »Dann kannst du selbst mit ihr reden.«

»Nein!« Onkel Henris Stimme war hart und unnachgiebig. »Es ist besser, wenn sie nicht dabei gesehen wird, wie sie das Haus betritt. Die da draußen geben alles weiter. Das wäre gar nicht gut für sie.«

Aus dem Wohnzimmer hörte man Trommeln und lautes Kriegsgeheul. Die Indianer gingen gerade zum Angriff über.

Verrat unter Freunden

»Können wir uns sehen?«, fragte Paul, als er Millie nach der Schule auf dem Weg zur Straßenbahn eingeholt hatte. Er hatte in der Nacht kaum geschlafen, und der Vormittag in der Schule war schrecklich gewesen. Aber irgendwie hatte er es geschafft, vor Millie so zu tun, als wäre alles wie immer. Und tatsächlich hatte sie keinen Verdacht geschöpft.

Jetzt schüttelte sie betrübt den Kopf. »Mein Vater erwartet mich zu Hause. Dann soll ich ihn ins Theater begleiten«, antwortete sie. »Schon die ganze Woche hat er ein Auge auf mich.« Sie sah ihn entschuldigend an. »Wie geht es denn bei euch?«

»Mein Onkel ist zurück«, sagte Paul.

»Was? Und das erzählst du mir erst jetzt!«, rief Millie. »Das sind ja tolle Neuigkeiten!«

Paul beobachtete sie. Nein, auch wenn Millie eine gute Schauspielerin war, so gut verstellen konnte sich niemand.

Millie überlegte kurz und sagte: »Ich gehe mit Herrn Hurtig spazieren, wenn die Vorstellung angefangen hat. Wir könnten uns kurz nach sieben beim Bühneneingang treffen. Dann reden wir weiter.«

In diesem Moment fuhr rumpelnd und quietschend die Straßenbahn ein. Millie drückte ihm kurz die Hand, stieg hinein und winkte ihm durch die Scheibe zu. Paul, die Hände in den Hosentaschen, schaute ihr nach, bis die Bahn um die Ecke gebogen war. Dann ging er langsam nach Hause und versuchte, seine Gedanken zu ordnen.

Kein Zweifel, Millie hatte sich wirklich gefreut, dass Onkel Henri wieder frei war. Sie mochte ihn gern. Hätte sie sonst so reagiert? Er dachte an die Tränen in ihren Augen, als er ihr von seinen Eltern erzählt hatte. Sie war die beste Freundin, die er je gehabt hatte, und die klügste sowieso. Wieder erinnerte er sich an den verwirrten Gesichtsausdruck des Professors, als er ihm vom Hieroglyphenstein erzählt hatte. Der Gedanke daran ließ Paul keine Ruhe. Wie Millie fand auch er den Mann etwas zwielichtig, während Onkel Henri sauer war, dass er überhaupt mit dem Professor gesprochen hatte. Irgendetwas an der Geschichte stimmte nicht, aber was? Wer log hier und wer sagte die Wahrheit?

Kurz nach Beginn der Vorstellung ging Paul zum Bühneneingang des Theaters. Herr Hurtig lag neben dem Pförtner, der in seiner Zeitung blätterte. Als der Hund Paul bemerkte, sprang er auf und begrüßte ihn schwanzwedelnd. Der Pförtner blickte von seiner Zeitung auf und nickte Paul zu.

»Dat junge Fräuleinchen und der Herr Papa sind oben«, sagte er.

»Ich warte auf sie«, sagte Paul und streichelte Herrn Hurtig.

Kurz darauf kam Millie die Treppe herabgehüpft, die neben der Loge nach oben führte. Sie lächelte Paul zu, und fast widerwillig bemerkte er, wie hübsch sie war. Herr Hurtig begrüßte Millie stürmisch, als hätte er sie seit Jahren nicht mehr gesehen.

»Na, so einen Empfang hätte ich auch gern mal von meiner Ollen«, sagte der Pförtner wehmütig.

»Halten Sie sich einen netten Hund, dann brauchen Sie nicht mehr darauf warten«, grinste Millie und griff nach der Leine, die Herr Hurtig hinter sich her schleifte. Der Pförtner gluckste in sein Brötchen und wünschte ihnen einen schönen Spaziergang.

Sie traten hinaus in die milde Abendluft und liefen an der Spree entlang. Millie plapperte drauflos. Sie erzählte von einer Schauspielerin, die sich nach einem Krach mit ihrem Mann auf offener Bühne gerächt hatte, indem sie ihm vor versammeltem Publikum einen Eimer Wasser über den Kopf gegossen hatte.

Als sie merkte, dass Paul kaum darauf reagierte, geriet sie ins Stocken. Schon ihr Plaudern war Paul ein bisschen künstlich vorgekommen. Nach einer Pause fragte sie wie nebenbei: »Und, was gibt's an Neuigkeiten? Wisst ihr inzwischen, warum dein Onkel verhaftet wurde?«

Paul blieb stehen und blickte sie direkt an.

»Ja«, sagte er kühl. »Wir wissen, dass er verpfiffen wurde, und sogar von wem.«

Er ließ sie noch immer nicht aus den Augen. Erschrocken schaute Millie zurück und senkte rasch den Blick. In diesem Bruchteil einer Sekunde begriff Paul, dass Onkel Henri recht gehabt hatte. Die letzten Zweifel und Hoffnungen, an die er sich noch geklammert hatte, waren dahin. Plötzlich fühlte er sich ganz taub und wie in Watte eingepackt. Etwas in ihm entfernte sich in großer Geschwindigkeit von Millie, und er beobachtete sie jetzt, als wäre sie eine Fliege auf der Fensterscheibe. Zu seiner Überraschung klang seine Stimme ganz sachlich.

»Wie wär's mit einer Erklärung? Oder hast du wieder eine schöne Geschichte parat?«, hörte er sich aus der Ferne sagen.

Millie zuckte leicht zusammen.

»Es ist nicht so, wie du denkst«, flüsterte sie und scharrte mit der Fußspitze über den Asphaltboden.

»So? Was denke ich denn?«

Sie sah ihn wieder an. »Du denkst, ich bin zur Polizei gegangen und hab erzählt, dass dein Onkel mit diesem Professor krumme Sachen dreht.«

»War es nicht so?« Wut und Enttäuschung krochen in Paul hoch. Millie hatte Tränen in den Augen, aber das war ihm egal.

»Nein, so war es nicht«, fuhr sie fort und sah ihn nicht an. »Eigentlich war es noch viel schlimmer.«

»Schlimmer geht nicht.«

»Doch. Leider.« Millie lehnte sich ans Ufergeländer und starrte hinab in das träge, dunkle Wasser der Spree. Eine S-Bahn fuhr ratternd über die nahe gelegene Brücke. Paul musste an den Abend denken, als sie aus dem Museum geflüchtet waren und sich unter der S-Bahn-Brücke neben dem Museum versteckt hatten. Herr Hurtig zog ungeduldig an der Leine und winselte.

»Sitz«, sagte Millie, und als der Hund sich gesetzt hatte, wandte sie sich wieder Paul zu. »Damals, als wir den Professor im Depot entdeckt haben, kam ich ja sehr spät nach Hause. Mein Vater war längst aus dem Theater zurück und vor Sorge um mich außer sich. Er hat getobt und mit der Faust auf den Tisch geschlagen. Er wollte wissen, wo ich um diese Uhrzeit herkomme.« Millie machte eine kleine Pause und kraulte Herrn Hurtig. »Ich hab ihm erzählt, dass wir im Museum waren und dort ein Picknick gemacht haben. Mein Vater glaubte mir nicht und hat schnell gemerkt, dass ich irgendwas verschweige. Er drohte, deinen Onkel anzuzeigen, wenn ich ihm nicht alles erzähle. Er hat immer weitergebohrt und einfach nicht locker gelassen. Mir fielen schon fast die Augen zu. Er wollte mich erst ins Bett gehen lassen, wenn ich ihm die Wahrheit erzähle. Schließlich dachte ich, warum nicht. Vielleicht weiß er ja Rat. Na, und dann habe ich von dem Abend erzählt. Er sagte, dass das Ganze sehr merkwürdig klinge. Er meinte gleich, dass dein Onkel wahrscheinlich wertvolle Sachen aus dem Museum mitgehen lässt, weil er gegen unser Land ist und ihm schaden will. Und ich habe geglaubt, er und dein Onkel wären befreundet! Als du mir dann erzählt hast, dass dein Onkel den Beutel versteckt hat, hatte ich selbst meine Zweifel an seiner Unschuld, das weißt du ja.«

Millie lehnte sich über die Brüstung und schaute wieder ins dunkle Wasser. Paul dachte an ihr Gespräch in der Eisdiele.

»Das mit dem Beutel hast du ihm wahrscheinlich auch gleich brühwarm erzählt, stimmt's?«

Millie nickte müde. »Er wollte, dass ich ein Auge darauf habe, was dein Onkel so treibt, und dass ich ihn auf dem Laufenden halte.«

»Na toll!«, rief Paul. »Und ich dachte, du wolltest mir helfen!«

»Das wollte ich doch auch! Ich hab mir Sorgen um dich gemacht, weil ich dachte, du gerätst durch deinen Onkel und diesen Professor in irgendeinen großen Schlamassel. Den du ja ausgerechnet jetzt nicht gebrauchen kannst! Ich konnte ja nicht ahnen, dass mein Vater mit der ganzen Sache gleich zur Polizei geht.«

»Und das hat er also wirklich gemacht?!«

Millie nickte wieder und sah ihn dabei nicht an.

»Was hast du ihm denn noch alles erzählt? Etwa von mir und meinen Eltern?«

»Natürlich nicht!«

»Und von der Tontafel und dem Hieroglyphenstein?«

Millie schüttelte den Kopf. »Nein, auch nicht. Ich hab's doch versprochen. Aber er hat den Zettel mit dem Namen Klaus Tirch in meiner Jackentasche entdeckt. Ich hab ihn auf seinem Schreibtisch gefunden. Mein Vater muss ihn aus meiner Tasche genommen haben. Er durchsucht mich! Er schnüffelt!« Millie begann zu schluchzen. »Ich hab ihn angeschrien und ihm gesagt, dass dein Onkel unschuldig ist. Jetzt weißt du's. Deswegen haben sie ihn verhaftet. Mein Vater sagt, er tue nur seine Pflicht, und ich solle das auch tun. Er will auch, dass ich dich nicht mehr sehe.«

»Na, das kann er haben«, antwortete Paul.

Millie umklammerte das Geländer noch fester. Sie stand reglos da wie eine der Statuen im Museum und weinte lautlos und ganz verzweifelt. Paul sah, wie ihr die Tränen herunterliefen. Er drehte sich um und ließ sie ohne ein Wort des Abschieds stehen. Wie betäubt ging er die Straße hinauf zur Bahn. Verrat war schlimm genug, Verrat von der besten Freundin war unverzeihlich. Nie wieder wollte er etwas mit Millie zu tun haben.

Die Wanze hört mit

Der graue Trabi stand noch immer auf der gegenüberliegenden Straßenseite. Paul hatte ihn gleich gesehen, als er in die Straße eingebogen war. Die zwei Männer saßen wie üblich vorne. Vormittags war der Große mit dem Schnauzbart Oma sogar zum Einkaufen in den Konsum gefolgt.

»Der soll ruhig neidisch werden, wenn er sieht, was ich uns Schönes zum Mittagessen besorge«, hatte sie zu scherzen versucht. Sogar ihre riesigen fleischfarbenen Unterhosen hatte sie demonstrativ vor das Wohnzimmerfenster zum Trocknen aufgehängt: »Damit die was zu kieken haben.«

Ihm waren die Männer bis jetzt noch nicht gefolgt. Wahrscheinlich dachten sie, bei einem Kind sei nichts »Staatsfeindliches« zu erwarten. Während Paul die Haustür aufschloss, linste er unauffällig zum Auto. Die beiden schienen ihn nicht bemerkt zu haben, jedenfalls beachteten sie ihn nicht. Der eine hatte die Zeitung aufgeschlagen und zeigte seinem Kollegen gerade etwas, was ihn zu amüsieren schien. Der mit dem Schnauzbart hatte ein weiches Gesicht und war viel zu groß für das kleine Auto. Die schütteren Haare hatte er nach hinten gegelt. Eigentlich sah er gar nicht wie ein Geheimagent aus, eher wie der Hausmeister von Pauls Schule.

Paul ging die Treppe hoch und schloss die Wohnungstür auf. Aus der Küche hörte er Geräusche. Seitdem Onkel Henri aus dem Gefängnis zurück war, ging er kaum noch nach draußen. Auch wenn er und Oma nicht davon sprachen, hatte Paul schnell kapiert, dass er seine Arbeit im Museum verloren hatte. Und das nur, weil Millie ihn verraten hatte!

Onkel Henri stand in der Küche und füllte gerade den Wasserkessel. Er sah Paul gleich an, dass etwas passiert war.

»Tee?«, fragte er, und ohne auf eine Antwort zu warten, öffnete er die Teedose und legte getrocknete Pfefferminzblätter in ein Sieb. Paul ließ sich wortlos auf einen Stuhl fallen. Als das Wasser kochte, goss Onkel Henri es über die Blätter, stellte zwei Tassen und ein Honigglas auf den Tisch und setzte sich zu Paul.

»Und?«, fragte er sanft.

Paul, der die ganze Zeit reglos zu Boden gestarrt hatte, seufzte tief und erzählte dann stockend und fast flüsternd von seinem Gespräch mit Millie.

Onkel Henri nickte dabei immer wieder, als ob er das meiste schon wüsste.

»Ich hatte schon befürchtet, dass Achim mich angezeigt hat«, sagte er bitter. »Er war schon in der Schulzeit einer, der gern gepetzt hat. Das fiel mir wieder ein, nachdem ich ihn ein paarmal zum Bier getroffen habe. Er benahm sich etwas zu vertraulich und wollte gleich mein bester Kumpel sein. Das hat mich stutzig gemacht. Aber dass er seine Tochter dabei einspannt…«

Onkel Henri machte eine Bewegung, als wolle er ein Insekt abschütteln. »Er scheint ja wirklich zu glauben, dass ich das Museum ausraube«, fuhr er fort. »Irgendwann fangen die Leute an, an ihre eigenen Lügen zu glauben… Darauf beruht unser ganzer Staat…«

»Nicht nur er hat das geglaubt«, flüsterte Paul. »Sogar einen Moment lang ich…« Er wagte es nicht, Onkel Henri anzuschauen.

»Ich weiß.« Onkel Henri lächelte schief. »Immerhin wissen wir jetzt, wer mich verpfiffen hat«, sagte er und kratzte sich am Kopf. »Wichtig ist, dass ich genau weiß, was Millie ihm noch alles erzählt hat. Hat sie auch den Professor verraten? Das ist überhaupt das Wichtigste.«

»Ich glaube nicht«, antwortete Paul. »Jedenfalls behauptet sie, dass sie nichts vom Hieroglyphenstein erzählt hat.«

»Gut.« Onkel Henri wirkte erleichtert. Wahrscheinlich, weil die Suche nach dem Stein noch nicht aufgeflogen war.

»Sie hat ihm wohl nur von dieser Nacht erzählt, als wir einen Fremden im Depot erwischt haben. Weil sie so spät nach Hause gekommen war und ihr Vater sie ziemlich unter Druck gesetzt hat.«

»Verstehe.« Onkel Henri rieb sich über die Augen. »Das Problem ist, sie behaupten immer noch, es fehlten ein paar

Stücke aus dem Depot, und natürlich stehe ich unter Verdacht. Das ist ziemlich sicher ein Befehl von oben. Aber es ist schwer zu beweisen, dass etwas *nicht* fehlt. Es kann immer irgendeinen Fehler in den Listen geben. Und wenn die da oben mich fertigmachen wollen, ist das immer möglich.«

Paul bemerkte, dass Onkel Henri in den letzten Tagen schon einen kleinen stoppligen Bart bekommen hatte. Er hatte aufgehört, sich zu rasieren, und seine Kleidung war zerknittert. Überhaupt sah er müde aus, fast schon ungepflegt. Die Zeit zu Hause bekam ihm nicht. Ein paar Tropfen von dem Ischtar-Wundermittel hätten ihm jetzt gutgetan.

Paul sah ihn besorgt an. Dann kam ihm noch ein Gedanke.

»Und du bist ganz sicher, dass der Professor nichts geklaut hat?«

»Ganz sicher.«

»Aber wie kann er überhaupt weiter nach dem Stein suchen, wenn du nicht mehr im Museum bist? Ohne dich kommt er ja nicht rein!«

Onkel Henri hob müde den Kopf. »Ich weiß es auch nicht«, sagte er bedrückt. »Ich fürchte, die ganze Sache liegt jetzt erst einmal auf Eis.«

Henris süßes Geheimnis

Am nächsten Tag in der Schule suchte Paul sich einen neuen Platz und setzte sich an den leeren Tisch in der letzten Reihe. Er brauche mal eine andere Sicht auf die Klasse, erklärte er den anderen, die sich neugierig nach ihm umdrehten und kicherten. Nur Millie kicherte nicht. Mit gesenktem Kopf kramte sie in ihrer Schulmappe und tat, als hätte sie nichts gehört.

Als Frau Götze den Raum betrat, sah sie Paul überrascht an, sagte aber nichts. Uwe meldete wie jeden Morgen, dass die Klasse bereit sei und niemand fehle.

Nach dem Platzwechsel war es für Paul leicht, Millie aus dem Weg zu gehen. Wenn sie sich nach hinten zu ihm drehte, schaute er schnell weg. Auch wenn sie später nach der Schule auf ihn wartete und ihn ansprechen wollte, ließ er sie stehen und ging einfach weiter.

Leicht fiel ihm das nicht. Er vermisste die Gespräche mit ihr, ja, er vermisste sogar die Spaziergänge mit dem hässlichen Herrn Hurtig.

Und es wurde nicht leichter, als ihn Onkel Henri eine

Woche später beim Mittagessen direkt auf Millie ansprach. Paul hätte erwartet, dass sein Onkel noch immer auf sie sauer wäre. Aber zu seinem Erstaunen fing Henri an, sie zu verteidigen.

»Du hast sie doch vorher gern gehabt, oder?«, fragte er, als wäre eine Antwort darauf nötig gewesen. »Weißt du, so wie du mir die Geschichte erzählt hast, hat sie es nicht mit Absicht getan. Damals wusste sie ja nicht, dass ich kein Dieb bin, und sie ahnte auch nicht, dass ihr Vater damit zur Polizei gehen würde.«

»Das sagst ausgerechnet du!«, erwiderte Paul trotzig. »Sie hätte es ihm einfach nicht erzählen dürfen. Das war Verrat!«

»Das sagst du so leicht dahin, mein Junge«, antwortete Onkel Henri und spielte mit seiner Gabel. »Das Leben ist nicht immer so einfach. Schon gar nicht für sie, die auf der Welt nur ihren Vater hat.«

»Sie hat eine Oma, mit der sie sich sehr gut versteht und die immer zu ihr hält, auch gegen den Vater. Das hat sie mir selbst erzählt. Sie hätte sie um Hilfe bitten können.«

Onkel Henri sah Paul direkt in die Augen.

»Du vergisst, wie ihr Vater sie bearbeitet hat«, sagte er. »Das hast wiederum du mir selber erzählt. Ich bin ganz sicher, dass es ihr inzwischen alles furchtbar leidtut.«

Paul fragte sich, worauf das alles hinauslief. Wollte Onkel Henri ihm jetzt ein schlechtes Gewissen machen? Ausgerechnet er, der hier unrasiert und arbeitslos in der Küche saß und das Haus nicht verlassen konnte, ohne dass ihm zwei Herren im Trabi folgten?

»Weißt du«, fuhr Onkel Henri fort, »es ist nicht leicht, jemanden zu finden, mit dem man sich richtig gut versteht. Schon gar nicht unter den Frauen.«

»Was redest du da für Zeugs?«, rief Paul. Er hatte langsam genug. »Willst du, dass ich so tue, als hätte sie mich nicht angelogen und dich nicht verraten? Außerdem, du hast doch selbst nicht viel Ahnung von Frauen, oder? Du hast ja selber keine.«

»Doch«, sagte Onkel Henri und schmunzelte halb verlegen und halb stolz. »Hab ich schon.«

Paul ließ fast die Gabel fallen. Hatte er sich da gerade verhört? Onkel Henri lächelte still vor sich hin. »Sie heißt Clara und ist Restauratorin«, sagte er.

Paul hatte sich wieder etwas gefasst. »Du hast eine Freundin und hast uns noch nie von ihr erzählt?«

Onkel Henri kratzte gründlich noch ein paar Bratkartoffeln aus der Pfanne, die auf dem Tisch stand. Paul schüttelte nur den Kopf.

»Ich und Oma dachten schon, dass du wegen deinen Nachtschichten nie eine Frau kennenlernst!«

»Deine Oma muss auch nicht immer alles wissen«, sagte Onkel Henri und teilte die restlichen Bratkartoffeln zwischen ihnen auf, bevor er die Pfanne in die Spüle stellte. »Das bleibt erst einmal unter uns.«

»Na klar. Aber erzähl schon: Wie habt ihr euch kennengelernt?«

Onkel Henri spießte gleich vier Bratkartoffeln auf und schaute verträumt. »Im Museum. Sie kam abends oft vorbei und hat die Reliefs am Pergamonaltar abgezeichnet.«

»Verstehe, und dann hast du sie wahrscheinlich mit deinen ganzen Geschichten vom Ischtartor überschüttet.«

Onkel Henri hob die Brauen. »Es gibt auch Leute, die meine Geschichten mögen«, sagte er grinsend.

»Und wie lange kennt ihr euch schon?«

»Fast ein halbes Jahr.«

Und weil Paul ihn immer noch misstrauisch ansah, erzählte Onkel Henri von der patenten und hochbegabten Clara. Sie konnte nicht nur meisterhaft zeichnen, sie konnte außerdem kaputte alte Stühle und Kommoden wieder in Schmuckstücke verwandeln. Hauptsächlich restaurierte sie Möbel in den Potsdamer Schlössern. Aber manchmal brachten alte Herrschaften ihre Lieblingsstühle zu Clara nach Hause und um die kümmerte sie sich dann.

»Aber jetzt habe ich sie schon länger nicht gesehen«, sagte Onkel Henri und rieb sich seinen Stachelbart. »Ich will sie lieber nicht besuchen. Wegen den Herren da draußen.« Er deutete in Richtung Straße. »Die würden mir folgen, und ich will sie auf keinen Fall in etwas mit reinziehen. Ich hätte Angst, dass sie Clara auch gleich zum Verhör mitnehmen.«

Das sah Paul sofort ein. »Aber wundert sie sich nicht, dass du sie so lange nicht besuchst?«

»Bestimmt.« Onkel Henri seufzte. »Ganz bestimmt sogar.« Paul dachte nach.

»Wie wäre es, wenn ich vorbeigehe und ihr sage, dass es dir gut geht, und ihr erzähle, was passiert ist?«

»Das ist nett von dir«, sagte Onkel Henri, »wirklich sehr nett, aber zu riskant. Dich will ich ja genauso wenig mit reinziehen! Nein, wirklich, das ist unmöglich! Wenn sie dich verfolgen?«

Onkel Henri winkte ab. Aber Paul hatte gemerkt, dass sein Onkel Clara vermisste, und er ließ nicht locker.

In den nächsten Tagen sprach er ihn immer wieder darauf an. Meine Güte – Onkel Henri war verliebt, endlich hatte er mal was anderes im Kopf als nur seine alten Bücher!

»Sie macht sich doch bestimmt Sorgen«, sagte Paul. »Oder noch schlimmer: Sie denkt, dass du kein Interesse mehr an ihr hast.«

Paul spürte, das letzte Argument machte Onkel Henri nachdenklich.

Zwei Tage später sagte Paul dann zu ihm: »Pass auf, ich hab eine Idee. Ich könnte morgen nach der Schule direkt bei Clara vorbeifahren. Von der Schule aus werden sie mir ja nicht folgen!«

Onkel Henri fuhr sich mehrmals über seinen Bart anstatt durch die Haare – das war seine neueste Angewohnheit – und sagte schließlich seufzend: »Du hast recht, vielleicht könnte das klappen. Aber wirklich nur, wenn du hundertprozentig sicher bist, dass dir niemand folgt!«

»Die folgen mir ganz bestimmt nicht«, sagte Paul. »Das hätte ich schon gemerkt.«

»Richtig«, sagte Onkel Henri, »ich stehe jeden Morgen am Fenster, wenn du aus dem Haus gehst, und beobachte sie. Trotzdem müssen wir vorsichtig sein.«

Am nächsten Tag fuhr Paul gleich nach der Schule mit der Straßenbahn zum Hackeschen Markt und suchte die Straße, in der Clara wohnte. Es war die Hausnummer 89 in der Auguststraße. Onkel Henri hatte am Abend davor einen Brief für Clara geschrieben und Paul gesagt, er solle ihn wie ein altmodischer Bote überreichen und dann auf eine Antwort warten.

Als er die Auguststraße gefunden hatte, fiel es Paul plötzlich wie Schuppen von den Augen: Das kam ihm doch alles bekannt vor! Es war dasselbe Haus mit dem abblätternden grauen Putz, in dem Onkel Henri damals mit dem Professor verschwunden war – an dem Tag, an dem er ihnen mit Millie nachspioniert hatte. Beim Gedanken an Millie, die damals noch seine Mit-Detektivin gewesen war, wurde ihm schwer ums Herz. Aber jetzt musste er seinen Auftrag erfüllen.

Vom Professor hatte er gelernt, wie man mögliche Verfolger abhängt. Paul ging an Claras Haus vorbei und bog in die nächste Querstraße ein. Dann machte er einen großen Bogen um den Block, bis er ganz sicher war, dass ihm niemand gefolgt war. Erst dann kehrte er zur Nummer 89 zurück.

Er klingelte bei »C. Körner« und wartete. Als nichts geschah, drückte er gegen die Haustür, die nicht abgeschlossen war. Er betrat das dunkle und ziemlich heruntergekommene Treppenhaus. Der Sockel des Treppengeländers war in der Form eines Vogel Greif geschnitzt. Der angeschlagene Stuck im Eingang bestand aus Engeln, die aus pockennarbigen Gesichtern auf ihn herabschauten. Das Licht fiel matt durch bunte Glasfenster, die überall Sprünge hatten. In jeder Etage entzifferte Paul die Namen der Klingelschilder. Im dritten Stock entdeckte er endlich: »C. Körner«. An der Tür hing ein Block mit einem daran baumelnden Bleistift. *Bin leider nicht da. Schreib mir eine Nachricht,* stand oben auf dem Block, von dem schon viele Seiten abgerissen waren.

Paul klopfte trotzdem, dann klingelte er, aber niemand öffnete. Enttäuscht setzte er sich schließlich auf die oberste Treppenstufe und lehnte sich an die Wand. Irgendwann wurden ihm die Augen schwer und er nickte kurz ein.

»Du bist bestimmt Paul«, sagte plötzlich eine Stimme.

Paul schrak hoch. Eine junge Frau lächelte ihm freundlich zu.

»Du siehst deinem Onkel sehr ähnlich.«, sagte sie und sah ihn neugierig an.« Ich habe schon viel über dich gehört.«

Sie hatte langes, dunkles Haar, das hinten hochgesteckt war. Sie war nicht schön wie die Damen in Omas Modezeitschrift »Sibylle«, aber sie sah wie eine dieser blassen Frauen aus einem ganz alten Gemälde aus. Ihre Haut wirkte fast durchsichtig, ihre zierliche Gestalt steckte in einem viel zu großen blauen Overall.

»Und wo ist Henri?«, fragte sie.

»Er kann nicht kommen. Aber ich habe einen Brief für Sie«, antwortete Paul und erhob sich schnell. »Ich soll auch auf eine Antwort warten«, sagte er verlegen.

Clara sah ihn stirnrunzelnd an. »Geht es ihm nicht gut? Oder warum kommt er nicht selbst?«

Als Paul zögerte, schloss sie die Wohnungstür auf und sagte: »Komm doch erst mal rein.« Lächelnd trat sie beiseite, um ihm den Vortritt zu lassen.

Ein winziger Flur führte in ein großes Wohnzimmer, das nach Lack und Farben roch. An den Wänden hingen leere Rahmen, die wunderschön verziert waren. Mitten im Raum standen zwei große schwere Lehnstühle auf einer staubigen Decke. Um sie herum lagen Werkzeuge und Pinsel verstreut, neben einem verschmierten Eimer standen Gläschen mit verschiedenen Farben. Bis auf die zwei Stühle und ein abgewetztes Sofa war der Raum leer.

»Die restauriere ich gerade«, sagte Clara, die merkte, dass Pauls Blick an den Lehnstühlen hängen geblieben war. »Die sind hundertfünfzig Jahre alt. Siehst du…« Sie deutete auf die verzierte Rückenlehne. »Da forme ich die Details mit Gips nach, danach werden sie wieder vergoldet.«

»Das sieht wie ein ziemliches Gefriemel aus«, sagte Paul schüchtern. Er mochte Clara auf Anhieb.

Sie lachte. »Du sagst es! Komm, wir gehen in die Küche, da ist es gemütlicher. Und dann erzählst du mir von Henri.«

»Da bin ich sowieso am liebsten, ich meine in der Küche – auch zu Hause«, sagte Paul und folgte ihr. Hinter dem Wohnzimmer lag ein kleiner Flur, der in eine unordentliche Küche führte. Überall lag Werkzeug herum und in der Spüle stapelten sich Kaffeetassen. Clara holte eine Flasche Brause aus dem laut brummenden Kühlschrank und schenkte Paul ein Glas ein.

»Magst du Kartoffelsuppe mit Würstchen?«, fragte sie und machte die Herdplatte an, auf der ein Topf stand. Paul fühlte sich sofort wohl bei ihr. Der runde Holztisch mit verzierten Beinen erinnerte ihn an den Holztisch zu Hause. Paul holte Onkel Henris Brief aus der Schulmappe und nippte an seiner Limonade, während Clara den Brief las. Mal lächelte sie, mal wirkte sie nachdenklich. Als die Suppe köchelte, steckte Clara den Brief in die hintere Hosentasche ihres blauen Overalls.

»Ich bin dir sehr dankbar, dass du als Bote gekommen bist«, sagte sie, während sie zwei Teller füllte. »Ich hatte mir schon ein bisschen Sorgen um Henri gemacht.«

»Das hat er befürchtet«, sagte Paul und löffelte die Suppe, die sogar noch besser schmeckte als die von Oma. »Aber sobald er kann, kommt er vorbei.«

Sie sprachen noch ein bisschen über Onkel Henri, sein Hobby und seine Liebe zu Büchern. Paul verriet Clara sogar, dass sie Henris »Geheimnis« war, von dem nicht einmal Oma etwas wusste. Claras blasses Gesichts verfärbte sich für einen Moment in ein zartes Rot – sie freute sich.

Dann wollte sie noch alles über Paul wissen – ob er Freunde in der Schule hatte, wie ihn die Lehrerin behandelte und ob er sich manchmal einsam fühlte. Paul erzählte erst stockend und dann immer sprudelnder, bis sein Blick irgendwann auf die Uhr fiel.

»Was? Schon fast vier!« Er musste sofort los. »Onkel Henri macht sich bestimmt schon Sorgen!«, rief er.

»Warte kurz. Ich hab noch etwas für ihn«, sagte Clara. Sie verschwand im Wohnzimmer und kam mit einem schmalen in Zeitungspapier eingewickelten Päckchen und einem Blatt Papier zurück. Dann schrieb sie ein paar Zeilen auf das Papier und steckte es in einen Umschlag.

»Gibst du ihm das bitte von mir?«, fragte sie. »Ich glaube, das Päckchen passt genau in deine Schultasche.«

Paul steckte den Brief und das Päckchen ein. Es sah aus wie ein großes dünnes Buch, fühlte sich aber anders an. Was sich wohl darin verbarg? Komisch, Onkel Henri hatte genauso ein Päckchen unterm Arm gehabt, als er und Millie ihm damals nachspioniert hatten, fiel ihm jetzt ein. Und war er nicht ohne Päckchen wieder herausgekommen?

»Grüß ihn bitte ganz doll von mir«, sagte Clara, während

sie Paul zur Tür begleitete. »Und sag ihm, er soll mich sofort besuchen, wenn er wieder auf den Beinen ist. Sonst kriegt er Ärger!«

»Mach ich«, sagte Paul und stutzte kurz.

Onkel Henri hatte ihr also nicht geschrieben, was wirklich passiert war. Er bedankte sich für die köstliche Suppe und winkte ihr im Treppenhaus noch einmal zu.

An so eine Tante, dachte er auf dem Nachhauseweg, könnte er sich glatt gewöhnen.

In verdeckter Mission

Als Paul vor seiner Haustür angekommen war, schaute er wieder unauffällig zu dem grauen Trabi mit den zwei Männern. Bildete er sich das nur ein oder starrten sie tatsächlich in seine Richtung? Auf dem Rückweg war ihm keiner gefolgt, das hätte er bemerkt. Aber jetzt beschlich ihn doch die Angst. Ob er inzwischen auch auf der Liste der »verdächtigen Personen« stand?

Als er die Wohnung betrat, kam ihm Onkel Henri humpelnd entgegen. Er strahlte vor Erleichterung, Paul zu sehen.

»Die zwei da draußen waren zwischendurch verschwunden«, sagte er. »Ich hatte schon befürchtet...« Er beendete den Satz nicht.

Paul folgte Onkel Henri in die Küche. »Mach doch mal das Radio an«, sagte Henri. Das taten sie inzwischen fast immer, wenn sie sich länger unterhielten. Auch wenn Onkel Henri glaubte, dass er alle Wanzen gefunden hatte, wollte er sichergehen, dass sie nicht doch belauscht wurden.

»Was ist denn mit deinem Fuß passiert?« Paul sah, dass Henris rechter Fuß stark angeschwollen war.

»Ach, eine dumme Geschichte«, sagte Onkel Henri. »Ich wollte eine Glühbirne wechseln, und du weißt ja, unsere Trittleiter ist nicht mehr die jüngste… Und da ist sie doch glatt unter mir zusammengebrochen. Und ich hab mir den Fuß verstaucht.« Henri stieß einen halblauten Fluch aus, als er versuchte, den Fuß aufzusetzen. »Aber erzähl doch, wie war's bei Clara?«

Paul öffnete seine Schulmappe und gab ihm das Päckchen und den Brief. Onkel Henri nahm als Erstes das Päckchen und humpelte damit in sein Zimmer.

»Willst du nicht gucken, was sie dir geschrieben hat?«, fragte Paul, als Henri zurück in die Küche kam.

»Später«, sagte Onkel Henri. »Jetzt erzähl erst mal du.«

Paul berichtete, wie nett er Clara fand. Onkel Henri, der sich darüber freute, auch wenn er es nicht zeigte, wollte ganz genau wissen, über was sie alles geredet hatten.

»Du hast ihr nicht geschrieben, was wirklich los ist, oder?«, fragte Paul.

»Nein«, sagte Onkel Henri und legte sein rechtes Bein auf einen Stuhl. »Ich erzähl's ihr lieber später, wenn alles vorbei ist.«

Paul setzte sich an den Küchentisch und holte seine Hefte aus der Schulmappe.

»Ich muss einen Aufsatz über den Ernteeinsatz der Jugendbrigaden schreiben«, seufzte er und verdrehte die Augen. »Du weißt schon, für Freiheit und Sozialismus stärken wir unsere

Landwirtschaft, damit der Jahresplan übererfüllt wird, und ziehen glücklich singend aufs Land – bla, bla, bla …«

Onkel Henri grinste und gemeinsam überlegten sie sich noch ein paar Sätze dazu. Onkel Henri brachte Paul mit seinen albernen Vorschlägen immer wieder zum Lachen.

Es war viel schöner, nachmittags nicht allein zu sein, dachte Paul. Das war aber auch der einzige Vorteil daran, dass Onkel Henri nicht mehr zur Arbeit ging.

Nachdem Paul sein Heft geschlossen hatte, räusperte sich Onkel Henri und schaute auf einmal überraschend ernst.

»Paul, kannst du mir noch einen riesengroßen Gefallen tun?«

»Ja, klar, worum geht's denn?«

»Würdest du Claras Päckchen bitte dem Professor bringen? Er wartet im *Hotel Metropol* darauf.«

Paul sah ihn entgeistert an. »Das war gar nicht für dich?«

»Nein, es ist für den Professor bestimmt. Ein alter Bilderrahmen.«

»Für den Professor? Jetzt gleich?« Paul schaute auf die dunklen Wolken, die sich am Himmel zusammenzogen. Schon klatschten die ersten Regentropfen an die Scheibe. »Kann das nicht warten?«

Onkel Henri schüttelte den Kopf. »Leider nicht. Ich wollte es ja eigentlich selber machen. Aber das geht jetzt nicht mehr. Im wahrsten Sinne des Wortes. Und in einer Stunde bin ich mit dem Professor verabredet. Zieh einfach deine Regenjacke an und stecke das Päckchen in deinen Rucksack. Eine Schulmappe um diese Zeit würde auffallen.«

»Und wenn die Typen da draußen mir folgen?«

Onkel Henri seufzte. »Da hab ich mir schon etwas überlegt.« Er humpelte in den Flur und kam mit einem Bund verrosteter Schlüssel zurück. »Die habe ich vor Kurzem in der Kammer gefunden. Das sind die Schlüssel vom Dachboden. Damit kommst du über den Trockenboden ins Nachbarhaus. Wenn du den Ausgang dort nimmst, sehen sie dich nicht. Es ist ein Eckhaus und die Haustür führt auf die Querstraße. Dein Papa und ich sind als Kinder manchmal über den Dachboden abends aus dem Haus geschlichen und heimlich ins Kino gegangen. Deine Oma hat solange mit ihrer Freundin nichts ahnend vor unserer Haustür gesessen und geplaudert. Sie dachte, wir liegen schlafend in unseren Betten.«

Paul lachte, aber der Gedanke an Papa machte ihn traurig. Onkel Henri und Papa hatten früher ziemlich viel zusammen angestellt und Paul oft von ihren Streichen erzählt.

Paul verstaute das Päckchen in seinen Rucksack und zog seine Regenjacke über. Onkel Henri begleitete ihn humpelnd zur Wohnungstür. Es war schon fast dunkel im Flur, doch als Paul auf den Lichtschalter drücken wollte, griff Onkel Henri nach seiner Hand.

»Nein, nicht«, sagte er leise. Von nebenan hörten sie das Pittiplatsch-Lied. Der olle Markowitsch schaute tatsächlich das Kinderprogramm.

Paul schlich die Stufen zum Dachboden hoch, gefolgt vom leise ächzenden Onkel Henri. Oben schloss Henri mit einem der alten Schlüssel die Tür auf.

Auf dem Dachboden war es noch dunkler und der Regen trommelte laut auf die Dachziegel. An den Leinen, die zwischen den Balken gespannt waren, hingen Laken und Unterwäsche in beigem Feinripp. Der Größe nach zu urteilen gehörten sie Markowitsch.

»Ich muss gleich wieder runter, ein bisschen vor dem Fenster auf und ab gehen«, sagte Onkel Henri leise. »Das wird sie ablenken, während du durch die andere Haustür schlüpfst.«

Er zeigte auf die gegenüberliegende Wand. »Da musst du lang.«

»Ist klar«, flüsterte Paul zurück. »Bis nachher.«

Onkel Henri nahm ihn plötzlich in den Arm und drückte ihn fest.

»Danke«, murmelte er. »Danke für alles. Du bist ein toller Kerl.«

Paul wurde rot vor Freude. Onkel Henri legte ihm den Schlüsselbund in die Hand. »Und jetzt geh und pass auf, dass dir niemand folgt. Und, Paul, wenn etwas sein sollte – geh zu Oma. Sie weiß dann, was zu tun ist.«

Paul runzelte die Stirn. Wie war das gemeint? Doch er konnte nicht mehr nachfragen, Onkel Henri war schon durch die Tür ins Treppenhaus zurückgehumpelt.

Paul bahnte sich einen Weg zwischen der trocknenden

Wäsche hindurch und achtete darauf, leise aufzutreten, während er über die Wohnung von Markowitsch lief. Auf der anderen Seite in der rohen Backsteinwand entdeckte er die Holztür. Er tastete nach dem Schloss und steckte einen Schlüssel nach dem anderen hinein, bis er den richtigen gefunden hatte. Beim vierten Versuch ließ er sich drehen, und Paul öffnete vorsichtig die Tür zum Nachbardachboden.

Er lauschte, aber er war allein. Zum Glück hängte niemand gerade seine Wäsche auf. Auf Zehenspitzen lief er auch hier über die Dielen, damit man seine Schritte nicht in den Wohnungen darunter hören konnte.

Er schloss die nächste Tür auf, die ins benachbarte Treppenhaus führte. Wieder niemand, alles still, nur der Regen, der vor den Fenstern in den Bäumen rauschte. Paul schlich die Treppe hinunter und schaute zur Haustür hinaus. Onkel Henri hatte recht gehabt: Von hier aus konnte er den Trabi nicht sehen. Das bedeutete, dass auch die Männer ihn nicht sahen.

Er zog die Kapuze hoch, rückte seinen Rucksack zurecht und ging in den Regen hinaus. Gerade als er die Haltestelle erreichte, fuhr die Straßenbahn ein. Uff, den ersten Schritt hatte er geschafft. Paul sprang auf und fuhr bis zur Haltestelle Friedrichstraße.

Das *Hotel Metropol* war hell erleuchtet und wirkte im Dämmerlicht viel einladender als bei Tag. Erst als er vor dem Restaurant stand, fiel Paul ein, dass Onkel Henri ihm gar nicht gesagte hatte, wo er den Professor treffen sollte. Er schaute durch die beschlagenen Scheiben in den erleuchteten Raum, sah aber nur verschwommene Gestalten. Schließlich nahm er seinen Mut zusammen und trat ein. Eine Kellnerin mit blondierter Dauerwelle und kantigem Gesicht strebte sofort auf ihn zu.

»Ich ... ich bin verabredet«, murmelte Paul. »Ich suche Professor Hartwig.«

»Keene Ahnung«, sagte die Frau. »Na denn kiek mal, ob du ihn findest.«

Sie verschränkte die Arme und blieb neben ihm stehen. Paul blickte sich suchend um, doch an keinem der Tische saß der Professor.

»Er scheint nicht hier zu sein«, sagte er enttäuscht. »Gibt's denn noch einen anderen Raum?«

Die Frau verzog ihren kantigen Mund. »Höchstens noch die Hotelhalle«, sagte sie und deutete auf eine Glastür am anderen Ende des Restaurants. Sie begleitete Paul ein Stück und bemerkte zum Glück nicht die feuchten Spuren, die seine Schuhe auf dem Teppichboden hinterließen. Als sie an einer Treppe vorbeikamen, die ins Untergeschoss führte, entdeckte Paul ein diskretes Schild, auf dem in goldenen Buchstaben »Toiletten« stand. Wenn die Kellnerin ihn nicht so scharf im Auge behalten hätte, wäre er kurz zu Oma hinuntergeflitzt. Stattdessen ging er durch die Glastür in die Hotelhalle und sah sich um.

Auch hier war alles mit hellbraunem Holz getäfelt. Einige Gäste standen an der Rezeption und wurden dort von Angestellten in schicken Uniformen bedient. Gemütliche Sofas und Sessel waren um kleine Tischchen gruppiert, und tatsächlich – dort, auf der anderen Seite der Halle, saß der Professor und las Zeitung.

Paul wollte schon zu ihm gehen, bemerkte aber im selben Moment zwei Männer, die das Hotel durch den Haupteingang betraten. Auch wenn sie keine Uniform trugen, schrillten in seinem Kopf sofort die Alarmglocken, und sein Magen krampfte sich zusammen. Diese Typen würde er überall auf der Welt sofort wiedererkennen. Sie sahen so aus wie die, die ihn und Mama damals am Flughafen abgefangen hatten. Er setzte sich auf einen Sessel hinter einer Säule, die ihn vor den Blicken der Männer verbarg, und tat so, als würde er seinen Schuh zubinden. Dabei schielte er zwischen den Sesseln hindurch und erschrak. Die Männer kamen direkt auf ihn zu. Kurz bevor sie ihn erreichten, blieben sie stehen und sahen sich suchend um. Paul duckte sich noch etwas tiefer über seinen Schuh. Der eine, ein großer Mann mit kindlichen Gesichtszügen, sah ihn direkt an. Irgendwo hatte Paul diesen Mann schon mal gesehen. Da wisperte ihm sein Kollege, der wie ein Ringkämpfer aussah, etwas zu. Das Babygesicht wandte sich ab und plötzlich steuerten beide auf den Professor zu. Der Ringkämpfer hatte ihn auf der gegenüberliegenden Seite der Hotellobby entdeckt.

Paul war noch immer hinter der Säule über seinen Schuh gebeugt und beobachtete mit Herzklopfen, was passierte. Auch der Professor hatte die Männer bemerkt, tat aber so, als hätte er sie nicht gesehen. Er faltete langsam die Zeitung, während er aufstand, und ging dann mit zunehmend schnelleren Schritten auf einen Fahrstuhl zu, dessen Türen sich gerade öffneten. Ein älteres Ehepaar stieg aus und der Professor schlüpfte an ihnen vorbei.

Paul spähte vorsichtig über die Rückenlehne seines Sessels. Was ging hier vor?

Die Fahrstuhltüren schlossen sich. Das Babygesicht rannte auf den Fahrstuhl zu, doch der hatte sich schon in Bewegung gesetzt. Der bullige Mann, der ihm gefolgt war, drückte vergeblich alle Knöpfe. Einen Moment später liefen die beiden in die andere Richtung auf die Treppe zu, die nach oben führte.

Paul erhob sich langsam. Er sah noch, wie die Männer im Treppenhaus verschwanden. Warum jagten sie den Professor? Und was sollte er jetzt mit dem Päckchen machen? Eines war klar: Er musste sofort hier weg. Diesen Männern wollte er unter keinen Umständen begegnen.

Er ging durch die Glastür zurück ins Restaurant. Die Kellnerin mit der Dauerwelle bediente zum Glück gerade an einem Tisch und kehrte ihm den Rücken zu. Paul ging unauffällig, aber zügig zu der Treppe, die ins Untergeschoss führte. Erst nachdem er sich versichert hatte, dass ihn niemand beobachtete, nahm er zwei Stufen auf einmal und stürzte auf die Toiletten zu.

Neben einem Tisch mit weißer Plastikdecke saß Oma. Sie trug eine hellblaue Kittelschürze und hielt einen Lappen auf dem Schoß. Vor ihr stand ein Schälchen mit etwas Kleingeld.

Als sie Paul sah, erhob sie sich überrascht. »Was machst du denn hier?«, rief sie. »Ist was mit Henri?«

»Der hat sich den Fuß verstaucht«, erklärte Paul atemlos. »Darum hat er mich gebeten, dass ich dem Professor den Rahmen bringe. Aber der ist gerade in der Hotelhalle von zwei Männern verfolgt worden.«

Oma legte einen Finger auf die Lippen. Sie war leichenblass geworden. »Pschsch«, machte sie. »Warte!« Sie holte ein *Liese Fährmann ist gleich wieder für Sie da*-Schild hinter ihrem Stuhl hervor und stellte es auf ihren Tisch.

»Komm mit«, sagte sie leise und führte Paul in eine Kammer mit Eimern und Besen. Es stank nach scharfem Putzmittel … der gleiche Geruch wie im Kinderheim und auch im Museum. Als sie die Tür geschlossen hatte, sagte Oma: »Also, noch mal. Der Professor wird verfolgt, sagst du? Und Henri hat dich geschickt? Das hätte er nicht tun dürfen!« Sie seufzte tief. »Und du bist sicher, dass dir niemand gefolgt ist?«

»Ja, ziemlich sicher.«

Paul wurde jetzt doch etwas ungeduldig.

»Was ist hier eigentlich los?«, fragte er. »Ich versteh das alles nicht. Warum sind diese Männer hinter dem Professor her?

Was wollen sie von ihm? Und warum ist dieses Päckchen so wichtig?«

Er zeigte auf seinen Rucksack.

Oma schien die Fragen nicht gehört zu haben. Angespannt streichelte sie Pauls Ärmel. Sie wirkte, als ginge sie im Geist ein paar Dutzend Möglichkeiten durch.

»Also jut, Junge«, sagte sie schließlich. »Bleib erst mal hier und rühr dich ja nicht vom Fleck, verstanden? Bis ich wiederkomme.«

Sie zog ihre Schürze aus und öffnete vorsichtig die Tür. Als niemand in der Nähe war, glitt sie hinaus und schloss von außen ab.

Paul hörte, wie der Schlüssel umgedreht wurde, und starrte zur Tür. Ihm war auf einmal ziemlich mulmig zumute. Was ging hier vor? Und warum hatte Oma ihn eingeschlossen?

Er sah sich in der engen Kammer um. An einem Regal voller Reinigungsmittel lehnten Besen und Schrubber, dazwischen standen leere Eimer. Paul drehte einen Eimer um und setzte sich darauf. Erschöpft stützte er den Kopf in die Hände. Was hatte das alles nur zu bedeuten? Hatte Millie doch mehr erzählt, als sie zugegeben hatte? Er grübelte vor sich hin und fand keine Antwort.

Zehn Minuten später kam endlich Oma zurück.

»Wir haben Glück«, sagte sie und machte die Tür wieder zu. »Der Professor ist ihnen entwischt. Er hat den Lastenaufzug in den Hotelkeller genommen. Dort hab ich ihn gerade getroffen. Hör jetzt zu. Du musst doch noch etwas tun. Geh jetzt zum Theater am Schiffbauerdamm und warte vor dem Eingang. Der Professor wird dort hinkommen.«

Paul, dem die zehn Minuten wie eine Ewigkeit vorgekommen waren, war aufgesprungen, als sie eingetreten war. Jetzt verschränkte er die Arme vor der Brust und sah sie herausfordernd an.

»Was ist hier eigentlich los?«, fragte er. »Ich dachte, ich bringe dem Professor nur seinen alten Bilderrahmen zurück. Wieso kennst du den überhaupt? Und was ist mit den beiden Männern? Die sahen aus, als ob sie keinen Spaß verstehen.«

»Die sind weg. Sonst würde ich dich ganz bestimmt nicht hier herauslassen.«

Paul zögerte. »Aber warum ausgerechnet vor dem Theater? Ich habe keine Lust, Millie und ihrem Vater in die Arme zu laufen. Und außerdem: Millie kennt den Professor.«

»Millie wird nichts verraten. Im Gegenteil, wenn etwas schiefläuft, ist sie da. Das mit ihrem Vater und Onkel Henri ist ihr sehr nahegegangen.«

»Was? Woher weißt du das?« Langsam wurde es Paul zu viel.

»Wir haben uns neulich getroffen und länger miteinander gesprochen.«

Paul blieb fast die Luft weg. Sie hatte sich hinter seinem Rücken mit Millie getroffen?

»Wie bitte?«, rief er empört. Jetzt reichte es ihm aber.

»Wenn du mir nicht sofort sagst, was hier los ist, mache ich gar nichts mehr!«

Er machte einen Schritt auf die Tür zu. Oma packte ihn am Arm.

»Schsch«, machte sie. »Nicht so laut!« Sie nahm sein Kinn in die Hand und sah ihn todernst an. »Wie oft hab ich dich um etwas gebeten? Nicht sehr oft, stimmt's? Ich möchte jetzt, dass du genau das tust, was ich dir sage: Ihr trefft euch vor dem Theater. Dort übergibst du dem Professor das Päckchen. Verstehst du? Das ist wichtig! Und danach fährst du sofort nach Hause.«

»Was? Aber warum?«

Oma verschränkte die Arme. Sie hatte die Brauen zusammengezogen und sah aus, als würde sie Paul entweder gleich küssen oder ihm den Kopf abreißen.

»Vertrau mir einfach. Und tu, was ich dir sage«, knurrte sie mit zusammengebissenen Zähnen. »Mehr erklären kann ich dir jetzt nicht.«

Sie sah fast verzweifelt aus. Paul hatte sie noch nie so erlebt. Er gab den Widerstand auf und folgte ihr wortlos aus der Kammer. Noch immer hatte er den Geruch des scharfen Putzmittels in der Nase.

Theater mit Notausgang

Der Regen hatte inzwischen aufgehört, und die Pfützen auf den Straßen und Bürgersteigen glänzten im kalten Licht der Laternen, als Paul aufgeregt die Friedrichstraße entlang zum Theater lief.

Was hatte Millie ihm einmal gesagt? Man musste alle Puzzleteile sammeln und zu einem Bild zusammenfügen. Aber es fehlten ihm immer noch zu viele Teile, und es tauchten dauernd neue auf, die er nicht verstand und die er nicht einordnen konnte. Offenbar kannte auch Oma den Professor, nicht nur Onkel Henri. Half sie etwa auch bei dieser Ischtartor-Sache mit? Sie hatte in der letzten Zeit öfter von ihren müden Beinen und alten Knochen gesprochen. Sie hoffte doch nicht etwa auf das geheime Jugendelixier?

Paul ging ein kurzes Stück an der Spree entlang, wo er so oft mit Millie und Herrn Hurtig spazieren gegangen war. Bei der Erinnerung daran musste er seufzen. Er würde dem Professor jetzt gleich seinen Rahmen in die Hand drücken und dann sofort wieder abhauen. Auf keinen Fall wollte er Millie begegnen.

Vor dem Theater sammelten sich bereits die ersten Zuschauer. Sie gingen die Stufen hinauf und verschwanden durch die Doppeltüren im Foyer.

Unschlüssig sah er sich um, aber der Professor war nirgends zu sehen. Paul wartete neben dem Eingang und beobachtete die Theaterbesucher. Ein Taxi fuhr vor und hielt an. Paul machte einen Schritt darauf zu und blieb dann enttäuscht stehen. Eine Dame im Pelzmantel stieg aus und betrat das Theater. Noch drei weitere Taxis fuhren vor, doch jedes Mal Fehlanzeige. Als wieder ein Taxi hielt, warf Paul nur einen kurzen Blick hinüber. Diesmal stieg ein groß gewachsener älterer Herr aus. Er trug den Hut tief ins Gesicht gezogen, aber Paul erkannte ihn sofort. Erleichtert ging er auf ihn zu.

»Folge mir«, murmelte Professor Hartwig, ohne sich umzudrehen.

»Aber ...«, begann Paul, doch der Professor stieß schon die Türen zum Theater auf.

Paul folgte ihm hinauf ins Foyer und blieb dort in einigem Abstand hinter ihm stehen. Der Professor wartete an der Kasse und kam kurz darauf auf Paul zu. Er hielt zwei Eintrittskarten hoch und bedeutete ihm, dass er ihm folgen sollte. Was sollte das nun wieder?

»Ich habe Ihren Rahmen«, sagte er, als er neben dem Professor stand, und zeigte auf seinen Rucksack.

»Gleich.« Der Professor reichte der Kartenabreißerin beide Karten. Dann stieg er mit Paul die breiten Stufen hinauf in den ersten Stock. Der Fußboden war mit rotem Teppichboden ausgelegt. Im Halbrund vor ihnen führten Türen in den Theatersaal, wo sich bereits die ersten Zuschauer sammelten. Paul sah den roten Vorhang und die mit Stuck verzierten Wände. Hier hatte er vor gar nicht so langer Zeit mit Millie gesessen. Der Professor blickte sich suchend um, entdeckte dann die Herrentoilette und schritt zügig darauf zu. Paul wusste nicht, ob er ihm folgen sollte. Der Professor hatte sein Zögern bemerkt.

»Komm mit«, sagte er leise.

Sie traten ein. Der Professor schloss die Tür und prüfte alle Kabinen. Erst als er sicher war, dass sie alleine waren, entspannte sich sein Gesicht.

»Bravo«, sagte er, und die Andeutung eines Lächelns flog über seine Lippen. Er streckte die Hand aus. »Gib mir den Rahmen. Die werden gleich hier antanzen.«

Paul öffnete den Rucksack und gab dem Professor das Päckchen. Der Professor nahm es und verschwand in einer Kabine. Paul hörte das Rascheln und Reißen von Zeitungspapier, und dann rief der Professor leise: »Schau bitte vor der Tür, ob sie kommen.«

Paul trat hinaus in den Vorraum. Es war inzwischen voller geworden. Die Theaterbesucher standen in Grüppchen zusammen oder strömten durch die geöffneten Türen zu ihren Plätzen im Saal. Paul sah sich suchend um. Und plötzlich sah er das Babygesicht und den Ringkämpfer. Die beiden tauchten immer wieder zwischen den Besuchern auf, gingen von Tür zu Tür und ließen dabei ihre Blicke durch den Saal schweifen. Paul fühlte, wie ihm der Schweiß auf die Stirn trat. Er drehte sich um, stahl sich zurück in die Herrentoilette und rief leise: »Sie sind da!«

Der Professor öffnete sofort die Kabinentür. Er drückte Paul den Rahmen in die Hand.

»Dann bring den deinem Onkel zurück. Schnell! Egal, was gleich passiert, geh und mach schnell!«, befahl er eindringlich. »Wir kennen uns nicht, klar?«

Paul verstand nicht, warum der Professor ihm den Rahmen zurückgab, schob ihn aber wortlos in den Rucksack. Im selben Moment öffnete sich die Tür und der bullige Mann kam herein. Er hatte Paul nicht bemerkt und eilte sofort auf den Professor zu. War das, was er in der Hand trug, etwa eine Waffe? Paul hörte noch, wie der Professor fluchte: »Was zum Teufel…«

Mehr bekam Paul nicht mit. Bevor die Tür zur Herrentoilette langsam wieder ins Schloss fiel, war er lautlos nach draußen geschlüpft. Mit gesenktem Kopf ging er zur Treppe. Da fasste ihn jemand am Arm. Paul blieb fast das Herz stehen. Es war der Mann mit dem Babygesicht. Er starrte Paul lauernd an.

»Warst du nicht gerade im Hotel?«

Paul bekam einen trockenen Mund.

»Im, äh, Hotel?«, sagte er. Seine Knie waren weich, und er

spürte, wie ihm das Blut aus dem Gesicht wich. »Nein, also ich …«

Bevor er weiterreden konnte, sah er etwas Braunweißes, das auf ihn zugeschossen kam und eine Leine hinter sich her schleifte. Schwanzwedelnd sprang Herr Hurtig an ihm hoch und winselte freudig. Der Mann ließ Paul überrascht los und starrte auf den Hund.

»Was soll denn das?«, knurrte er.

»Herr Hurtig, runter!«, rief Paul erleichtert und griff nach der Leine.

Im selben Moment tauchte Millie aus der Menge auf. Sie hatte das Winseln gehört und kam nun eilig auf sie zu.

»Herr Hurtig, kommst du wohl her!«, rief sie und blieb stehen, als sie Paul erkannte. Ihr überraschter Blick glitt über sein blasses Gesicht und blieb fragend an dem Mann hängen. Sie hatte schnell erfasst, dass etwas nicht stimmte. Sie nahm Paul die Leine ab und gab ihr einen kleinen Ruck.

»Bei Fuß! Das ist verboten!«, rief sie streng. »Er muss sich beim Pförtner losgemacht haben«, sagte sie entschuldigend zum Babygesicht.

Der Mann starrte sie eine Sekunde lang verblüfft an. Dann wandte er den Kopf, weil jemand ihn rief. Die Tür der Herrentoilette stand offen und der Ringkämpfer winkte heftig nach ihm.

»Nimm den Köter hier weg«, sagte der Mann zu Millie und eilte seinem Kollegen zur Verstärkung.

Paul fand seine Fassung wieder. »Schnell – ich muss hier raus«, murmelte er Millie zu.

»Das sehe ich«, sagte sie leise, nahm seine Hand und zog ihn davon. »Ich kenne eine Abkürzung.«

Sie deutete auf eine Tür neben der Garderobe, auf der »Notausgang« stand. Sie bewegten sich gegen den Besucherstrom, denn gerade hatte das erste Klingelzeichen geschrillt, das den Beginn der Vorstellung ankündigte.

»Was wollte der von dir?«, fragte Millie halblaut.

»Später«, flüsterte Paul.

Sie bahnten sich weiter ihren Weg durch die Menge, die zu den Theatertüren strömte. Fast hatten sie die Tür des Notausgangs erreicht, da blieben plötzlich einige Menschen stehen, und ein leises Raunen ging durch die Reihen. Paul und Millie schauten auch in die Richtung, in die die Leute starrten. Professor Hartwig wurde von dem Babygesicht und dem Ringkämpfer aus der Herrentoilette geführt.

Als er wenige Meter von ihnen entfernt war, hörte Paul, wie der Professor zischte: »Sie machen einen Riesenfehler, wissen Sie das? Das wird Sie Kopf und Kragen kosten!«

Paul hatte sich weggeduckt. Auch Millie hatte den Professor erkannt. Sie öffnete die Tür zur Hintertreppe und sie witschten durch.

»Was ist hier eigentlich los?«, flüsterte Millie, als sie die Tür hinter sich geschlossen hatte. »Warum haben die den Professor verhaftet?«

»Das kannst du mir vielleicht sagen«, antwortete Paul. »Irgendwer muss ihn wohl verpfiffen haben.«

Millie machte mitten auf der Treppe halt und stemmte die Hände in die Hüften. Herr Hurtig fiepte ängstlich.

»So, und du denkst also, das war ich? Paul Fährmann, ich lass dich gleich hier stehen, und dann kannst du alleine klarkommen!«, rief sie leise. In ihren Augen standen Tränen. Paul zögerte. Er musste hier raus, bevor es dem Babygesicht einfiel, nach ihm zu suchen.

»Schon gut«, sagte er. »Ich glaub dir. Erklären kannst du mir alles später. Hauen wir jetzt erst mal ab.«

Millie wandte sich um, ohne ihn eines weiteren Blickes zu würdigen. Schweigend gingen sie die Hintertreppe hinunter zur Pförtnerloge. Herr Hurtig schlich ihnen mit eingezogenem Schwanz hinterher.

Als sie beim Pförtner vorbeikamen, winkte Millie ihm mit vollendeter Fröhlichkeit zu.

Sie ist wirklich eine gute Schauspielerin, dachte Paul. Gerade noch in Tränen, und nun strahlte sie schon wieder.

Der Pförtner blickte kurz von der Zeitung auf und lächelte zurück. »Wie, schon nach Hause?«, fragte er.

»Herr Hurtig braucht einen Spaziergang«, antwortete Millie.

»Hab mich schon gefragt, wo der steckt«, brummte der Pförtner. »Ist mir doch glatt ausgebüxt.« Dann verschwand er wieder hinter seiner Zeitung.

Es war inzwischen dunkel geworden. Vor dem Haupteingang parkten ein Polizeiauto und ein schwarzer Lada. Deswegen machten sie einen kleinen Umweg über eine Seiten-
straße und bogen wieder in die Friedrichstraße ein. In der
Ferne hörte Paul die Stimme des Professors. Wahrscheinlich wurde er gerade hinausgeführt. Paul wagte es nicht, sich
umzublicken. Er zog die Kapuze seiner Regenjacke über den
Kopf und beschleunigte seine Schritte. So schnell wie möglich musste er von hier weg. Jeden Augenblick würden sie
an ihnen vorbeikommen. Und wenn das Babygesicht ihn
wiedererkannte und doch auf die Idee kam, dass die beiden
Begegnungen kein Zufall sein konnten? Verdammt, wo hatte
er diesen Mann schon mal gesehen? Und wenn sie diesen so
furchtbar wichtigen Rahmen in seinem Rucksack entdeck-
ten?

Zum Glück ratterte gerade eine Straßenbahn vorbei und
hielt wenige Meter vor ihnen an der Haltestelle. Paul begann zu laufen. Millie sprintete mit Herrn Hurtig hinterher,
und sie sprangen hinein, kurz bevor sich die Türen schlossen.
Erschöpft ließen sie sich auf zwei Plätze fallen. Für Herrn
Hurtig, der glücklich hechelte, war es der Spaß des Abends.

»Wir fahren am besten zu mir. Da wird dich niemand
suchen«, sagte Millie leise.

»Wie kommst du darauf, dass mich jemand sucht?«

»Das sieht ein Blinder mit Krückstock«, antwortete Millie.
Als sie seinen Gesichtsausdruck bemerkte, sagte sie be-

schwichtigend: »War nur ein blöder Scherz. Ich sehe es, weil ich dich inzwischen gut kenne. Und du bist ziemlich nervös.«

Paul antwortete nicht und starrte aus dem Fenster. Als ihre Tram am Bahnhof Friedrichstraße hielt, stieg er nicht aus, sondern blieb neben Millie sitzen.

Er dachte angestrengt nach. Warum hatte Oma den Professor und ihn überhaupt zum Theater geschickt? Dass er dort auf Millie stoßen könnte, war sicher nicht der einzige Grund. Nein, es musste ein anderer Plan dahinterstecken, und Paul ahnte auch, welcher. Oma musste blitzschnell kalkuliert haben, dass im Theater demnächst die Aufführung beginnen würde. Und dann hätte der Professor in der Menge der Theaterbesucher perfekt untertauchen können. Die Idee war einleuchtend.

»Wenn du eine Nadel verstecken willst, Jungchen«, hörte er Oma sagen, »dann such den nächsten Heuhaufen!«

Was sie nur unterschätzt hatte, war die Findigkeit von Babygesicht. Aber zum Glück gab es ja Herrn Hurtig. Oder, genauer gesagt, Herrn Hurtigs Frauchen.

Plötzlich huschten Scheinwerfer am Fenster vorbei. Ein Polizeiauto und ein schwarzer Lada überholten die Straßenbahn. Schnell drehte Paul sein Gesicht zur Seite. Seine Handflächen wurden feucht.

Vielleicht waren sie noch immer hinter ihm her. Und dann kam ihm noch ein Gedanke. Er konnte jetzt gar nicht nach Hause, das wäre viel zu riskant. Wenn der Professor alles ausplauderte, würden die Männer auch Onkel Henri einen Besuch abstatten. Und Paul mit dem Rucksack erwischen.

Die Sache mit dem Hieroglyphenstein war aufgeflogen. Aber wie? Er schielte von der Seite zu Millie. Er musste ganz sicher sein, dass sie ihrem Vater nicht doch etwas über den Professor erzählt hatte. Millie erwiderte fragend seinen Blick.

»Du hast recht«, sagte Paul. »Ich komme mit zu dir.«

Millie schenkte ihm ein winziges Lächeln. »Das hab ich bemerkt, du bist ja an deiner Haltestelle nicht ausgestiegen.«

Dann schaute sie wieder weg. Paul tastete nach seinem Rucksack, wagte es aber nicht, ihn zu öffnen. Warum hatte der Professor den Rahmen erst ausgepackt und ihn dann Paul wieder zurückgegeben? Gab es eine Logik dahinter? Paul beschloss, das Ding gleich etwas näher zu untersuchen.

Wenn bei Capri
die rote Flotte im Meer versinkt

Paul hatte zwar schon vor Millies Haus gestanden, aber in der Wohnung war er noch nie gewesen. Sie lebte im zehnten Stock eines Plattenbaus und statt Kohleöfen gab es sogar eine echte Heizung. Ihr Zimmer war klein, aber gemütlich: In der Ecke stand ein alter Korbstuhl. An den Wänden hingen altmodische Theaterplakate.

Während Millie in der Küche heiße Milch mit Honig machte, setzte sich Paul in ihrem Zimmer aufs Bett. Er lauschte auf das Klappern aus der Küche. Millie würde noch ein paar Minuten beschäftigt sein. Er öffnete seinen Rucksack und holte den Rahmen aus dem zerrissenen Papier. Es war ein einfacher Holzrahmen und sicher nicht alt und wertvoll. Er betrachtete ihn von allen Seiten, konnte aber nichts Besonderes daran entdecken. Dann schob er mit dem Daumen die Nägel beiseite, die den Rahmen zusammenhielten. Glas und Rahmen lösten sich von der Rückwand. Paul schüttelte den Rahmen leicht und dabei segelte etwas zu Boden. Zwischen Rahmen und Rückwand war ein schmaler Streifen Pergamentpapier eingeklemmt gewesen.

Paul hob ihn auf. Er war voller winziger Schriftzeichen. Jemand hatte sie mit Bleistift durchgepaust. Paul hatte gleich erkannt, dass es Keilschrift, die Schrift der Babylonier, war.

Da hörte er auch schon Millie im Flur. Schnell legte er das Papier wieder zwischen Rahmen und Rückwand, schob die Nägelchen zurecht und steckte den Rahmen zurück in seinen Rucksack.

Millie trug ein Tablett mit zwei Tassen und einer Schale Kekse ins Zimmer. Vorsichtig stellte sie es auf dem Nachttisch ab und gab ihm eine Tasse. Paul nippte an der heißen Milch. Es tat gut, etwas Warmes zu trinken. Seine Schuhe waren vom Regen ganz durchweicht, was er in seiner Aufregung gar nicht bemerkt hatte. Er bewegte die Zehen hin und her. Millie deutete auf seine Schuhe, die feuchte Stellen auf dem Teppichboden hinterlassen hatten.

»Zieh die mal lieber aus. Ich stell sie zum Trocknen auf die Heizung.«

Paul gab ihr die Schuhe, Millie verschwand damit und kehrte kurz darauf mit ein paar hellrosa Socken zurück.

»Ich weiß, die Farbe ist vielleicht nicht so *ganz* ideal«, sagte sie grinsend und reichte sie ihm. Dankbar streifte Paul die nassen Socken ab und zog die trockenen an.

Millie nahm ihre Tasse und setzte sich ihm gegenüber auf den Schreibtischstuhl. Für ein Weilchen schwiegen sie beide: Keiner wusste so recht, wie er anfangen sollte. Millie fragte weder nach dem Professor noch nach dem, was im Theater gerade vorgefallen war. Fast schüchtern bot sie Paul ein paar Kekse an. Schließlich war es Paul, der das Schweigen brach.

»Wie ist es eigentlich dazu gekommen, dass du mit meiner Oma plauderst?«

»Ich habe sie neulich zufällig in der Straßenbahn getroffen«, antwortete Millie. »Genau genommen hat sie mich angesprochen.«

Wie sich herausstellte, hatte Oma sich auf den freien Platz neben Millie gesetzt und ein Gespräch mit ihr angefangen. Erst hatte Millie gedacht, Oma Fährmann wäre furchtbar wütend auf sie, aber das stimmte nicht. Sie hatten sich sehr nett unterhalten und dann war Millie mit Oma ausgestiegen. Sie hatten noch lange an der Haltestelle gestanden und immer weitergeplaudert. Millie hatte ihr schließlich sogar von ihrem Vater erzählt – all die Dinge, die sie Paul nicht erzählen konnte, weil er ja nicht mehr mit ihr redete. Vorsichtig schaute sie zu ihm herüber.

Paul zog die Schultern hoch und starrte vor sich hin. Dann hatte sich Oma ja wirklich gründlich mit ihr ausgetauscht. Hinter seinem Rücken, konnte man sagen. Wobei sie es natürlich nur gut gemeint hatte. Und natürlich hatte sie am Ende recht gehabt. Hätte Millie ihn nicht gerade rausgehauen, wer weiß, ob das Babygesicht ihn nicht festgehalten hätte.

»Vielleicht erzählst du mir jetzt einfach mal alles, was du mir nicht sagen konntest.«

Paul hatte die Ellbogen auf die Knie gestützt und sah Millie von unten an. Sie nickte erleichtert.

»Also, unser letztes Gespräch war ziemlich furchtbar für mich«, sagte sie mit gedrückter Stimme. »Überhaupt, alles war schlimm. Dass mich mein Vater so verraten hatte ...« Sie schüttelte den Kopf und strich sich durchs Haar. »Ich bin damals gleich nach Hause gefahren und habe seinen Schreibtisch durchsucht. In der untersten Geheimschublade – er denkt, sie wäre geheim – habe ich so einiges gefunden.«

Millie stockte wieder. Sie sah Paul nicht an. »Er ist ja so superordentlich und hebt alles auf. In dieser Schublade waren Durchschläge von Berichten, die er an seinen sogenannten Führungsoffizier geschickt hat. Darin hat er jede Woche alles aufgeschrieben, was er im Theater so aufgeschnappt hat: Wenn ein Schauspieler einen Witz über die DDR gemacht hat ... Oder als die Kostümbildnerin geschimpft hat, weil sie bestimmte Stoffe nicht bekam. Und weißt du, unter welchem Decknamen mein Vater bei der Stasi geführt wird?«

Paul hob fragend eine Augenbraue.

»*Laterne!*«, sagte Millie bitter. »In diesen Berichten stand auch alles drin, was ich ihm erzählt hatte, und dann noch Sachen, die dein Onkel angeblich gesagt haben soll, wenn sie sich getroffen haben. Er behauptet, dein Onkel verkündet, unsere Regierung ist verlogen und dass es kriminell ist, die Menschen durch die Mauer einzusperren. Und dass Henri sich mit anderen getroffen hat, die genauso denken. Und dass er an seinen freien Abenden in der Kneipe immer ›Wenn bei Capri die rote Flotte im Meer versinkt‹ trällert. Wahrscheinlich alles Lügen!«

Paul musste grinsen, als er das von dem Capri-Lied hörte, aber er riss sich gleich wieder zusammen.

»Als Papa nach Hause kam«, fuhr Millie fort, »hab ich ihm diese Berichte unter die Nase gehalten. Er war richtig wütend und hat mich geohrfeigt, weil ich in seinen Sachen geschnüffelt habe.« Millie kämpfte mit den Tränen. Sie hatte den Kopf gesenkt und wippte unruhig auf dem Stuhl hin und her. »Aber ich hab ihm gesagt, wenn er nicht damit aufhört und mir endlich die Wahrheit sagt, erzähle ich am Theater herum, was er getan hat«, fuhr sie leise fort. »Da ist er noch wütender geworden. Aber dann hat er sich wieder eingekriegt und schließlich ein paar Sachen erzählt.«

Sie stockte für einen Moment.

»Er sagte, er hätte es gut gemeint und für mich getan, damit ich aus Cottbus rauskomme. Weil es wegen meiner Hautfarbe häufiger blöde Bemerkungen gab. Er meinte, in Berlin wäre das ein bisschen besser.«

Millie fuhr sich wieder durch ihr störrisches Haar. »Das Schlimme ist, er hat die Arbeit in Berlin nur im Tausch gegen seine ›kleine Nebentätigkeit‹ bekommen. Dabei dachte ich, das war, weil er ein so guter Beleuchter ist. Kleiner Irrtum. Er sollte Staatsfeinde beobachten. ›Feindlich-negative Personen‹, steht in diesen Berichten. Personen wie deinen Onkel zum Beispiel.

Papa stammt ja ursprünglich aus Berlin. Na, und als ich an dem Abend zugeben musste, dass wir so spät bei deinem Onkel im Museum waren, hat er gleich ganz große Ohren gekriegt. Ich habe dir ja gesagt, dass er mich so unter Druck gesetzt hat, bis ich alles erzählt habe. Das hat er aufgeschrieben und noch einiges dazuerfunden. Wahrscheinlich, um sich wichtigzumachen. Jedenfalls hat er einfach behauptet, Onkel Henri würde vermutlich wertvolles Volkseigentum an den Klassenfeind veräußern. Du kannst dir vorstellen, dass ich richtig wütend auf ihn bin.« Millie spielte nervös mit einem Stift, der auf dem Schreibtisch lag. »Ach, ich weiß auch nicht weiter – wir reden kaum noch miteinander… Es ist alles ziemlich beschissen.«

Sie senkte den Kopf und schwieg. Sie wirkte ganz klein und verletzlich und so, als läge alle Last der Welt auf ihren Schultern. Paul hatte auf einmal Mitleid mit ihr. Das war wirklich eine furchtbare Situation, in der sie steckte. Ein Spitzel und Verräter als Vater war viel schlimmer als ein Vater, der wegen Fluchtversuch im Gefängnis saß. Und noch dazu war dieser Vater ihre einzige Familie. Ihre Mama war ja weit weg und wollte nichts mehr mit Millie zu tun haben. Sie war zwar nicht tot, aber für Millie lief es fast auf das Gleiche hinaus.

»Aber du gehst doch noch abends mit ihm ins Theater?«, fragte er trotzdem.

Millie schüttelte heftig den Kopf. »Nicht mit *ihm*! Ich helfe Herrn Frank, dem Bühnenbildner, bei den Requisiten«, antwortete Millie. »Herr Frank und ich sind ja zum Glück so.«

Sie verhakte wieder ihre Zeigefinger. »Herr Frank hatte mich vorhin hochgeschickt, um Papa wegen einer kaputten Leuchte Bescheid zu sagen, und da hab ich Herrn Hurtig gesehen und diesen Typen, der dich zu bedrohen schien. Und da habe ich mir gedacht, dass du vielleicht Hilfe brauchst.«

Das stimmte, sie hatte die Lage sofort durchschaut. Zum ersten Mal seit Langem lächelte Paul ihr wieder zu.

Millie lächelte vorsichtig zurück und griff nach einem Keks.

»Deine Großmutter hat das alles ziemlich gut verstanden. Sie hat sogar gesagt…« Millie zögerte. »Sie – sie hofft, ich würde euch bald mal wieder besuchen, und dass sie froh ist, dass wir uns kennengelernt haben.«

»Das hat sie gesagt?« Paul sah sie zweifelnd an. »Durch deinen Vater ist ihr Sohn gerade in ziemliche Schwierigkeiten geraten!«

»Ich weiß«, antwortete Millie gequält. »Das habe ich ihr auch gesagt und sie hat etwas sehr Merkwürdiges geantwortet.«

»Was denn?«

Millie zögerte und knabberte an ihrem Keks. »Also, wenn du's unbedingt wissen willst, sie hat gesagt, wenn ihr oder deinem Onkel Henri irgendwas passieren sollte, dann wäre es gut, dass du wenigstens mich noch als Freundin hättest. Ich glaube…« Sie zögerte wieder. »Ich glaube, sie hat Angst, dass du sonst niemanden mehr hast…«

Paul war plötzlich beunruhigt. Das klang ja gar nicht gut. Was meinte Oma nur damit? War sie auch in Gefahr?

»Ich hätte es dir nicht sagen sollen«, seufzte Millie.

»Doch, doch, das war schon richtig.« Paul stellte die Tasse ab und stand auf. Er hatte auf einmal so ein ungutes Gefühl. Er musste sofort nach Hause und nach Onkel Henri schauen. Und nach Oma.

»Ich glaube, ich muss jetzt gehen«, sagte er.

Millie sah auf den Wecker auf ihrem Nachttisch. Es war kurz nach zehn. »Stimmt, mein Vater kommt bald nach Hause. Es ist besser, wenn du dem nicht begegnest.«

Paul nahm seinen Rucksack und folgte ihr in den Flur. Durch den Stoff spürte er wieder die harte Kante des Rahmens. Sollte er ihn mit nach Hause bringen? Wenn die Polizei oder die Stasi da waren, dann würden sie die Keilschrift entdecken. Onkel Henri würde sicher einsehen, dass dieses Risiko einfach zu groß war. Paul fasste einen schnellen Entschluss.

»Sag mal«, fragte er Millie, die ihm gerade die halbwegs trockenen Schuhe reichte, »kann ich bis morgen meinen Rucksack bei dir lassen? Da sind meine Sportsachen drin. Ich mach dann den kleinen Schlenker und hol ihn auf dem Weg zur Schule ab. Dann brauch ich ihn jetzt nicht nach Hause zu schleppen.«

»Aber das ist doch Quatsch!«, sagte Millie. »Den bring ich dir einfach morgen früh mit. So schwer ist er doch nicht.« Sie hob den Rucksack kurz an. »Deshalb musst du doch nicht extra einen Umweg machen.«

»Wirklich?«, fragte Paul etwas ratlos. Er konnte jetzt

schlecht darauf bestehen. »Okay, dann gerne. Aber versteck ihn gut. Dein Vater sollte auf keinen Fall wissen, dass ich hier war.«

Millie nahm den Rucksack, ging in ihr Zimmer zurück und schob ihn unters Bett, sodass man ihn nicht sehen konnte. Dann brachte sie Paul zur Tür.

»Danke«, sagte sie mit einem traurigen Lächeln.

»Wofür?«

»Dafür, dass du wieder mit mir redest.«

Paul, der sich gerade die Regenjacke anzog, sah sie forschend an. Sie wirkte noch immer etwas verlegen.

»Vielleicht kannst du mir irgendwann auch wieder ein bisschen vertrauen?«

»Vielleicht«, antwortete er.

Ihre Augen waren groß und ernst, und er merkte, wie traurig sie plötzlich wieder aussah.

»Einen kleinen Anfang haben wir heute ja schon gemacht«, sagte er, als er zur Tür hinausging. Im Treppenhaus blieb er noch einmal stehen und winkte ihr zu. Und dann fiel ihm auf, dass Millie das auch immer tat, wenn sie sich von ihm verabschiedete.

Er nahm die Treppe, statt auf den Fahrstuhl zu warten. In dem fuhr jetzt vielleicht gerade Herr Schonriegel hoch. Und den wollte Paul auf keinen Fall treffen. Auf diesen Typ mit dem Decknamen »Laterne« hatte er im Moment wenig Lust.

Nächtlicher Besuch
und ein Geständnis

Paul hatte mit seiner Vorahnung recht gehabt. Als er zu Hause die Tür aufschloss, brannte überall Licht, und er hörte unbekannte Stimmen aus der Küche. Onkel Henri war nicht allein. Paul schlich durch den Flur und schaute durch die geöffnete Küchentür. Um den Tisch herum standen drei Männer. Vor ihnen saß Onkel Henri mit hängenden Schultern. Er hatte die Ellbogen auf die Knie gestützt.

Als Paul eintrat, wandten sich ihm alle Gesichter zu. Er erkannte die zwei Männer aus dem Auto gleich wieder, den dritten hatte er noch nie gesehen. Er hatte Hasenzähne und schütteres Haar.

In der Küche herrschte völliges Durcheinander. Auf dem Boden stapelten sich Töpfe und Geschirr. Die Männer hatten wieder alle Schränke ausgeräumt und bestimmt auch die anderen Zimmer auseinandergenommen. Paul war heilfroh, dass er seinem Instinkt gefolgt war und den Rucksack bei Millie gelassen hatte. Onkel Henri musste den gleichen Gedanken gehabt haben. Er warf Paul einen unauffälligen fragenden Blick zu.

»Wo ist der Rahmen?«, sagte dieser Blick. Er wirkte fast

etwas panisch. Paul hätte ihm am liebsten telepathisch mitgeteilt: »In Sicherheit!«

Der Mann mit den Hasenzähnen sah auf die Uhr.

»Wo kommst du denn um diese Zeit her?«, schnauzte er Paul an.

Paul guckte zu Onkel Henri. Sein Mund war trocken. Er bekam kaum ein Wort heraus.

»Und wie bist du überhaupt aus dem Haus gekommen?«, fragte der Schnauzbart.

Paul nannte ihn für sich den Fahrer.

»Na, durch die Haustür.« Paul versuchte ruhig zu klingen, aber seine Stimme zitterte. »Wie denn sonst?«

Der Fahrer wurde rot. »Rotzbengel!«, zischte er. Es wurmte ihn offenbar, dass er nicht gesehen hatte, wie Paul das Haus verließ. »Und wo warst du um diese nachtschlafende Zeit?«

»Bei meiner Oma.« Paul starrte feindselig zurück. »Und dann hab ich eine Schulkameradin besucht, deren Vater im Theater am Schiffbauerdamm arbeitet.« Am liebsten hätte er hinzugefügt: »Auch bekannt unter dem Decknamen ›Laterne‹, ein Kollege von Ihnen«, aber das verkniff er sich dann doch.

»Na, dann mal Abmarsch ins Bett«, sagte der Hasenzahn. Er schien der Chef der kleinen Truppe zu sein. »Wir haben mit deinem Onkel noch etwas zu klären.«

»Also … Gute Nacht.«

Paul warf Henri einen letzten Blick zu, ging ins Wohnzimmer und schloss die Tür hinter sich. Es war, wie er geahnt hatte. Auch hier waren die Schubladen herausgerissen und die Türen vom Wandschrank und der Anrichte standen offen. Tischdecken, Bücher und Weihnachtsschmuck lagen auf dem Boden. Dazwischen verstreut waren Mamas und Papas Briefe aus seiner Schublade. Einige der Briefe waren angerissen oder geknickt. Jemand war wohl achtlos auf ihnen herumgetrampelt. Paul konnte es nicht fassen.

Was für Schweine, dachte er und glättete die Briefe sorgfältig. Erst schwärzten sie Briefe, dann zertrampelten sie den Rest.

Er schob die Schublade wieder in ihr Fach und legte die Briefe hinein. Er war gerade dabei, die Bücher ins Regal zu stellen, als es klingelte.

Paul öffnete die Tür einen winzigen Spalt und spähte in den Flur. Der Fahrer stand schon am Eingang und trat einen Schritt zur Seite, um einen Hünen mit militärischer Stoppelfrisur hereinzulassen. Paul erkannte ihn sofort wieder – es war der Ringkämpfer, der den Professor in der Theatertoilette aufgespürt hatte. Ihm folgte ein schmaler, großer Typ. Auch ihn erkannte Paul sofort: Es war das Babygesicht.

Ein kleiner Schauer lief ihm den Rücken runter. Hoffentlich waren die nicht auf der Suche nach ihm! Schnell machte er das Licht aus und zog die Tür lautlos zu. Die Männer verschwanden in der Küche. Paul schlich zur Couch und legte sich in Kleidern aufs Sofa. Zum Glück hatte er das Bettzeug nicht wie sonst in den Bettkasten geräumt. Er zog die Decke bis unters Kinn und lauschte. Das Sofa stand an der Wand, die an die Küche grenzte. Von nebenan hörte er gedämpfte Stimmen.

An Einschlafen war überhaupt nicht zu denken. Er setzte sich wieder auf und presste das Ohr an die kühle Wand. Weil er nichts verstehen konnte, ging er auf Zehenspitzen zurück zur Tür. Jetzt hörte er etwas deutlicher, was in der Küche gesprochen wurde.

»Ich schlage vor, Sie arbeiten mit uns zusammen, sonst können Sie ganz schnell viele Jahre im Gefängnis verbringen. Und Ihre Mutter auch. Also noch mal von vorne: Sagt Ihnen der Name Johann Maibrink etwas?«

»Nein«, hörte er Onkel Henris Stimme.

»Ganz sicher?«

Die Stimmen wurden leiser, und dann hörte Paul nur noch Fetzen von dem, was geredet wurde. Doch die Gesprächsfetzen ergaben einen Sinn: Onkel Henri sprach vom Ischtartor und dem Hieroglyphenstein!

Mittendrin hörte Paul, wie ein Stuhl gerückt wurde. Eine Tür im Flur ging auf und klappte wieder zu. Kurz darauf hörte Paul die Klospülung, dann wieder Schritte und das Zuschlagen der Küchentür. Jetzt konnte er nichts mehr verstehen, aber schlafen konnte er genauso wenig. Unruhig wälzte er sich auf der Couch hin und her.

Was wäre, wenn die Männer auf die Idee kämen, hier reinzukommen und Paul die Bettdecke wegzureißen? Das Babygesicht würde ihn sofort wiedererkennen. Und dann wäre endgültig alles aufgeflogen. Er würde gleich wissen, wo sie sich schon mal begegnet waren.

Angestrengt lauschte er, ob wieder jemand auf den Flur kam. Die Minuten zogen sich zäh dahin und die Männer gingen einfach nicht. Was wollten sie überhaupt von Onkel Henri wissen? Würden Oma und Onkel Henri hinter Gitter kommen und Paul wieder in ein Heim?

Daran wollte er jetzt auf keinen Fall denken. Das wäre mehr, als er ertragen konnte. Er sehnte sich nach Mama und Papa. Vor allem sehnte er sich danach, dass alles wieder so wäre wie früher. Er schloss die Augen und stellte sich vor, Mama und Papa wären mit ihm von Greifswald nach Berlin gezogen, anstatt zu fliehen. Gleich im Eckhaus auf der anderen Seite von Oma und Onkel Henri hätten sie eine Wohnung bekommen. Dann könnte er Oma und Onkel Henri über den Dachboden besuchen, wenn es regnete. Er versuchte sich Mamas Lächeln vorzustellen, wenn er ihr einen Witz erzählte, die Art, wie sie ihn dabei liebevoll anschaute und ihm durchs Haar strich. Aber sie verschwamm vor seinen Augen. Er konnte sich ihr Gesicht nicht mehr ins Gedächtnis rufen. Je mehr er sie festhalten wollte, desto undeutlicher war die Erinnerung an seine Eltern in den letzten Monaten geworden. Sie entfernten sich immer mehr von ihm …

Ohne es zu merken, war Paul in eine Art Halbschlaf geglitten. Plötzlich hörte er Schritte. Sie klangen ganz nah und blieben kurz vor seiner Tür stehen. Dann Stimmengemurmel. Paul war sofort hellwach. Die Härchen auf seinen Armen stellten sich auf. Er drückte sich die Bettdecke an den Mund und versuchte die galoppierende Panik im Zaum zu halten. Jetzt kamen andere Schritte dazu, die Stimmen wurden lauter, und dann entfernten sie sich. Die Wohnungstür ging auf und wieder zu und plötzlich war es ganz still.

Paul stand auf und schaute durchs Schlüsselloch. Das Licht brannte, doch der Flur schien leer. Er drückte das Ohr ans Schlüsselloch und lauschte. Nichts, keine Schritte von Onkel Henri, keine Geräusche aus der Küche. Nur diese unheimliche Stille. Paul wartete noch einen langen Moment, dann langsam, sehr langsam und leise, öffnete er die Wohnzimmertür. Er vermied die knarzenden Dielen, bis er die Küchentür erreichte. Sie war angelehnt. Auch hier fiel Licht durch den Spalt. Mit gekrümmtem Rücken, den Kopf auf die Hände gestützt, saß Onkel Henri am Tisch und starrte reglos vor sich hin.

»Onkel Henri?«, sagte Paul leise.

Onkel Henri fuhr hoch. Sein Haar war zerzaust, sein Gesicht wirkte schmal und blass. Furchen, die Paul noch nie bemerkt hatte, traten jetzt deutlich um Augen und Mundwinkel hervor.

»Paul!«, rief er leise und erhob sich. »Endlich sind sie weg! Aber warte!«

Er stand auf und schaute sich in der Küche um, dann schloss er die Tür.

»Was suchst du denn?«, fragte Paul.

»Wanzen«, flüsterte er. »Ich glaube zwar, ich hätte bemerkt, wenn sie wieder welche versteckt hätten. Aber sicher ist sicher.« Er ging zum Küchenschrank und machte das Radio an. Klassische Musik rieselte durch die Küche.

Onkel Henri sah ihn mit so eindringlichem Blick an, dass Paul fast erschrak. Dann beugte er sich zu ihm und sagte so leise, dass Paul ihn kaum verstand: »Was ist mit dem Rahmen?«

»Der Professor hat ihn im Theater mit in die Toilettenkabine genommen und ihn mir dann zurückgegeben, bevor er verhaftet wurde. Aber keine Sorge, er ist in Sicherheit.«

Onkel Henri wirkte, als wäre ihm ein zentnerschwerer Stein vom Herzen gefallen. »Gut. Das ist gut«, murmelte er. »Und wo ist er jetzt?«

»Bei Millie.«

»Was?« Sein Lächeln verschwand. »Wieso bei Millie?«

»Nach dem, was mit dem Professor passiert war, dachte ich, dass die vielleicht auch uns einen Besuch abstatten. Und ich habe vermutet, dass es dir nicht recht ist, wenn sie seinen Rahmen hier finden. Deswegen habe ich Millie gesagt, dass ich meinen Rucksack nicht nach Hause schleppen will. Aber ich hab ihr eingeschärft, dass ihr Vater auf keinen Fall merken soll, dass ich da war. Sie hat den Rucksack unter ihrem Bett versteckt. Morgen früh bringt sie ihn mir zur Schule mit.«

Onkel Henri stieß die Luft zwischen den Zähnen aus. »Weiß sie etwas vom Rahmen?«

»Natürlich nicht.«

Onkel Henris Gesichtszüge entspannten sich wieder etwas.

»Gut mitgedacht, jedenfalls«, sagte er. »Sehr gut mitgedacht. Stimmt, es gibt kein besseres Versteck als in der Höhle des Löwen! Bravo, ich bin stolz auf dich! Jetzt müssen wir nur noch auf Millie hoffen...«

Paul wurde rot vor Freude.

»Aber Onkel Henri, sag mal«, unterbrach ihn Paul. »Du hast ihnen vom Hieroglyphenstein erzählt! Ich hab's durch die Küchenwand gehört. Haben Sie dich also doch weich gekriegt?«

Onkel Henri versuchte zu lächeln, aber es gelang ihm nicht ganz. »Immerhin sind sie mit leeren Händen davongezogen«, sagte er matt.

»Aber sie kennen jetzt die Geschichte!«, rief Paul.

Onkel Henri zögerte einen Moment. Er setzte sich wieder an den Küchentisch und massierte seine Fingerknöchel. Dann sagte er, ohne Paul dabei anzusehen: »Ich habe sie an der Nase herumgeführt. Sie wussten davon – irgendjemand muss ihnen etwas von dem Stein verraten haben. Deswegen habe ich ihnen die ganze Geschichte schließlich erzählt, ihnen aber gleichzeitig gesagt, dass ich mir das Ganze nur ausgedacht habe. Dass ich euch Kindern damit einen Bären aufgebunden habe und dass Kinder sich alle möglichen Dinge einbilden und sie dann auch noch eifrig rumerzählen. Und wenn die Herrschaften an meinen Worten zweifeln, dann sol-

len sie ruhig jeden Stein einzeln aus dem Ischtartor heraus-
nehmen und anschauen. Sie würden dort keinen Stein mit
Hieroglyphen finden. Und wenn sie behaupten, ich wäre ein
Dieb, dann sollen sie das Depot gerne auf den Kopf stellen
und mir das bitte schön nachweisen.«

Paul dachte nur: Respekt! Das war eine schlaue Idee von
Onkel Henri gewesen. Belüge die Leute mit der Wahrheit!
Trotzdem hatte das Ganze ein, zwei Haken.

»Aber hast du nicht selbst gesagt, dass vielleicht etwas aus
dem Depot fehlt?«

»Angeblich fehlt. Damit wollen sie mich nur anschwär-
zen. Das ist typisch für die Herren von der Stasi. Zum Glück
gibt es eine Frau im Museum, die mir wohlgesonnen ist. Sie
ist übrigens eine Freundin von Clara. Ich habe ihr schon oft
beim Verpacken der Kisten für Auslandsausstellungen geholfen. Seit Langem ist eine große Ausstellung für Göttingen geplant, bei der sie meine Hilfe bräuchte. Deswegen will
sie sich darum kümmern, die Depotsache aufzuklären. Alles
durchsehen und nachzählen. Aber wenn es von oben verhin-
dert wird…«

»Und der Professor? Der ist schließlich keine Erfindung.
Und sie haben ihn verhaftet.«

»Der Professor? Der wird schon selber mit den Herren
von ›Horch und Guck‹ fertig, glaub mir«, erwiderte Onkel
Henri. »Wir haben uns ja damals abgesprochen. Er war nie
im Museum. Punkt.«

»Aber Millie hat doch erzählt, dass er im Museum war.«

Onkel Henri verschränkte die Arme. »Unter Druck hat sie ihrem Vater eine Räuberpistole erzählt. War der fremde Mann der Professor? Wer soll nachprüfen, ob das stimmt?«

In diesem Moment klapperte ein Schlüssel im Schloss. Erschrocken zuckte Paul zusammen. Kamen die Männer etwa zurück? Aber sie hätten keinen Schlüssel gehabt...

Da rief auch schon Oma: »Was ist denn hier los?«

Paul lief ihr erleichtert entgegen und Onkel Henri trat hinter ihm aus der Küche. Oma hatte sofort erfasst, was geschehen war, und schaute beide besorgt an. Sie und Onkel Henri tauschten wieder ihren speziellen Blick.

»Ja, sie waren leider wieder hier«, sagte er. »Aber du brauchst dir keine Sorgen zu machen.«

Oma zog ihren Mantel aus. »Ich bin ja froh, dass euch nichts passiert ist«, keuchte sie. Normalerweise hätte sie geschimpft, dass Paul an einem Schultag nachts um halb eins noch auf war. Und normalerweise hätte sie die Krise gekriegt, weil ihre Wohnung innerhalb kürzester Zeit schon zum zweiten Mal verwüstet worden war. Aber heute zupfte sie Paul liebevoll am Ohr, legte einen Arm um seine Schulter und begleitete ihn in die Küche.

»Jetzt macht uns Henri erst einmal einen guten Kaffee«, sagte sie. »Und einen Kakao für Paul, den hat er sich verdient. Und morgen räumen wir gemeinsam auf.«

Sie setzte sich an den Tisch und holte sich einen Vorrat

Zigaretten aus ihrer Handtasche. Eine steckte sie sich hinters Ohr, eine zündete sie sich an und lehnte sich zurück.

»Und jetzt erzähl mal, mein Junge. Mann, das war ja was heute! Und du hast mir so gut gehorcht!«

Während Onkel Henri den Kaffee zubereitete, erzählte Paul alles noch einmal: vom Professor in der Theatertoilette und vom Babygesicht und wie Millie ihm aus der Patsche geholfen hatte.

»Oma, das hast du irgendwie geahnt, gib's zu!« Und dann erzählte er auch noch von »Laterne« und was er seinem Führungsoffizier alles geschrieben hatte.

Onkel Henri, der den Kaffee und den Kakao brachte, hörte mit wachsender Unruhe zu. Auch wenn er schon wusste, dass sein alter Schulkamerad Achim ein Spitzel war, erschütterte es ihn doch, von den Berichten an die Stasi zu hören.

»Diese Millie ist eine wahre Freundin«, sagte er. »Und fast schon eine Heldin. Es geht hier um ihren eigenen Vater und sie hat ja nur ihn. Das muss alles ganz schön schrecklich für sie sein.« Er schüttelte mitleidig den Kopf und nippte an seinem Kaffee, dann sah er Paul an. »Aber das heißt wenigstens, ihr zwei habt euch wieder vertragen, oder?«

»Ja, schon«, antwortete Paul. »Ohne sie hätte jedenfalls alles schlimm enden können.« Er schauderte bei der Erinnerung an Babygesicht.

Auch Oma hatte aufmerksam zugehört, aber Paul spürte, dass ihr eine Frage auf den Lippen brannte. Schließlich konnte Oma sich nicht mehr zurückhalten und unterbrach ihn.

»Und, mein Junge«, sagte sie und stieß einen Rauchkringel in die Luft. »Wo ist denn nun der Rahmen abgeblieben?« Genau wie Onkel Henri stutzte sie, als sie hörte, dass Paul ihn bei Millie gelassen hatte.

»Was habt ihr immer mit diesem ollen Rahmen?«, fragte Paul, nachdem er Oma beruhigt hatte.

Oma und Onkel Henri tauschten wieder ihren speziellen Blick. Oma schickte ihrem ersten Rauchkringel einen zweiten hinterher.

»Es ist ein wertvolles Stück«, begann Onkel Henri.

»Erzählt mir keine Geschichten!«, unterbrach ihn Paul verärgert und sah die beiden an. Es war klar, dass sie ihm etwas verheimlichten. »Ich hab den Rahmen gesehen. Er ist weder alt noch besonders schön. Ich finde, ihr schuldet mir die Wahrheit nach allem, was ich für euch getan habe. Außerdem habe ich das Pergament mit der Keilschrift sowieso entdeckt!«

Wieder tauschten Onkel Henri und Oma Blicke. Oma war in Rauchschwaden gehüllt und sah aus wie eine alte Sphinx.

Onkel Henri räusperte sich und betrachtete seine Fingernägel.

»Ich wollte dich da eigentlich raushalten, aber wenn du's unbedingt wissen willst…« Er zögerte. »Ich habe in einem alten Buch etwas gefunden, das Professor Hartwig bei seiner Forschung sehr weiterhelfen könnte, und das habe ich durchgepaust und in dem Rahmen versteckt, damit er es sich anschauen kann.«

Paul brauchte einen Moment, um zu begreifen.

»Also willst du mir sagen, der Professor hat sich das Pergament auf dem Klo angeschaut und dann wieder zurück in den Rahmen gesteckt?«, fragte er ungläubig. »Warum hat er es nicht gleich mitgenommen?«

»Hat er das nicht?«, fragte Onkel Henri. »Wie viele Abschriften hast du denn gefunden?«

»Eine.«

»Dann hat er die anderen vier mitgenommen«, sagte Onkel Henri. »Die eine hat er entweder nicht gebraucht oder er hat sie übersehen. Das wird sich klären.«

Onkel Henri fing an zu gähnen. Er knackte mit seinen Fingerknöcheln.

»Na ja, und damit es keine nachweisbare Verbindung zwischen uns beiden gibt, hat er dir den Rahmen wieder zurückgegeben. Die von der Stasi halten ihn ja für meinen Hehler. Und wir wollen ihnen ja keine angeblichen Beweisstücke liefern.«

Er lehnte sich zurück und verschränkte die Arme. »So, jetzt kennst du die ganze Geschichte.«

Paul sah ihn forschend an. War das wirklich die ganze Geschichte?

»Ich weiß nicht…«, begann er.

Oma unterbrach ihn. Ihr Blick war auf die Küchenuhr gefallen.

»Oh Gott, Paul, du musst sofort ins Bett! Es ist Viertel nach eins und du hast morgen Schule!« Sie musterte ihn und musste plötzlich kichern. Sie hatte seine Strümpfe entdeckt. »Die sind ja quietschrosa!«, rief sie laut aus. »Junge, wo hast du denn die her?«

Vor dem Einschlafen dachte Paul noch einmal an alles, was geschehen war. Warum hatte Oma zu Millie gesagt, dass es gut wäre, dass er sie hatte, falls ihr und Henri etwas passierte? Wie viel wusste sie vom Hieroglyphenstein? Onkel Henri hatte es zwar geschafft, die Männer von der Stasi mit der Wahrheit zu überlisten, aber was war mit dem Professor? Und blieb das Geheimnis der ewigen Jugend damit für immer im Ischtartor eingemauert?

Bevor ihm die Augen zufielen, kam ihm noch ein letzter Gedanke. Die Geschichte mit dem Rahmen war oberfaul. Sie stimmte hinten und vorne nicht, so viel war sicher! Wenn Onkel Henri dem Professor irgendwelche Pergamente geben wollte – warum hatte er sie dann nicht einfach in einen Briefumschlag gesteckt? Den hätte Paul doch viel unauffälliger ins Hotel schmuggeln können als in der Rückseite dieses komischen Rahmens.

Nein, Onkel Henri hatte ihm nicht die ganze Wahrheit gesagt. Und auch Oma hatte ihre Geheimnisse, die sie hinter ihren Rauchschleiern verbarg.

Ein Gläschen Cognac
und ein Brief nach Kuba

In den nächsten Tagen passierten ein paar überraschende Dinge. Onkel Henri konnte es kaum glauben und schaute immer wieder aus dem Fenster, aber die zwei Männer im Trabi waren fort.

»Vielleicht haben die sich nur etwas Neues ausgedacht«, sagte er. »Oder sie haben Anweisungen von oben bekommen.«

Er hatte die Wohnung wieder nach Wanzen durchsucht und nichts gefunden. Trotzdem ließen sie in der Küche nach wie vor das Radio laufen, wenn sie wichtige Gespräche führten.

Eines dieser Gespräche fand schon am übernächsten Abend statt. Oma hatte Neuigkeiten vom Professor, obwohl Paul sich fragte, woher.

»Die Stasi hat ihn zwar kurz festgenommen, aber sie mussten ihn bald wieder laufen lassen«, erzählte sie zufrieden. »Das hat den Herren eine Menge Ärger eingebrockt.«

Hoffentlich auch dem Babygesicht, dachte Paul. Den hatte er ja ganz besonders gefressen.

Als er ein paar Tage später aus der Schule kam, hörte er Stimmen aus dem Wohnzimmer. Und wer saß dort gemütlich beim Kaffee mit Cognac? Onkel Henri und Herr Tisch! Herr Tisch hatte gute Neuigkeiten: Die Geschichte mit den angeblich fehlenden Stücken im Depot hatte sich erledigt. Die Listen waren noch einmal überprüft worden – ohne Ergebnis. Und Herr Tisch und sein Chef, Herr Günther, hatten das nach oben gemeldet und betont, welch großen Wert sie auf Heinrich Fährmann als Kollegen legten.

»Henri, dat ham wa gerne für Sie jemacht! Prösterchen!« Herr Tisch goss sich noch einen Cognac nach.

Aber ob die Fürsprache gereicht hätte, konnte Herr Tisch nicht beschwören. Es war wohl von ganz oben eine Anordnung gekommen. Jedenfalls war Henri wieder in Amt und Würden und durfte ab sofort wieder im Museum arbeiten.

»Gerade noch rechtzeitig vor der Göttingen-Ausstellung!« Onkel Henri strahlte, als hätte er eine seltene Erstausgabe überreicht bekommen. Dann würde er bei der Verpackung der Ausstellungsstücke helfen können! Aus irgendeinem Grund schien ihm das enorm wichtig zu sein. Paul fragte sich schon, ob Clara Grund zur Eifersucht hätte.

Den Rucksack mit dem geheimnisvollen Rahmen hatte Millie, wie versprochen, gleich am nächsten Morgen zur Schule mitgebracht. Onkel Henri hatte einen Seufzer der Erleichterung ausgestoßen, als Paul ihm den Rahmen noch am selben Nachmittag gegeben hatte.

»Da haben wir noch einmal unverschämtes Glück gehabt«, hatte er halblaut gemurmelt und sich mit dem Rahmen in seinem Zimmer eingeschlossen.

Eine knappe Woche später hörte Paul, als er von der Schule heimkam, Onkel Henri im Badezimmer trällern. Tatsache, er sang wirklich »Wenn bei Capri die rote Flotte im Meer versinkt«. Den halben Nachmittag verbrachte Henri im Bad. Als er endlich herauskam, frisch rasiert und nach Aftershave duftend, stand er lange vor der Schranktür und grübelte darüber, was er heute Abend anziehen sollte. Denn heute war der große Tag: Oma wollte für alle kochen, und dazu war Clara eingeladen.

Auch Paul hatte eine Verabredung. Er traf sich wie früher mit Millie, um mit Herrn Hurtig an der Spree spazieren zu gehen. Es war ein warmer Tag und die Sonne glitzerte auf dem Wasser. Millie plauderte drauflos, aber Paul spürte, dass ihr etwas auf der Seele lag und sie mit etwas Wichtigem herausrücken wollte. Als sie sich auf eine Bank gesetzt hatten, nahm Millie einen dürren Ast und malte damit Kreise in den Sand. Eine Minute lang blieb sie stumm. Schließlich seufzte sie und sagte: »Ich habe beschlossen, meine Mutter zu suchen.«

Sie hatte bei ihren Schnüffeleien im Schreibtisch ihres Vaters nämlich einen leeren Briefumschlag aus Kuba gefunden. Den Absender hatte sie abgeschrieben. Es war ein Name, den sie nicht kannte. Aber sie hatte sich endlich getraut, dort hinzuschreiben und zu fragen, ob der Absender ihre Mutter kennen würde. Und diesen Brief hatte sie jetzt dabei.

»Darf ich eure Adresse als Absender angeben, falls mir jemand zurückschreibt?«, fragte sie Paul. »Wegen meinem Vater. Nicht, dass der vielleicht die Antwort kassiert.«

»Aber klar!«, rief Paul und sah Millie bewundernd an. »Das ist eine tolle Idee!«

»Findest du?«, fragte Millie unsicher. »Dabei habe ich solche Angst davor. Wenn meine Mutter einfach nur abgehauen ist und ich ihr egal bin, wie mein Vater immer behauptet? Oder wenn sie mich gar nicht sehen will?«

»Nur von ihr kannst du erfahren, was wirklich passiert ist«, sagte Paul. »Komm, da hinten unter der Brücke hängt ein Briefkasten. Da stecken wir ihn jetzt gleich ein.«

Millie schrieb Pauls Adresse auf die Rückseite des Briefes und sie schlenderten zum Briefkasten.

»Soll ich wirklich? Ich trau mich nicht.«

»Los, gib her, ich mach's für dich.« Paul nahm den Brief und schob ihn in die Klappe des Kastens.

»Danke«, sagte Millie erleichtert. »Wer weiß, vielleicht sehe ich sie eines Tages wieder.«

Paul zwang sich zu lächeln. Natürlich hatte er schon die ganze Zeit an seine eigenen Eltern gedacht. Von ihnen hörte er nur selten etwas, aber das lag nicht daran, dass sie nicht an ihn schrieben. Oma hatte Paul erklärt, dass die Stasi immer mal wieder Briefe einkassierte.

Um das zu kontrollieren, hatte Papa alle Briefe nummeriert, sodass sie genau wussten, wenn ein Brief fehlte. Der Trick war ganz einfach: Er hatte die Nummern im Datum versteckt. Auf dem ersten Brief stand der 1. März, auf dem zweiten Brief der 2. März. Der nächste Brief war vom 3. April. Der Brief, der dann folgte, war vom 6. April.

»Siehst du«, hatte Oma gesagt, »hier die Briefe 1 bis 3, und dann fehlen 4 und 5. Die hat sich die Stasi unter den Nagel gerissen.«

Seit Brief Nummer 6 hatte Paul nichts mehr von seinen Eltern gehört. Er wusste nicht, wie es ihnen ging und was sie in ihrem neuen Leben machten. Wann würde er sie je wiedersehen? Er wollte Millie lieber nichts davon erzählen und sie damit belasten. Helfen konnte sie ihm ja auch nicht.

Ab Montag arbeitete Onkel Henri wieder im Museum. Oma war wie immer im *Metropol*. Und Paul war nun abends wieder allein. Am Ende der Woche lag auf dem Küchentisch neben der Thermoskanne und einer Tüte mit belegten Broten ein Zettel: *Onkel Henri erwartet dich heute Abend ab sechs.*

Paul freute sich über die Nachricht und fuhr mit der Straßenbahn zur Friedrichstraße. Er war früh dran, und weil es in Strömen regnete, beschloss er, im Bahnhof zu warten, bis der Regen nachließ. Er wanderte erst durch die Bahnhofshalle am *Mitropa-Restaurant* vorbei und schlenderte ohne Ziel hierhin und dorthin. Plötzlich stand er wieder vor der Bauabsperrung. Paul wartete, bis niemand vorbeikam, dann duckte er sich unter die Absperrung und schlüpfte hinter die Plane. Dahinter lag die Tür, die zu dem zugemauerten Gang führte. Er drückte die Klinke, aber diesmal war die Tür verschlossen.

Paul spürte, wie sich die Enttäuschung in ihm breitmachte. Es kam ihm plötzlich so vor, als wäre ein weiterer Zugang zu seinen Eltern versperrt. Die Erinnerung an sie, die immer undeutlicher wurde, die Briefe, die immer weniger wurden … alles in seinem Leben schien sich dagegen verschworen zu haben, dass er sie je wiedersah.

Paul schlüpfte hinter der Plane hervor und kroch unter der Absperrung durch. Dann ging er zum Museum, auch wenn er immer noch zu früh dran war und obwohl es immer noch regnete.

Und richtig, das Tor war noch verschlossen. Paul lehnte sich gegen den Zaun und wartete. Da öffnete sich das Tor und eine ältere Frau trat heraus.

»Wartest du auf jemanden?«, fragte sie freundlich.

Paul zögerte nur kurz. »Ja, auf meinen Onkel. Henri Fährmann, der ist hier Nachwächter.«

Sie lächelte ihm zu. »Bist du etwa Paul?«

Paul nickte. »Woher wissen Sie das?«

»Dein Onkel und Clara haben mir von dir erzählt.«

Paul legte den Kopf zur Seite. »Sind Sie diejenige, der mein Onkel hilft, die Kisten für die Ausstellungen im Westen zu packen?«

»Ja, genau, dein Onkel hat mir diesmal sogar sehr geholfen – ohne ihn hätte ich all die persischen Miniaturen für Göttingen nie rechtzeitig rahmen und rausschicken können.« Paul hatte plötzlich eine Idee. Er wäre doch zu neugierig, wie es da oben im Depot, wo der Professor heimlich geforscht hatte, eigentlich bei Tageslicht aussah.

»Eine Frage«, sagte er zu der Frau, die so freundlich zu ihm war. »Oben in den Depots, wo die Dokumente über das Ischtartor sind ... darf man sich die auch mal anschauen?«, fragte er in möglichst harmlosem Ton.

Die Frau sah ihn überrascht an. »Interessierst du dich etwa auch für Archäologie?«

»Na ja, mit Henri als Onkel!« Paul war ausnahmsweise einmal schlagfertig.

Die Frau lächelte wieder. »Das lässt sich bestimmt einrichten. Allerdings gibt es dort keine Dokumente über das Ischtartor.«

»Ich meine, die Dokumente über die Steine im Tor«, korrigierte sich Paul. Die Frau schien ihn nicht ganz zu verstehen. »Dokumente über die Steine?«, fragte sie skeptisch. »Nein, da oben ist ganz bestimmt nichts dergleichen. Dort oben ist das Depot der Orientabteilung. Da findest du Skulpturen und Scherben und Fresken. Und vielleicht noch Bilderrahmen und Sockel für Ausstellungsstücke.« Sie schmunzelte, als ginge ihr ein Licht auf. »Fragst du etwa wegen der Geschichte, die dein Onkel erzählt hat?!«

»Ja«, sagte Paul verwirrt. »Sie – Sie wissen davon?«

Die Frau schüttelte den Kopf. »Na, dem werd ich was husten!«, rief sie. »Jetzt muss ich aber los, sonst verpasse ich meinen Zug.« Sie warf einen Blick auf ihre Uhr. »Oh ja, höchste Zeit. Wir sehen uns bestimmt bald mal wieder!«

Paul schaute ihr verwirrt nach. Wie war das gemeint, dem würde sie was husten? Er beschloss, Onkel Henri nochmals auf den Zahn zu fühlen.

Doch als er die Museumswärter-Baracke betrat, war Onkel Henri nicht allein. Herr Tisch saß bei ihm und die beiden sprachen über Wartezeiten für ein Auto. Herr Tisch hatte seinen Trabi vor acht Jahren bestellt und war ganz aufgeregt, weil er endlich den Bescheid bekommen hatte, dass er ihn übernächste Woche abholen durfte. Er plante auch schon den ersten Kurzurlaub mit Frau Tisch und seinem zukünftigen Wagen und gab Onkel Henri mal wieder einen ausführlichen Bericht.

Was die Kollegin am Tor nun gemeint hatte, konnte Paul den ganzen Abend lang nicht fragen. Warum hatte Onkel Henri ihr die angeblich so geheime Geschichte überhaupt erzählt? Vor allem aber: Wieso hatte sie nur sanft darüber gelächelt?

Auf dem Nachhauseweg stieg ein schrecklicher Verdacht

in ihm auf. Vielleicht hatte Onkel Henri in der Nacht, als er in der Küche verhört worden war, doch die Wahrheit gesagt. Vielleicht war die Geschichte vom Hieroglyphenstein wirklich nur eine Erfindung. Aber das im Rahmen versteckte Pergament mit der Keilschrift hatte Paul doch mit eigenen Augen gesehen! Er wusste wirklich nicht mehr, was er glauben sollte.

Gute Nachrichten

Als Paul am nächsten Tag heimkam, erwartete ihn ein Riesenschreck. In ihrem Wohnzimmer stand ein bulliger Mann und redete auf Oma und Onkel Henri ein. Als er Paul bemerkte, nickte er kurz und schloss die Wohnzimmertür vor seiner Nase.

Paul ahnte gleich, woher dieser Typ kam. Was war jetzt schon wieder passiert? Nahmen sie Onkel Henri nun endgültig mit?

Vielleicht sollte er einfach in die Küche gehen und sich etwas zu essen machen?, überlegte Paul. Aber er hatte nicht den geringsten Appetit.

Er fühlte sich plötzlich unheimlich müde. Die ständige Sorge um Oma und Onkel Henri hatte ihn erschöpft. Langsam ging er in die Küche und setzte sich an den Tisch. Er nahm seine Federtasche und seine Hefte aus der Schulmappe und versuchte, Hausaufgaben zu machen. Aber er starrte nur vor sich hin.

Es dauerte eine Ewigkeit, bis Onkel Henri die Wohnzimmertür öffnete. Höflich ließ er dem Besucher sogar den Vortritt. Wie konnte er nur? An der Küchentür blieb der Mann kurz stehen. Er bemerkte das böse Gesicht, das Paul machte, und schaute mit einem kühlen Blick zurück.

»Ist er das?«

Oma, die hinter ihm stand, hauchte: »Ja.«

»Ist gut«, sagte der Mann. »Ich komme morgen noch mal. Und Sie haben bis dahin die Papiere für mich fertig.«

Onkel Henri begleitete den Mann zur Wohnungstür. Als er die Tür hinter ihm geschlossen hatte, blieb er noch einen Moment stehen und lauschte, bis die Schritte auf der Treppe verklungen waren. Dann kamen beide in die Küche. Oma grinste über beide Ohren und klatschte in die Hände. Auch Onkel Henri konnte sich das Grinsen nicht verkneifen. Sie sahen aus, als hätten sie gerade den Hauptgewinn im Lotto gezogen.

Paul starrte sie verständnislos an. Warum waren die beiden so aufgekratzt?

»Was ist los mit euch?«, fragte er. »Warum war dieser Typ hier? Habt ihr wieder Ärger?«

Onkel Henri schüttelte den Kopf und versuchte dabei, nicht allzu vergnügt zu wirken. Verstohlen wischte er sich mit dem Finger über die Augenwinkel.

Oma setzte Wasser für ihren guten Kaffee auf. »Dem Herrn hab ick nur die einheimische Sorte angeboten«, sagte sie. Onkel Henri setzte sich zu Paul an den Tisch.

»Wir haben unglaubliche Neuigkeiten«, sagte er feierlich

und sah Oma an. Oma nickte und wischte sich die Hände an der Schürze ab.

»Du darfst zu deinen Eltern in den Westen«, sagte sie, nahm Pauls Hand und drückte sie fest. »Na, mein Junge, kannst du dir das vorstellen? Und freust du dich?«

»Was?« Paul fiel fast die Kinnlade runter. »Wieso denn das?« Er war auf einmal schrecklich durcheinander.

»Der Kamerad ist Anwalt. Er kommt morgen noch mal, um mit dir zu reden«, erklärte Oma. »Er wird dich nach drüben begleiten, wenn es so weit ist.«

»Das ist ein Scherz, oder? Die legen uns doch nur rein, oder?«

»Nein«, sagte Oma. »Das tun sie nicht. Hör mir genau zu, der Mann wird dich morgen fragen, ob du wirklich in den Westen willst, und du musst Ja sagen. Das ist alles.«

»Und dann lebe ich wieder mit Mama und Papa zusammen?«, fragte Paul ungläubig. So lange hatte er von diesem Moment geträumt und auf einmal fühlte sich alles so unwirklich an. Er sah Oma und Onkel Henri an. Es konnte alles nicht wahr sein. »Aber was ist mit euch?«

»Ich werde dich besuchen«, sagte Oma. »In ein paar Jahren komm ich rüber.«

Paul sah Onkel Henri an. Der schwieg und lächelte ihm traurig zu. Paul hatte einen Kloß im Hals.

»Und wann sehen wir uns wieder?«, flüsterte er.

Onkel Henri senkte den Blick.

Paul überschlug die Zahlen, es dauerte einen Moment. Rechnen war nicht seine Stärke. »In dreißig Jahren?«

»Vielleicht darfst du ja eines Tages rüber, auf Besuch«, antwortete Onkel Henri sanft.

»Genau das mit Henri wird der Mann dir morgen natürlich unter die Nase reiben«, warf Oma ein. »Aber du musst trotzdem gehen! Hörst du? Du gehörst zu deinen Eltern. Du wirst dort drüben Chancen haben, die du hier nie bekommst. Und ihr werdet endlich wieder eine Familie sein.«

Sie wischte sich mit dem Handrücken über die Augen und zog eine Zigarette hinterm Ohr hervor, zündete sie aber nicht an.

Auch Onkel Henris Augen glänzten. Oma beugte sich vor und nahm wieder Pauls Hand. Diesmal drückte sie so fest, dass es wehtat.

»Ich freue mich so für dich, mein Junge«, sagte sie und wischte sich über die Wangen, über die die Tränen jetzt ungehindert liefen. »Und bin sehr, sehr glücklich.«

Onkel Henri fasste seine andere Hand und auf einmal hatte auch Paul Tränen in den Augen.

Am nächsten Tag nach der Schule erzählte er Millie die ungeheuren Neuigkeiten. Millie verstand nicht gleich, versuchte dann zu lächeln und murmelte: »Das ist ja toll für dich«, bevor sie sich rasch abwandte.

Paul sah trotzdem, dass sie weinte, als sie zur Straßenbahn

lief. Ohne Tschüss zu rufen, war sie aufgesprungen und davongefahren.

Als Paul aus der Schule kam, wartete der bullige Mann schon im Wohnzimmer vor seinem Ersatzkaffee. Er nickte Paul kurz zu.

»Setz dich«, befahl er. Paul setzte sich zu Oma, die auf dem Rand der Couch hockte. Sie hielt ihre Hände fest aneinandergepresst. Paul spürte, dass sie leicht zitterte.

Der Mann stellte seine Tasse ab und fragte Paul, ob er ganz sicher sei, dass er für immer die DDR verlassen wollte. Paul dachte an Millie und Onkel Henri. Oma griff nach seiner Hand und drückte sie wieder so fest, dass es wehtat.

»Ja«, sagte Paul. Und immer wieder »Ja«, auch wenn ihm zum Heulen war und er am liebsten »Ich weiß nicht« geantwortet hätte. Natürlich wollte er zu Mama und Papa, aber genauso wollte er bei Oma, Onkel Henri und Millie bleiben. Als der Mann mit seinen Fragen fertig war, erhob er sich behäbig und starrte Paul ein letztes Mal an.

»Also gut, dann ist alles geklärt.«

Bevor er die Tür öffnete, drehte er sich noch einmal um.

»Deine Großmutter hat eine Liste von Dingen bekommen, die du mitnehmen darfst«, sagte er und nickte Oma kurz zu.

Oma verabschiedete den Mann an der Tür. Auch wenn er alles andere als freundlich war, musste sie ihm in diesem Moment doch dankbar sein.

Paul blieb wie betäubt sitzen. Er rührte sich auch nicht, als

Oma zurückkam. Sie blieb im Türrahmen stehen und schaute ihn an.

»Es wird alles gut«, sagte sie. »Vertrau mir.«

Paul sah sie hilflos an. »Warum muss ich mich überhaupt entscheiden, ob ich bei euch sein will oder bei Mama und Papa?«

Oma nickte. »Du hast vollkommen recht«, sagte sie. »Das frage ich mich auch. Es ist ein Irrsinn, wenn man drüber nachdenkt. Trotzdem schlage ich vor, dass wir schon mal überlegen, was du alles mitnimmst.«

Dann zeigte Oma ihm die Liste: Seine Anziehsachen durfte Paul mitnehmen, aber nicht den alten Bären, der früher Papa gehört hatte und den er ihm geschenkt hatte, als Paul noch klein gewesen war. Ebenfalls dalassen musste er die alten Bücher von Oma, die Paul immer wieder gelesen hatte. Die alten Ausgaben von »Schatzinsel« und »Meuterei auf der Bounty« galten als antik. Und wertvolles Volkseigentum durfte nicht in die Hände des Klassenfeindes fallen.

Zum Glück hatte Paul noch etwas Zeit, bevor es losging. Sechs Tage, bis er endlich seine Eltern wiedersehen würde – sechs Tage, die er noch mit Oma, Onkel Henri und Millie verbringen konnte, bevor es damit für lange, lange Zeit vorbei sein würde.

»Ab jetzt nehmen wir jeden Tag ein bisschen Abschied voneinander«, hatte Onkel Henri gesagt. »Dann ist es am letzten Abend nicht ganz so schlimm.«

Aber Paul fand es trotzdem bitter. Zwei Jahre lang hatte er seine Eltern nicht mehr gesehen.

Abends, wenn er allein auf der Couch lag und nicht einschlafen konnte, flüsterte eine Stimme in seinem Kopf: Und was ist, wenn sie dir inzwischen fremd sind? Was ist, wenn ihr euch gar nicht mehr versteht? Zu Oma und Onkel Henri kannst du dann nie mehr zurück! Paul wusste schon jetzt, wie sehr sie ihm fehlen würden. Ihm war plötzlich klar, sie waren in diesen anderthalb Jahren, in denen sie zusammengelebt hatten, genauso seine Familie geworden wie Mama und Papa.

Wie lange würde es dauern, bis er sich in dem neuen Land zu Hause fühlte? Und wenn ihm das neue Leben nicht gefiel? Und dann war da noch Millie. Konnte er sie jetzt einfach im Stich lassen? Er bezweifelte, dass er je wieder eine Freundin finden würde wie sie.

Erst hatte Millie geweint, als er ihr davon erzählt hatte, doch schon am gleichen Tag war sie abends bei ihm vorbeigekommen. Sie hatte ihm etwas mitgebracht – es war das kleine Amulett an einer silbernen Kette, das sie immer um den Hals trug.

»Aus Kuba«, hatte sie gesagt. Ihre Mutter hatte es ihr zum Abschied um den Hals gelegt, bevor sie damals gegangen war. Es war irgendein Heiliger, ein Schutzpatron, der dafür sorgte, dass verlorene Dinge und Menschen wieder zueinanderfanden.

Er würde sie auch sehr vermissen. Millie hatte ausgerechnet, dass sie sich erst in dreiundfünfzig Jahren wiedersehen würden, wenn beide schon uralt waren ... Paul konnte sich so viel Zeit gar nicht vorstellen.

»Bis dahin hast du mich bestimmt vergessen«, sagte er.

Millie schüttelte heftig den Kopf. »Ganz bestimmt nicht.«

»Wir können uns ja schon mal für in genau dreiundfünfzig Jahren verabreden. Das wäre dann das Jahr – welches Jahr ist das genau?«, überlegte Paul.

»2037«, sagte Millie.

»Genau, also verabreden wir uns schon mal für das Jahr 2037 am 15. April.« Paul schaute auf die Uhr. »Um 18:00 Uhr am Bahnhof Friedrichstraße unter der Brücke, einverstanden?«

Millie lachte. »Du spinnst!«, rief sie und hatte schon wieder Tränen in den Augen, sie lachte und weinte gleichzeitig. »Bis dahin haben wir ja noch Zeit, um uns viele Briefe zu schreiben. Und dann vereinbaren wir alles ganz genau. Und jeder bringt dann seine Enkelkinder mit.«

Paul lächelte wehmütig. »Genau«, sagte er. »Du deine und ich meine.«

Omas Vorleben

Seit der Festnahme im Theater hatte Paul den Professor nicht mehr gesehen. Als er Onkel Henri nach ihm fragte, hatte der sehr geheimnisvoll getan.

»Ich erzähle dir alles, jedenfalls alles, was ich erzählen darf. Aber erst an deinem allerletzten Abend«, hatte er geantwortet.

Paul war bis dahin fast jeden Abend bei ihm im Museum gewesen. Sie hatten über vieles geredet und oft auch, so wie immer, gemütlich geschwiegen. Gemütlich und zunehmend auch wehmütig, weil die Uhr ja vernehmlich tickte.

Die letzten Tage waren so schnell vergangen! Wenn man die Zeit gern gedehnt hätte, verlief sie immer besonders schnell – hatte Paul schon gemerkt.

Falls Frau Götze von der Schulleitung erfahren hatte, dass er in den Westen gehen würde, ließ sie sich nichts anmerken. Sie war so unfreundlich wie immer, aber das machte Paul inzwischen nichts mehr aus. Er wusste, viel Zeit würde er in ihrer Klasse sowieso nicht mehr verbringen.

Es hatte sich auch bei seinen Mitschülern herumgesprochen, und einige hatten ihn mit einer Mischung aus Neid und Bewunderung angeschaut. In der Clique von Uwe hatten sie abfällige Bemerkungen gemacht und ihn als »Rübermacher« bezeichnet, aber auch das war Paul inzwischen egal. Er würde niemanden besonders vermissen – die einzige Ausnahme war Millie.

Am letzten Schultag hatte Frau Götze ihm nach dem Unterricht nicht einmal die Hand gereicht, als Paul sich von ihr verabschiedete. Er wusste, dass sie das auch nicht durfte, denn dann hätte sie womöglich Ärger bekommen, weil er ja ihrem Staat den Rücken zukehrte.

Auf dem Heimweg hatte Millie gesagt: »Jetzt gehen wir diesen Weg zum letzten Mal gemeinsam. Schon komisch.«

Das fand Paul auch. Es gab so vieles, was er an diesem Tag zum letzten Mal tat, und vieles, was er vermissen würde.

Am letzten Abend erzählte Onkel Henri dann alles – fast alles. Er wollte, dass Paul die Wahrheit erfuhr. Und dazu war jetzt die letzte Gelegenheit. Vorher war es nicht gegangen, weil er ihn nicht gefährden wollte. Und nachher würde es auch nicht mehr gehen – denn wenn Onkel Henri Paul etwas »Staatsfeindliches« nach drüben schrieb, würde die Stasi die Post einbehalten. Außerdem würden er und Oma dann womöglich Ärger bekommen.

Sie saßen zu dritt um den Küchentisch. Aus dem Radio erklang klassische Musik und im Ofen schmorte ein Schweinebraten. Später waren Clara und Millie eingeladen. Sie durften beim Abschiedsessen nicht fehlen.

Oma hatte sich die letzten Tage vor Pauls Abreise freigenommen, um ihm beim Packen zu helfen und möglichst viel Zeit mit ihm zu verbringen. Jetzt ließen die rötlichen Strahlen der Abendsonne ihre Locken erglühen, dass es so aussah, als umkränzte sie ein Heiligenschein.

Onkel Henri lehnte sich zurück. »Am besten erzählst du erst mal deinen Teil der Geschichte.«

Oma tätschelte Pauls Hand: »Mein Junge, du weißt ja, du musst über alles, was an diesem Tisch gesagt wird, schweigen wie …«

Paul verdrehte die Augen. »Wie ein Grab, nein, wie eine Gruft. Oma, das ist doch klar!«

»Ich mein ja nur.« Oma verschränkte die breiten Arme auf dem Tisch und begann, leise zu erzählen.

»Ich war ja damals ziemlich verzweifelt, als eines Tages die Stasi vor der Tür stand und mir sagte, dass deine Eltern einen Fluchtversuch unternommen hatten. Die beiden hatten, wie du weißt, weder Henri noch mir von ihrem Plan erzählt. Trotzdem wurden wir sehr ausgiebig verhört. Ja, da habe ich das System von seiner schlimmen Seite kennengelernt. Henri verlor seinen Studienplatz. Er war ja nie sehr diplomatisch und das haben die Herren nicht gern.«

Henri grinste und machte eine hilflose Geste mit ausgestreckten Armen und nach oben geöffneten Handflächen.

Ja, das stimmte schon, Diplomatie war noch nie seine Stärke gewesen.

»Und weil es bei denen eine Art Sippenhaft gibt, habe auch ich meine Arbeit in der Bibliothek verloren«, fuhr Oma fort.

»Aber dank eines guten Freundes, der wiederum einen guten Freund hatte«, fuhr Oma fort, »bekam Henri die Stelle als Nachtwächter im Museum. Das war wenigstens etwas, was ihn interessierte. Und ich fand die Anstellung als Klofrau im *Metropol*, wo es immerhin Trinkgelder in Westmark gibt.«

Oma steckte sich jetzt doch eine Zigarette an.

»Dazwischen habe ich natürlich gleich angefangen, nach euch zu suchen. Wo deine Eltern waren, haben mir die Behörden relativ schnell verraten, aber niemand wollte mir sagen, wo sie dich hingesteckt hatten. Das Jugendamt hat es uns nicht leicht gemacht, geschwiegen und die ganze Sache verschleppt. Ein halbes Jahr später habe ich dich endlich in diesem Erziehungsheim bei Rostock gefunden. Schrecklich!« Oma nickte gedankenverloren. »Ich war so froh, als ich dich endlich wieder zu uns holen konnte.«

»Allerdings«, sagte Paul. »Ich weiß, wie du gekämpft hast, um mich zu finden.« Er lächelte ihr zu. »Ich werde nie vergessen, dass du mich da rausgeholt hast ... Solange ich lebe.«

»Na ja«, fuhr Oma fort und winkte ab. Trotzdem errötete sie ein wenig vor Freude. »Jetzt aber weiter mit der Geschichte.

Als ich erfuhr, dass deine Eltern im Westen waren, habe ich gleich versucht, für dich einen Ausreiseantrag zu stellen, aber da hat sich nichts getan. Niemand war bereit, mir etwas zuzusagen. Kurz darauf saß ich wieder im Hotel unten vor den Toiletten. Da blieb eines Tages ein hochgewachsener älterer Herr vor meinem Tisch stehen und las das Schildchen. Erst dachte ich, der will sich vielleicht beschweren, aber nein. Er fragte mich, ob ich Liese Fährmann sei, und als ich sagte, ja – da stellte er sich als Johann Maibrink vor.«

Oma nahm einen tiefen Zug von ihrer Zigarette und stieß einen runden Kringel in die Luft.

»Du musst wissen, dass es vor deinem Großvater einen anderen Mann in meinem Leben gegeben hat.«

Das war Paul nun allerdings neu. Er hatte sich nie gefragt, ob Oma ein Vorleben gehabt hatte. Für ihn war sie immer nur die Mutter seines Papas gewesen. Dabei hatte er den Namen »Johann Maibrink« irgendwo schon einmal gehört, er wusste nur nicht mehr, wann und wo.

»Wir waren verlobt«, fuhr Oma paffend fort. »Wir wollten sogar heiraten, aber dann kam der Krieg dazwischen. Johann musste als Soldat an der Front kämpfen und ich wurde ausgebombt und bin viele Male umgezogen. Johann und ich haben uns nicht mehr gefunden – bis zu diesem Tag. Ausgerechnet vor den Toiletten im *Metropol*!« Oma schnippte ihre Zigarettenasche ab.

»Nach unserem ersten Treffen lud Johann mich nach der

Arbeit ins Operncafé ein. Später machten wir lange Spaziergänge. Dabei erzählten wir einander alles, was in den letzten vierzig Jahren passiert war. Er ist verwitwet, wie ich. Er hat keine Kinder, ich meine beiden Jungs.« Oma lächelte Onkel Henri zu.

»Natürlich habe ich von Henri erzählt und dass er nicht nur Nachtwächter im Museum ist, sondern auch beim Verpacken von Ausstellungen mithilft, weil er so viel Ahnung von Archäologie hat. Ja, und dann hab ich irgendwann erwähnt, dass nicht nur Henri, sondern auch mein Enkel Paul bei mir lebt. Natürlich hat Johann gefragt, warum der Enkel nicht bei seinen Eltern wohnt. Und da hab ich ihm die ganze Geschichte erzählt: von ihrem Fluchtversuch, vom Gefängnis und davon, dass deine Eltern freigekauft wurden und wie traurig du darüber warst, dass du sie lange nicht wiedersehen würdest.«

Sie drückte Paul die Hand, ihre Augen waren feucht.

»Und dann kam die Überraschung. Über seine Arbeit hatte Johann nie viel erzählt. Aber jetzt sagte er plötzlich, dass er Beziehungen in den Westen habe. Und er könne vielleicht dafür sorgen, dass du auch freigekauft würdest. Na, was glaubst du, wie ich innerlich in die Luft gesprungen bin! Obwohl ich dich natürlich auch gern bei mir behalten hätte. Einen Enkel um sich zu haben, auf seine alten Tage …«

Oma schnäuzte sich mit einem nicht mehr blütenreinen Taschentuch, das sie aus ihrer Schürzentasche zog.

»Johann hat mir also angeboten, mit seinen Westkontakten zu sprechen. Natürlich habe ich Ja gesagt! Ich war ganz selig. Aber als er dann das nächste Mal kam, sah alles ein bisschen anders aus. Es war doch nicht alles so einfach. Wir sollten dafür der westdeutschen Regierung auch einen kleinen Gefallen tun.«

»Einen Gefallen?«, fragte Paul. »Und welcher Gefallen war das dann?«

Er runzelte die Stirn.

Onkel Henri warf Oma einen strengen Blick zu.

»Tja.« Oma sah Onkel Henri an und schwieg.

Paul schoss auf einmal ein Gedanke durch den Kopf. »Ist dein Johann etwa der Professor?«

Er blickte von einem zum anderen und wusste, er hatte ins Schwarze getroffen. Und plötzlich fiel ihm auch ein, wo er den Namen »Maibrink« schon einmal gehört hatte. Als er in dieser schrecklichen Nacht auf der Couch im Wohnzimmer gelauscht hatte, wie die Männer Henri in der Küche löcherten.

»Maibrink! Das ist also der Professor!« Paul glühte vor Aufregung. Endlich bekamen die Puzzlesteine ihre richtigen Plätze.

»Omas Freund! Und die Gegenleistung war, dass du ihm bei der Suche nach dem Hieroglyphenstein hilfst?«

Er schaute Onkel Henri an, der inzwischen sein Bierglas geleert hatte.

»Stimmt's? War das der Gefallen? Hatte die westdeutsche Regierung etwa davon Wind bekommen?«

»Na ja, nicht direkt.« Onkel Henri räusperte sich. »Allerdings ist die ganze Sache fast aufgeflogen, weil du den Professor im *Metropol* auf das Ischtartor angesprochen hast. Jemand von der Stasi, der Johann nicht wohlgesonnen ist, hat dadurch spitzbekommen, dass es eine Verbindung zwischen dem Professor und mir gibt. Danach haben sie mich besonders genau unter die Lupe genommen.«

Paul brauchte einen Moment, um zu begreifen. Hatte er nicht bis zum Schluss Millie im Verdacht gehabt, dass sie das Geheimnis vom Ischtartor verraten hatte? Und jetzt war er selbst es gewesen! Doch wer sollte ihn damals im Hotel belauscht haben? Die Kellnerin? Nein! Aber war da nicht noch jemand? Auf einmal dämmerte es ihm. Der schmale Mann, den der Professor begrüßt hatte… Der Mann mit der Aktentasche, der sich zu Johann an den Tisch gesetzt hatte.

»Sag mal, Onkel Henri, hat dieser Stasi-Mann zufällig leicht gestottert?«

Onkel Henri war überrascht. »Junge, du hast ein gutes Gedächtnis! Stimmt, das tut er. Ich hatte selbst einmal das Vergnügen mit ihm.«

»Aber, Onkel Henri, eines muss ich noch wissen«, sagte Paul, immer noch verwirrt. »Deine Mitarbeiterin, der du beim Verpacken hilfst. Die angebliche Freundin von Clara …«

»Gerlinde?«, fragte Onkel Henri.

Paul nickte. »Sogar diese Gerlinde wusste vom Hieroglyphenstein.«

»Na ja, die Stasi hat im Museum einige Mitarbeiter dazu befragt, nachdem ich ihnen die ganze Geschichte erzählt hatte. Dadurch hat sich das rumgesprochen. Aber...« Er sah Paul jetzt fest in die Augen. »Aber ich dachte, du ahnst sowieso schon, worauf ich eigentlich hinauswill«, sagte er. Wieder warf er Oma diesen Blick zu. »Ich habe nicht gelogen mit dem, was ich denen hier damals erzählt habe.«

Paul hatte es in der Tat geahnt und sah ihn mit großen Augen an.

»Ich habe der Stasi erzählt, dass ich die Geschichte erfunden habe. Und das...« Onkel Henri seufzte. »Das war nicht gelogen.« Er strich mit der Fingerspitze über den Tisch. »Als du und Millie uns damals gefolgt seid, musste ich mir schnell etwas einfallen lassen, damit ihr aufhört, uns hinterherzuschnüffeln.«

»Uff«, sagte Paul. »Das heißt also, das mit dem Ischtartor war nur eine Lüge?!«

Onkel Henri seufzte wieder. »Wenn du so willst«, sagte er, überlegte kurz und schüttelte dann den Kopf. »Na ja, nicht ganz. In meiner Studienzeit habe ich ein Buch aus den Zwanzigerjahren gelesen. Ein genialer Archäologe hatte es geschrieben. Der größte Spezialist für Keilschrift. Wir haben ihn damals alle verehrt. David Grünberg war auch noch Ägyptologe. Leider musste er im Krieg emigrieren und starb in den Fünfzigerjahren in New York. Und in seinem Buch stand die Geschichte von dem versteckten Stein und dem Geheimrezept.«

Onkel Henri blickte träumerisch. Er war in die Vergangenheit versunken. »Leider hat eine Bombe im Krieg die ausgelagerte Abteilung zerstört, wo die entsprechenden Dokumente aufbewahrt wurden. Es lässt sich heute nicht mehr nachprüfen, ob die Geschichte wahr ist oder nicht. Es gibt keine Pläne und Abschriften mehr. Aber sie ist glaubwürdig, darum hab ich sie nur ein bisschen ausgeschmückt.«

Paul war nicht so enttäuscht, wie Onkel Henri es offenbar befürchtet hatte.

»Schade, trotzdem«, sagte er nur. »Ich dachte schon, wenn du das Rezept für die ewige Jugend mit dem Professor entdeckst, werdet ihr zusammen reich und berühmt.«

»Das nun wohl leider nicht.« Onkel Henri verzog den Mund. »Der Professor hatte ein ganz anderes Ziel…«

»Und was war das?«, fragte Paul.

»Das darf ich dir leider nicht sagen«, erwiderte Onkel Henri knapp. »Aber du hast uns jedenfalls sehr dabei geholfen.«

»Doch nicht etwa der olle Bilderrahmen mit dem Pergament?«, fragte Paul, einer plötzlichen Eingebung folgend.

Onkel Henri schwieg und sah Oma an. »Glaub mir, ich darf darüber nichts sagen«, wiederholte er. »Wenn es rauskommt, ist keiner von uns mehr sicher, verstehst du das?«

Er sah so ernst aus, dass Paul nicht weiter nachhakte.

Oma war zum Herd gegangen und prüfte, ob der Braten

schon knusprig war. Eine herrliche Duftwolke quoll in die Küche. Und da klingelte es auch schon. Kurz darauf kam Millie, aber nicht allein, sondern in Begleitung: Herr Hurtig hat auch ein Recht darauf, sich von Paul zu verabschieden, erklärte sie. Schließlich war Paul ja fast zu seinem zweiten Herrchen geworden. Und darum hatte sie die Nachbarn gefragt, ob sie Herrn Hurtig ausnahmsweise über Nacht behalten durfte.

Das Abschiedsessen war gleichzeitig traurig und schön. Alle wünschten ihm für sein neues Abenteuer alles Gute. Oma schniefte häufig in ihr Taschentuch. Onkel Henri hatte Claras Hand losgelassen und Paul lange auf die Schulter gepatscht. Millie schaute ihn an, als wäre sie nun doch in ihn verknallt. Und Herr Hurtig kaute verzückt an den Bratenstücken, die Oma ihm diskret unter dem Tisch zusteckte.

Als es kurz vor Mitternacht war und Zeit zu gehen, brachte Paul Millie und Herrn Hurtig noch zur Straßenbahn.

»Und du schreibst mir regelmäßig, versprochen!«, sagte Millie auf dem Weg zur Haltestelle und drückte Pauls Arm. »Das ist übrigens keine Bitte, sondern ein Befehl.«

»Na klar«, sagte Paul. Auch wenn es kein Befehl wäre, würde er ihr schreiben.

»Übrigens«, sagte Millie, kurz bevor sie die Haltestelle erreicht hatten. »Gestern Nacht hat bei uns das Telefon geklingelt.«

»Stimmt, ihr habt ja eins«, sagte Paul, der in Gedanken schon beim Abschied war. »Und wer ruft bei euch mitten in der Nacht an?«

»Du wirst es nicht glauben: meine Mama!« Millie war stolz, dass sie sich mit dieser Neuigkeit den ganzen Abend lang zurückgehalten hatte. »Aus Kuba! Sie hat meinen Brief bekommen. Und stell dir vor: Sie hat sogar mit Papa am Telefon gesprochen. Der hat danach fast ein schlechtes Gewissen gehabt. Nach der Geschichte mit Henri und dem Museum habe ich mich ja gefragt, ob er überhaupt ein Gewissen hat. Jetzt hat er sich sogar für die Ohrfeige entschuldigt und bemüht sich, nett zu mir zu sein. Er spricht schon davon, einen billigen Flug nach Kuba für mich zu organisieren! Kontakte genug hat er ja!«

Millie strahlte Paul an. Wenn sie schon ihren besten Freund verlor, gewann sie dafür vielleicht ihre Mutter zurück.

»Das ist fantastisch!«, rief Paul. »Wer weiß, vielleicht fliegst du schon in den nächsten Ferien zu ihr?«

Er selbst hatte nicht die leiseste Ahnung, wie er die nächsten Sommerferien verbringen würde. Geschweige denn, wie sein Leben ab jetzt überhaupt weitergehen würde. Die Zukunft war für ihn ein weißer Fleck, genau wie der weiße Fleck Westberlin in seinem Schulatlas.

Ratternd und mit quietschenden Bremsen fuhr die erleuchtete Straßenbahn ein. Die Zeit des Abschieds war gekommen. Paul sah Millie an. Er hatte einen dicken Kloß im Hals.

»Du – du musst mir unbedingt schreiben und alles berichten«, sagte er, und dann nahm er sie plötzlich zum Abschied in den Arm. Millie erwiderte seine Umarmung und drückte ihn ganz fest. Herr Hurtig fiepte, weil er die Abschiedsluft witterte.

»War das auch ein Befehl?«, murmelte Millie, als sie ihn losließ. Sie stupste ihn noch einmal sanft in die Seite und kletterte mit Herrn Hurtig in die Bahn.

»Aber natürlich, was denkst denn du?«, rief Paul der sich schließenden Tür zu.

Millie presste das Gesicht an die Scheibe. Die Bahn setzte sich mit einem Ruck in Bewegung. Paul schaute den hellerleuchteten Fenstern nach, auch dann noch, als die Bahn schon längst um die Ecke verschwunden war. Dann ging er langsam die Straße zurück. Der Vollmond kam hinter einer Wolke hervor und begleitete ihn auf seinem letzten Nachhauseweg.

Der Abschied

Schon früh am nächsten Morgen brachten Onkel Henri und Oma Paul mit dem Taxi zum Grenzübergang Chausseestraße. Sie fuhren aber nur so nah heran, wie Oma und Onkel Henri sich der Grenze nähern durften.

Vor ihnen lag eine breite Straße mit Zementpollern und einem Schlagbaum, vor dem Grenzsoldaten mit Maschinengewehren standen.

Die Sonne strahlte über der noch im Morgennebel liegenden Straße, die an beiden Seiten von hohen Mauern gesäumt war. Dahinter musste das Niemandsland liegen, das nur von Wachtürmen unterbrochen war. Und irgendwo dahinter erstreckte sich, bleich wie ein alter Knochen, die Berliner Mauer, die Paul bald von Oma, Onkel Henri und Millie trennen würde.

Vor einer Baracke stand eine Gruppe Wartender, die offenbar ebenfalls ausreisen wollten. Aus der Gruppe löste sich jetzt ein bulliger Mann und kam auf sie zu. Paul erkannte ihn sofort wieder. Es war der Mann, der sie zuletzt besucht hatte.

Oma übergab ihm Pauls Ausweis und die anderen Papiere. Er studierte alles ausführlich.

»Komm mit«, sagte er knapp.

Paul folgte ihm ein paar Schritte. Als er merkte, dass Oma und Onkel Henri ihm nicht folgten, blieb er stehen.

»Dürfen sie nicht noch ein Stück mit?«, fragte er.

Der Mann schüttelte nur den Kopf.

Da wandte Paul sich um und rannte noch einmal zu den beiden zurück. Ein letztes Mal umarmte er sie, so fest er nur konnte.

»Ihr werdet mir furchtbar fehlen«, murmelte er und spürte, wie der Kloß in seinem Hals immer größer wurde.

Bloß nicht heulen, dachte er, bloß nicht vor diesen Wachmännern heulen.

»Ich komme euch bald besuchen«, murmelte Oma.

Onkel Henri sagte gar nichts. Er drückte ihn nur ganz fest und sagte leise: »Mach es gut, mein Junge, und schreib mir.«

Der Mann, der noch immer ein paar Schritte entfernt wartete, räusperte sich ungeduldig. Sanft schob Onkel Henri Paul vorwärts.

»Wir wollen doch niemanden im letzten Moment verärgern«, sagte er leise. »Schon gar nicht den Herrn Anwalt.«

Paul lief halb rückwärts und winkend, bis er vor der Baracke stand. Onkel Henri und Oma winkten zurück.

Hinter einem Panzerglasfenster mit einem Schlitz saß ein junger Mann in Uniform. Er blickte kurz auf. Als der Anwalt Pauls Papiere durch den Schlitz schob, starrte er erst lange den Jungen, dann die Papiere an. Schließlich warf er Paul einen gelangweilten Blick zu und stempelte »Ungültig« quer über Pauls Ausweis.

Dann folgte Paul dem bulligen Mann in die Baracke, wo er seinen Rucksack und seinen Koffer auf einen Tisch legen musste. Mit klopfendem Herzen sah er zu, wie zwei Soldaten seine Sachen durchwühlten. Mit dem Kopf gab einer ihm schließlich ein knappes Zeichen.

»Zumachen«, sagte er und drehte sich weg.

Paul quetschte alles wieder in seinen Koffer. Oma hatte ihm geholfen, alles sorgfältig zu packen, aber nun war die schöne Ordnung dahin. Er nahm den Koffer vom Tisch und folgte dem Anwalt durch einen zweiten Ausgang am anderen Ende. Als er die Baracke verließ, blieb er stehen und schaute hinüber zu Oma und Onkel Henri. Er konnte sie gerade noch hinter der Absperrung ausmachen.

Plötzlich ging ihm alles viel zu schnell. Er hatte das Gefühl, dass er sich noch gar nicht richtig verabschiedet hatte. Er rief ihnen zu und winkte verzweifelt. In der Hand hielt er seine Reisepapiere. Tränen und Rotz liefen ihm übers Gesicht. Der Anwalt schob ihn nach vorn.

»Jetzt geh schon, Junge«, sagte er.

Paul ging langsam einen schmalen, eingezäunten Weg hinter dem Mann her. Sein Koffer wurde zunehmend schwerer und schlug ihm gegen die Beine. Immer wieder blieb er stehen und drehte sich zu Oma und Onkel Henri um, bis die beiden nicht mehr zu sehen waren. Entlang beider Straßenseiten standen Mauern, über die man nicht hinüberschauen konnte. Paul wusste, dass dahinter der Grenzstreifen lag. Oma hatte mal erzählt, dass dort Minen vergraben waren, die explodierten, wenn man darauftrat. Das war zur Abschreckung gedacht, damit man es sich lieber zweimal überlegte, ob man fliehen wollte.

Hinter der Mauer bellten Grenzwachhunde. Die Altbauhäuser Westberlins kamen mit jedem Schritt näher. Sie verschwammen zwischen Pauls Tränen. Während er durch das Niemandsland lief, spürte er auf einmal, dass er in keines der beiden Länder so richtig gehörte, weder in das, das er gerade verlassen hatte, noch in jenes, auf das er gerade zuging.

Vor ihm tauchte das nächste Grenzhäuschen auf, neben dem ein Uniformierter stand. Der Anwalt hielt dem Beamten Pauls Papiere hin. Der Grenzbeamte reichte sie weiter in das Häuschen. Paul hörte den harten Rums und das Zurückschnellen eines Stempels. Wenige Meter vor ihm war eine Absperrung.

Hinter dem Schild »Willkommen in Westberlin« warteten Polizisten in einer ihm fremden Uniform. Und neben ihnen standen zwei Menschen, die wie verrückt winkten. Paul brauchte einen Moment, bevor er sie erkannte: Es waren seine Eltern. Sein Herz machte einen kleinen Hüpfer, ob aus Furcht oder Freude, konnte er nicht genau sagen. Der Anwalt reichte ihm seine Papiere.

»Mach's gut, Junge«, sagte er und nickte ihm zu.

»Danke.« Paul nahm die Papiere und ging mit seinem Koffer durch die Absperrung, während der Anwalt sich umdrehte und mit zügigen Schritten den Weg zurücklief, den sie gekommen waren. Der Polizist, der hinter der Absperrung stand, lächelte Paul aufmunternd zu und nahm ihm wieder seine Papiere ab.

Und da kamen sie auch schon auf ihn zugestürzt. Mama breitete die Arme aus. Paul ließ den Koffer stehen und rannte auf sie zu. Sie hatte eine neue schicke Frisur und duftete nach dem französischen Parfum, das Paul schon so lange nicht mehr gerochen hatte. Der Polizist gab Papa die Papiere. Nun umarmten sie sich zu dritt. Tränen flossen, und Mama flüsterte immer nur: »Mein Paul, mein Paul. Ich habe dich so vermisst!«

Papa trug den Koffer und Arm in Arm gingen sie zu dritt über die Straße in die fremde, neue Heimat.

»Jetzt wird erst einmal gefeiert!«, sagte Papa.

Er war etwas älter geworden, dachte Paul. In sein Haar hatten sich ein paar graue Strähnen geschlichen. Vielleicht hatte er auch ein kleines bisschen zugenommen.

»Und du musst alles erzählen. Alles«, sagte Papa. »Wie es dir ergangen ist. Wir verstehen es, wenn du erst mal richtig wütend auf uns warst. Wir haben so viel nachzuholen.«

Paul drehte sich noch einmal um und schaute auf den Weg, der sich zwischen der Grenze erstreckte und in der Ferne verlor. Irgendwo dahinter waren Oma und Onkel Henri. Ob sie immer noch da standen und nach ihm Ausschau hielten?

Im Westen viel Neues

Oft hat man sich viel mehr zu erzählen, wenn man nur eine Woche voneinander getrennt war, als wenn es zwei Jahre waren. Diese Sonderbarkeit des Lebens bemerkte Paul in den ersten Tagen, als er sein Zimmer in der kleinen Wohnung in Schöneberg bei seinen Eltern bezogen hatte. Es war das erste Zimmer, das ihm ganz allein gehörte, mit einem richtigen Bett und einem Schreibtisch aus hellem Holz mit schwenkbarer Bürolampe. An diesem Tisch Hausaufgaben zu machen, würde das reinste Vergnügen sein.

Paul war dennoch froh, dass er nicht gleich in die Schule musste. In Westberlin waren noch Osterferien. Papa und Mama nutzten die Zeit, um ihm die Stadt zu zeigen und mit ihm an den Wannsee zu fahren.

Es war alles neu und ungewohnt für ihn, und er würde nie vergessen, was das größte Erlebnis für ihn war: der erste Einkauf in einem Supermarkt. Noch nie hatte Paul einen Laden gesehen, in dem es so viel zu kaufen gab. Verwirrt stand er vor den zehn Sorten Joghurt und fragte Mama: »Welchen nehmen wir bloß?«

Aber Paul gewöhnte sich überraschend schnell an sein neues Leben, an seine neue Schule und sogar an die Kinder aus seiner Klasse, die ihm am Anfang noch fremder waren als die Kinder in Ostberlin.

Mama und Papa hatten sich zum Glück nicht so stark verändert, wie Paul es befürchtet hatte. Nur manchmal merkte man, dass die Zeit im Gefängnis Spuren hinterlassen hatte. Mama war schreckhafter geworden und nachts musste im Flur immer ein Licht brennen. Sie hatte abgenommen und schminkte sich stärker als früher. Papa hatte sich zu einem besessenen Zeitungsleser entwickelt. Er genoss die Tatsache, dass er jeden Morgen unter vielen verschiedenen Zeitungen wählen konnte, auch wenn er am Ende dann doch immer den »Tagesspiegel« las.

Beide Eltern verwöhnten Paul in den ersten Wochen noch mehr, als es Oma gemacht hatte. Sie hatten noch immer ein schlechtes Gewissen. Schließlich wäre Pauls Leben ohne ihren Fluchtversuch etwas ruhiger verlaufen.

Aber nach ein paar Monaten hatte sich alles so eingespielt wie in seinem früheren Leben. Nur den Eintopf und die Buletten bekam Mama nicht ganz so gut hin wie Oma.

Paul schrieb regelmäßig an Millie, wie er es ihr versprochen hatte, und sie schrieb genauso oft zurück. Bei ihr hatte sich einiges getan. Sie war zwar nicht nach Kuba geflogen, aber dafür war ihre Mutter nach Berlin gekommen. Wie sich herausstellte, hatte sie Millie von Kuba aus immer wieder geschrieben, aber Herr Schonriegel hatte die Briefe jedes Mal verschwinden lassen. Das war einerseits ein Schock für Millie gewesen, andererseits war es auch eine Erleichterung: Ihre Mutter hatte sie doch nicht vergessen gehabt!

Wie toll sie sich sofort verstanden, als sie in Schönefeld zum Besuch eingetroffen war, schilderte Millie in einem langen Brief. Auch ein Foto war dabei. Es zeigte sie und ihre auffallend schöne Mutter auf einer Bank im Monbijoupark. Herr Hurtig hatte neben ihnen brav Platz gemacht.

Auch seiner Oma und Onkel Henri schrieb Paul regelmäßig. Henri arbeitete immer noch im Museum, aber er war aufgestiegen. Er war jetzt nicht mehr Nachtwächter, sondern arbeitete tagsüber im Depot und bereitete sogar Ausstellungen vor. Endlich war er in seinem Element. Und noch etwas anderes hatte sich in seinem Leben verändert: Er hatte Clara geheiratet.

Oma brachte Fotos von der Hochzeit mit, als es endlich so weit war und sie als Rentnerin nach Westberlin einreisen durfte. Auf diesen Tag hatte Paul sich seit Monaten gefreut. Aber er hatte auch ein bisschen Angst, dass Oma sich verändert haben könnte.

Als sie Oma zu dritt am Grenzübergang Bornholmer Straße in Empfang nahmen, sah Paul auf den ersten Blick, dass seine Sorge unnötig gewesen war. Oma war haargenau die Alte geblieben. Sie brach in Freudentränen aus, als sie ihre Familie wiedersah: »Gusti, du bist ja fast grau geworden! Wie lange haben wir uns jetzt nicht mehr gesehen? Und Helga ist ja so elegant!«

Es wurde noch ein sehr lustiger und bewegter Abend. Oma erzählte von ihrem feierlichen Abschied im *Metropol*. Das gesamte Personal hatte sie mit einem Geschenkkorb überrascht und sich bei ihr dafür bedankt, dass sie die netteste Klofrau seit Jahrzehnten gewesen sei. Die andern wären alle nach einiger Zeit mürrisch geworden. Kein Wunder, bei dem Beruf.

Als sie später einen Moment zu zweit waren, fragte Paul sie neugierig: »Was ist eigentlich mit dem Professor – ich meine, mit Johann? Trefft ihr euch noch?«

Doch Oma schüttelte nur den Kopf. »Wir haben uns seit dem Tag, als du ihm den Rahmen gebracht hast, nie wiedergesehen«, sagte sie.

»Schade«, sagte Paul. »Warst du eigentlich immer noch ein bisschen in ihn verliebt?«

Oma lächelte. »Sagen wir so, wir haben uns wieder sehr gut verstanden, nach all den Jahren, auch wenn die Liebe eine andere geworden war. Aber es ist besser, dass wir uns nicht mehr sehen.«

Paul sah Oma neugierig an. Er spürte, dass es da etwas gab, was sie ihm nicht erzählen konnte.

Es mussten noch zwei weitere Jahre vergehen und ein Staat langsam zerbröseln, bis Paul endlich erfuhr, was Omas wahres Geheimnis war.

Das Geheimnis wird gelüftet

In einer kalten, ungemütlichen Herbstnacht geschah das von niemandem Vorhergesehene. Natürlich hatten Pauls Eltern schon seit Monaten jeden Abend vor dem Fernseher gesessen und die Nachrichten aus der DDR verfolgt. Wie der Flüchtlingsstrom nach Ungarn immer größer wurde, wie die Züge der Leipziger Demonstranten anschwollen, wie die Regierung abwechselnd drohte und dann wieder nachgab. Alle spürten, dass etwas Gewaltiges ins Rutschen gekommen war. Aber niemand wusste, wo das alles enden sollte. Und niemand hatte damit gerechnet, wie schnell es dann geschah.

In dieser Novembernacht klingelte es Sturm. Als Pauls Mama öffnete, stieß sie einen Schrei aus. Vor der Wohnungstür standen Oma, Onkel Henri, Clara und Millie. Durch den Schrei alarmiert, kamen auch Papa und Paul dazu.

»Sie haben die Mauer geöffnet!«, rief Onkel Henri mit einem breiten Grinsen. »Einfach so! Gerade jetzt! Und da dachten wir, statten wir euch mal einen kleinen Besuch ab!«

Mama, Papa und Paul waren vor Freude sprachlos. Bis sich alle umarmt und gedrückt hatten, dauerte es eine Viertelstunde. Papa schaltete den Fernseher ein. Und da sahen sie die vielen Trabis, die über die Grenze fuhren. Die Bilder wirkten unwirklich. Seit achtundzwanzig Jahren war hier keiner durchgekommen und jetzt hörte der Strom der Wagen und jubelnden Passanten überhaupt nicht mehr auf. Überall hörte man es knallen. Mal waren es die Sektkorken, mal die Fehlzündungen der Trabis.

Niemand konnte so recht glauben, was da gerade geschehen war. Aber jeder wusste, dass es kein Zurück mehr gab. Die Mauer war gefallen und niemand würde sie wieder aufbauen können. Die Menschen waren frei und keiner würde sie wieder einsperren.

»Endlich sind wir wieder eine richtige Familie!«, rief Oma, und die Tränen liefen ihr übers Gesicht.

Papa setzte einen großen Topf Wasser auf und kochte Spaghetti mit Tomatensauce. Sie quetschten sich alle um den Küchentisch. Die Brüder hatten sich viel zu erzählen und Pauls Mama sprach mit Clara über deren Pläne. Alles war noch ganz frisch und aufregend. Keiner wusste, wie es weitergehen sollte, aber es wehte ein neuer Wind durchs Leben.

»Die Tage der DDR sind gezählt«, erklärte Papa, und ausnahmsweise stimmte Onkel Henri ihm zu.

Hätten Papa und Mama damals einfach warten sollen, statt zu fliehen? Aber keiner hatte gewusst, was kommen würde. Viele hatten noch vor wenigen Wochen auf der Flucht ihr Leben riskiert. Die ärgerten sich jetzt vielleicht grün. Doch so war das eben mit der Geschichte – hinterher war man immer klüger.

Paul schaute immer wieder zu Millie, die eine hübsche junge Frau geworden war und sogar schon Lippenstift trug. Man erkannte die Mutter in ihr, die in Kuba eine berühmte Filmschauspielerin geworden war.

Es wurde noch ein sehr langer Abend, und einer der schönsten, die Paul je in seiner Familie verbracht hatte. Die schreckliche Zeit im Kinderheim schien so fern, als hätte sie Paul in einem früheren Leben erlebt. Und irgendwann, es war schon weit nach Mitternacht, wandte er sich seiner Oma zu.

»Aber jetzt sag doch mal ehrlich, Oma, wie war das mit dem Professor?«, fragte er mit seiner neuerdings tiefen und brummigen Stimme. »Also mit deinem Herrn Maibrink oder Johann. Warum hast du ihn nach meiner Ausreise nicht mehr gesehen?«

Zu spät fiel ihm ein, dass er mal wieder in ein Fettnäpfchen getreten sein könnte. Das war schließlich Omas Privatsache. Aber zu seinem Glück schien sie auf diese Frage geradezu gewartet zu haben.

»In den letzten Monaten haben wir uns wiedergesehen«, sagte sie bedeutungsvoll. »Seitdem er gewusst hat, dass die DDR nicht mehr zu retten ist.«

»Wie kann er das denn gewusst haben?«, fragte Paul. »Ich dachte, das hätte alle total überrascht?«

»In seiner Position wusste er wesentlich mehr als die Bevölkerung.«

»Das musst du uns erklären«, sagte Paul.

»Nach dem Krieg«, begann Oma, »wurde Deutschland ja in Ost und West geteilt. Johann wollte im kommunistischen Ostdeutschland leben, weil er glaubte, dass das die bessere Regierungsform sei. Deswegen arbeitete er dort bei der Staatssicherheit.«

»Was?«, rief Millie aus, die nur ungern an die Stasi-Mitarbeit ihres Vaters erinnert werden wollte. »Das heißt, der Professor war auch bei der Stasi?«

»Dann hat *er* Onkel Henri damals verhaften lassen?«, warf Paul ein. »Nein, das ist nicht möglich!«

Oma winkte ab. »Natürlich nicht. Hört doch einfach zu. Johann war also in dieser hohen Position. Dann hat er irgendwann begriffen, dass die Regierung andauernd ihr Volk belügt. Jedenfalls beschloss er …« Oma senkte aus Gewohnheit ihre Stimme, als würde sie auch hier noch mit Wanzen rechnen. »Er beschloss also, für den Westen als Geheimagent zu arbeiten.«

Oma sah in die kleine Runde, die gebannt an ihren Lippen hing.

»Jetzt war Johann also ein Doppelagent. Er arbeitete bei der Stasi als Instrukteur, was bedeutet, dass er andere Informanten und Spitzel unter sich führte. Und er arbeitete gleichzeitig für den westdeutschen Geheimdienst. Als wir uns wiederfanden, beschloss er mir zu helfen, aber nicht nur, weil ich seine erste große Liebe war. Der westdeutsche Geheimdienst wollte sowieso ein Tauschgeschäft mit Johann machen. Sie wollten die Namen der DDR-Agenten, die im Westen spionierten.«

Oma zündete sich eine Zigarette an, obwohl sie das Rauchen eigentlich aufgeben wollte.

»War sein Deckname vielleicht Klaus Tirch?«, fragte Paul, dem plötzlich wieder einfiel, wie nervös der Professor auf diesen Namen reagiert hatte.

»Klaus B. Tirch, genau genommen …«, antwortete Henri und schmunzelte bei der Erinnerung. »Das ist nicht der Name einer Person. Das ist ein Anagramm.«

»Ein was?«, fragte Paul.

Henri nahm einen Zettel und einen Stift aus seiner Jackentasche und malte in großen Lettern die Buchstaben:

K L A U S B T I R C H

Die anderen hatten sich neugierig über den Tisch gebeugt und schauten ihm zu.

»So«, sagte Onkel Henri, »und wenn du die Buchstaben jetzt in die richtige Reihenfolge bringst, bekommst du …« Er strich sorgfältig jeden Buchstaben durch, den er in der Zeile darunter hinschrieb:

I S C H T A R K L U B

»Ischtar-Klub«, murmelte Paul und prüfte die Buchstaben nach – es stimmte. Keiner fehlte, keiner zu viel. Aber was sollte das Ganze bedeuten?

»Ischtar-Klub«, wiederholte Oma. »So haben wir drei uns genannt. Henri, Johann und ich. Und es war der Deckname für unsere ganze Operation. Man braucht einen solchen Decknamen, weil die Stasi auch im Westen viel abgehört hat. Wenn der Geheimdienst im Westen vom Ischtar-Klub sprach, konnten Mielkes Leute damit nichts anfangen.«

»Aber wieso habt ihr aus dem Ischtarklub einen Klaus B. Tirch gemacht?«, fragte Pauls Mutter. »Das verstehe ich nicht.«

»Die Stasi hörte und sah praktisch alles und hatte schon ein Auge auf mich geworfen«, antwortete Onkel Henri. »Deswegen mussten wir sehr vorsichtig sein. Wenn sie den Westen abgehört hätten, wäre das Wort Ischtar-Klub verbrannt. Dann hätten sie eine Verbindung zu uns ziehen können. Und da hab ich mir eines Abends im Museum diesen Codenamen Klaus B. Tirch zusammengepuzzelt. Ihr wisst ja, so was macht mir auch Spaß«, sagte er. »Das ist ein bisschen wie Hieroglyphen entziffern.«

»Als die Sache dann ernster wurde, hatte Johann darauf bestanden, dass wir uns nicht mehr sehen dürfen«, fuhr Oma fort. »Ab dann haben wir nur noch Zettel ausgetauscht. Da stand neben dem Codewort das Datum und die Uhrzeit der nächsten Treffen drauf.«

»Und einen solchen Zettel hast du damals im Museum verloren und ich hab ihn gefunden«, rief Millie. »Stimmt's? Und dann hat ihn wiederum mein Vater bei mir entdeckt.«

»Aber warum habt ihr auf die Zettel zum Beispiel nicht einfach nur ein Herzchen gemalt?«, fragte Paul. »Warum brauchtet ihr den ganzen Namen?«

»Ach, das hat einfach Spaß gemacht«, sagte Onkel Henri. »Und ihr seht ja, es hatte die Stasi auf die falsche Fährte gebracht. Sie haben lange nach diesem Herrn Tirch gesucht. Und genau das war für uns damals das Signal: Sie sind uns dicht auf den Fersen. Wir müssen noch besser aufpassen. Und die undichte Stelle finden.« Er schaute zu Millie, die immer noch leicht errötete, wenn sie an ihren Vater dachte. Paul drückte Millies Hand.

»Aber der eigentliche Clou war der«, Oma erhob die Stimme. »Die Operation Ischtar-Klub war tatsächlich erfolgreich! Denn Johann hatte die Möglichkeit, an die Namen dieser DDR-Agenten zu kommen. Sein Schwager Martin arbeitete beim Filmdienst der Stasi. Seine Aufgabe war es, Fotos von den Karteikarten zu machen, auf denen die Namen dieser Geheimagenten standen. Niemand hatte bemerkt, dass Martin jedes Mal, wenn er eine Karteikarte fotografierte, statt einem Bild zwei Bilder machte. Diese Bilder gab Martin an Johann weiter und dafür wollte Martin in den Westen freigekauft werden. Die westdeutsche Regierung war sofort bereit dazu.«

Paul sah Millie an. Er hatte das Gefühl, als ob in ihrem großen Puzzle mit geschickter Hand die letzten fehlenden Stücke eingefügt würden.

»Jetzt mussten aber diese Bilder, die auf kleinen Filmen namens Mikrofiches versteckt waren, sicher aus der DDR herausgeschmuggelt werden«, fuhr Oma fort. »Und das war ziemlich schwierig, denn die Grenze wurde ja streng bewacht. Niemand wusste, ob er nicht gründlich durchsucht werden würde. Das Risiko, die Mikrofiches selbst rauszuschmuggeln, konnte Johann nicht eingehen. Wenn man ihn erwischt hätte, wäre er für den Rest seines Lebens ins Gefängnis gekommen, wenn nicht noch Schlimmeres. Er musste also einen anderen Weg finden. Und als Johann dann von mir erfuhr, dass Henri im Museum arbeitet und Kisten für Ausstellungen im Ausland packt, wollte er ihn unbedingt kennenlernen.«

»Vor allem«, übernahm jetzt Onkel Henri, »als er hörte, dass in zwei Monaten so eine Kiste nach Göttingen reisen sollte. Da wollte er alles über diese Kiste wissen. Was sollte genau verschickt werden? Wie wurden sie verpackt? Wie wurden sie kontrolliert? Und als er sich das alles von mir genau angehört hatte ...«

»Da hat er gesagt«, fiel Oma ihm ins Wort, »dass er nun wisse er, wie er Paul in den Westen bringen könne.«

Jetzt mischte sich auch Millie ein. »Und an dem Tag, als wir unerwartet im Museum aufgekreuzt sind? Da war dieser Johann im Depot, um sich anzuschauen, wie man diese Mikrofiches verstecken kann – stimmt's?«

»Du hast es erraten!« Onkel Henri zwinkerte ihr zu. »Ich wusste ja, dass in der Kiste hauptsächlich Bilder sein würden – persische Miniaturen. Und da mussten wir genau überlegen, wie wir die Filme darin so verstecken, dass man sie nur findet, wenn man genau weiß, wo. Auch beim Zoll wird ja alles genau durchleuchtet. Johann hatte gerade nach einem passenden Rahmen gesucht, als ihr überraschend aufgekreuzt seid. Dazwischen war er kurz im Büro, um sich die Transportunterlagen anzuschauen, und dann fuhr er wieder nach oben.«

»Und dabei habe ich ihn erwischt!«, rief Millie.

»Genau.« Onkel Henri lachte. »Hätte ich damals geahnt, dass ihr euch über den Weg lauft, hätte ich dich und Paul wieder in den Regen hinausgejagt.«

»Und du hast das alles gewusst, Clara?« Paul sah seine hübsche Tante an.

Clara lächelte vielsagend. »Nicht so genau«, sagte sie. »Ich wusste nur, dass es für dich war …«

Onkel Henri schaute bewundernd zu seiner Frau. »Clara hat in den Rahmen einen doppelten Boden eingebaut«, sagte er. »Wir haben ihn ihr an dem Tag gebracht, als ihr beiden uns nachspioniert habt.«

Paul fiel es jetzt wieder ein: Onkel Henri war mit einem schmalen Päckchen zu Clara gegangen und mit leeren Händen zurückgekommen.

»Und in diesem Rahmen«, fuhr Onkel Henri fort, »hat Johann auf der Theatertoilette die Mikrofiches versteckt.«

Paul schlug die Hände zusammen. »Ich bin also mit den Daten von sämtlichen Geheimagenten durch die Stadt gelaufen und habe sie auch noch bei Millie gelassen?«, rief er fassungslos. »Und wenn mich jemand erwischt hätte?«

»Ich weiß«, sagte Oma. »Was meinst du, wie wir gezittert haben. Wenn ich an diese Stunden zurückdenke, wird mir immer noch ganz anders.«

»Paul.« Onkel Henri beugte sich zu ihm. »Wir hatten damals unter den Umständen einfach keine andere Wahl. Ich wurde beschattet, das war der Konkurrent von Johann, der ihm das eingebrockt hatte. Du weißt, Paul, das war sogar ein bisschen deine Schuld. Du hast es natürlich nur gut gemeint, aber der kleine Stotterer damals im *Metropol*, der wurde durch deine Geschichte vom Ischtartor richtig hellhörig. Und weil er gehofft hatte, Johann etwas anhängen zu können, hat er herumgestochert.«

»Und dann hat er die grauen Männer losgeschickt?«

»Nicht nur das«, antwortete Onkel Henri. »Er hat auch Johann beschatten und dann sogar verhaften lassen. Dass sie im *Metropol* auftauchten, war allerdings ein echter Schock. Wir dachten, das wäre ein unauffälliger Platz für die Übergabe. Johann trug die Mikrofiches ja am Leib.«

»Zum Glück fiel mir dann das Theater ein«, sagte Oma mit schlecht verstecktem Stolz. »Das war dann zwar knapp, aber am Ende hat es ja doch geklappt.«

»Und mich hat fast noch das Babygesicht erwischt«, sagte Paul. »Da hat mich dann Millie gerettet.« Er schaute dankbar zu Millie, die ihm zulächelte.

»Aber Henri, warum durftest du dann trotzdem so schnell wieder zurück ins Museum? Und bist später sogar aufgestiegen?«

»Da hat Johann die Strippen gezogen«, erklärte Onkel Henri. »Er hat sich gegen seinen Rivalen durchgesetzt. Man konnte ihm auch nichts nachweisen. Aber ein Fehler hätte genügt und Johann wäre erledigt gewesen. Für den Rest seines Lebens.«

»Und ich?«, rief Paul noch immer etwas perplex. »Wenn sie mich gefunden hätten?«

»Die Stasi hat sich nie um Kinder gekümmert. Und glaub mir«, sagte Onkel Henri, »der Rahmen war perfekt präpariert. Der Zettel mit der Keilschrift war die beste Tarnung. Wäre der Rahmen in die falschen Hände geraten, hätten sie nur das gefunden.«

Paul nickte nachdenklich. »Verstehe. Und als du dann die Kiste für die Ausstellung gepackt hast ...«

»Da kam eine kostbare persische Miniatur in den Rahmen und wurde nach Göttingen verschickt. Dort hat Johanns Kontaktmann, als Museumsmitarbeiter getarnt, die Daten unauffällig aus dem Rahmen entfernt. Was dann passiert ist, darüber wissen wir nichts. So etwas kommt nie in die Zeitungen. Das klären die Geheimdienste unter sich. Aber du kannst sicher sein, dass damals ein ganzer Agentenring ausgehoben wurde.«

»Und kurz darauf kam die Nachricht«, schloss Oma und

streichelte Pauls Hand. »Die Nachricht, dass du in den Westen darfst. Das war der große Tag. Der Tag, auf den wir alle hingearbeitet hatten.«

Auch Henri nahm jetzt Pauls Hand.

»An diesem Tag hatte der Ischtar-Klub seine Mission erfüllt.«

Epilog

Zu Pauls großer Überraschung erklärte Onkel Henri zwei Jahre nach dem Mauerfall, er habe eine große Sache vor. Er gehe auf die Suche nach dem Hieroglyphenstein. Und dieses Mal in vollem Ernst.

Etwas ganz Unerwartetes war passiert. Ein Enkel David Grünbergs hatte in Brooklyn auf dem Dachboden einen alten Koffer seines Großvaters entdeckt. In diesem Koffer lag ein großer Packen handschriftlicher Aufzeichnungen und Skizzen. Der Enkel konnte nichts mit ihnen anfangen und verschickte Kopien davon an europäische Archäologen. Als Henri eine dieser Kopien zu sehen bekam, war er wie elektrisiert. Sie zeigten genaue Pläne vom Aufbau des Ischtartors. Was im Krieg durch Bomben zerstört worden war, fand sich hier wundersam gerettet. Daneben gab es Übersetzungen von Keilschrift-Tafeln, die Onkel Henri die Sprache verschlugen.

Henri begann eine Korrespondenz mit dem Enkel, Aaron Grünberg. Weil er als Verehrer seines Großvaters rasch sein Vertrauen gewann, erlaubte Aaron ihm, den gesamten Inhalt des Koffers einzusehen. Onkel Henri sparte ein halbes Jahr für ein Flugticket nach New York – seine erste Auslandsreise überhaupt.

Eines Morgens traf bei Paul eine in den USA abgestempelte Postkarte ein. Sie zeigte eine Abbildung des Ischtartors. Auf der anderen Seite stand in der leicht verschnörkelten, aber gut lesbaren Handschrift Onkel Henris:

Lieber Paul,
ich gratuliere Dir zu Deiner Wohnung in Kreuzberg, auch wenn Millie über die Kohleheizung fluchen wird. Meine Forschungen waren sehr erfolgreich. Ich glaube, es steht uns eine Sensation bevor.
Viele liebe Grüße aus Brooklyn, auch an Oma
Dein
Klaus. B. Tirch, geschäftsführender Vorsitzender im ISCHTAR-KLUB

Danksagung

Vor dreißig Jahren traf ich ein junges Mädchen, das mir seine Lebensgeschichte erzählte. Sie war zwölf, als ihre Eltern versuchten, aus der DDR zu fliehen. Der Fluchtversuch scheiterte, die Eltern kamen ins Gefängnis, Andrea, das junge Mädchen, ins Kinderheim. Ihre Geschichte ist die Keimzelle dieses Romans. Der Fluchtversuch von Pauls Eltern und Pauls Zeit im Heim basieren auf ihren Erfahrungen. Deshalb gilt mein erster Dank Andrea Schmidt.

Es gibt weitere Ratgeber, denen ich zu danken habe. Dr. Müller-Enbergs half mir mit seinen stupenden Kenntnissen über die Stasi und die Geheimdienste in Ost und West. Viel von seinem Spezialwissen floss in die Figur des Professors Hartwig ein.

Den Ort, an dem der Professor sich heimlich mit Onkel Henri trifft, durfte ich persönlich besichtigen: Herr Günther, der Anfang der Achtzigerjahre den Wachdienst im Pergamonmuseum aufgebaut hat, geleitete mich aufs freundlichste vors Ischtartor und erzählte mir viele Museumsanekdoten. Seine nächtlichen Erlebnisse und Wachrundgänge haben stark auf Onkel Henri abgefärbt.

Eine weitere Führung durchs Pergamon-Depot und viele Details über den Museumsbetrieb verdanke ich der Archäologin Julia Gonella.

Und ganz besonders danke ich Michael Maar für seine unermüdliche Hilfe, ohne die dieses Buch nicht seine Form gefunden hätte.

Nur David Grünberg und seinem Enkel kann ich leider nicht danken, denn die beiden sind, wie die Geschichte des Hieroglyphensteins, eine Erfindung.

Ute Krause

Von 1949 bis 1989 war Deutschland in zwei Länder geteilt. Das eine Land hieß »Bundesrepublik Deutschland« (auch BRD oder Westdeutschland genannt) und das andere Land hieß »Deutsche Demokratische Republik« (auch DDR oder Ostdeutschland genannt). Berlin war damals eine Insel, die zwar zu Westdeutschland gehörte, aber mitten in der DDR lag. 1961 hatte die DDR eine Mauer mit Minenfeldern und Stacheldraht errichtet und die Bürger ihres Landes mit Gefängnis bestraft, die versuchten, in den Westen zu fliehen. Diese Mauer lief mitten durch Berlin und teilte ganze Straßenzüge, sodass ein Teil der Straße im Osten und der andere Teil im Westen lag.

Ostsee

Nordsee

Flensburg

Kiel

Stralsund

Greifswald

Rostock

Lübeck

Hamburg

Schwerin

Neubrandenburg

Stettin

Bremerhaven

Wittenberge

DDR

POLEN

Oldenburg

Bremen

NIEDER-
LANDE

Ost-Berlin
Hauptstadt der DDR

West-Berlin

Frankfurt

Hannover

Braunschweig

Potsdam

Münster

Magdeburg

Cottbus

BUNDESREPUBLIK
DEUTSCHLAND

Halle

Düsseldorf

Kassel

Leipzig

Köln

Dresden

Eisenach

Gera

Karl-Marx-Stadt

Bonn*

Fulda

Hof

Frankfurt

Prag

Mainz

TSCHECHO-
SLOWAKEI

Würzburg

Luxemburg

Saarbrücken

Nürnberg

Regensburg

Straßburg

Stuttgart

Donau

FRANKREICH

Augsburg

München

Freiburg

Salzburg

Basel

SCHWEIZ

ÖSTERREICH

Rhein

Main

Oder

Neiße

* Bis 1999 provisorische
Bundeshauptstadt der BRD
•••••••• Innerdeutsche Grenze
------ Grenze von Westberlin

0   50   100 km

Glossar

Arbeiter- und Bauernstaat: offizielle Bezeichnung der DDR. Es sollte zum Ausdruck kommen, dass in diesem Staat die arbeitende Bevölkerung das Sagen hat und nicht einzelne »Kapitalisten«.

D-Mark oder **Westmark:** Die Deutsche Mark (D-Mark) war nach dem Zweiten Weltkrieg die Währung der Bundesrepublik Deutschland. In der DDR gab es die **Ostmark**. Für eine D-Mark bekam man vier Ostmark.

»Erichs Krönung«: scherzhafte Bezeichnung für den Kaffee in der DDR, der aus einer Mischung von Bohnenkaffee und Getreidekaffee bestand.

Fahnenappell: Der Pioniergruß wurde auch beim Fahnenappell vollzogen. In den 1950er Jahren fand der Fahnenappell wöchentlich in der Schule statt, später dann mehrmals im Jahr zu bestimmten Anlässen wie dem Schuljahresanfang. Bei diesem militärischen Ritual traten alle Schüler in Reih und Glied an. Die Klassen marschierten gemeinsam ein und stellten sich auf. Die Pionier- und die FDJ-Fahnen wurden herbeigetragen und mit Pioniergruß gegrüßt. Es wurde gesungen und eine Klasse trug Texte oder Gedichte vor. Die Ehrung von Schülern für besondere schulische, sportliche oder politische Leistungen wurde ebenfalls hier durchgeführt.

Führungsoffizier: fest angestellter Mitarbeiter eines Geheimdienstes (z. B. Stasi), der alle Befehle und Aufträge an einen verdeckt arbeitenden Inoffiziellen Mitarbeiter (IM) weitergab. Der IM meldete alle Ergebnisse seiner Spionagetätigkeit an seinen Führungsoffizier zurück.

»Für Frieden und Sozialismus: Seid bereit!« lautete die Losung der Pioniere. Das sagte der Lehrer zu Beginn des Unterrichts oder rief der Freundschaftsratsvorsitzende z. B. beim Fahnenappell, worauf die Klasse oder Gruppe antwortete: »Immer bereit!«. Verkürzt wurde das meist auf »Seid bereit! – Immer bereit!« Bei der Antwort grüßte man nach Art der Pioniere: Die flache rechte Hand wurde so über dem Kopf gehalten, dass der Daumen zum Kopf und der kleine Finger zum Himmel zeigte.

Honecker, Erich (1912–1994): ab 1971 Generalsekretär des Zentralkomitees der SED (Sozialistische Einheitspartei) und bis zu seinem erzwungenen Rücktritt im Jahr 1989 mächtigster Politiker der DDR.

»Horch und Guck«: scherzhafte Bezeichnung für das DDR-Ministerium für Staatssicherheit (Stasi), das versuchte, alle Lebensbereiche der DDR-Bürger auf staatsfeindliche Aktionen hin zu überwachen. Die Erkenntnisse wurden in Millionen von Stasi-Akten festgehalten. Die Behörde von Stasi-Chef

Erich Mielke stützte sich vor allem auf das Heer der Inoffiziellen Mitarbeiter (IM). 1989 verfügte die Stasi über 89 000 hauptamtliche und 173 000 inoffizielle Mitarbeiter.

Intershops: Das waren Läden in der DDR, in denen es Produkte aus dem Westen zu kaufen gab. Man konnte nicht mit Ostmark bezahlen, sondern nur mit starken ausländischen Währungen (D-Mark, Dollar).

Konsum: allgemeine Bezeichnung für DDR-Lebensmittelgeschäfte.

Die Partei: Damit war immer die SED gemeint (siehe unten).

Pioniere: Jungpioniere nannte man die Mitglieder der staatlichen Kinderorganisation der DDR. Die Jungpioniere trugen ein blaues Halstuch.
Wenn die Kinder etwas älter waren (4. bis 7./8. Klasse), traten sie den Thälmann-Pionieren bei. Die waren durch ihr rotes Halstuch zu erkennen.

Pittiplatsch: Kleiner Kobold aus dem DDR-Kinderfernsehen, der auch im »DDR-Sandmännchen« auftrat.

Schrippen: vor allem in Nord- und Mitteldeutschland verwendete Bezeichnung für helles Brötchen.

SED: Die Sozialistische Einheitspartei Deutschlands (SED) entstand 1946 aus der Sozialistischen Partei (SPD) und der Kommunistischen Partei (KPD). Bei der Gründung der DDR (1946) wurde die SED zur Staatspartei. Das heißt: Bis

1990 waren alle wichtigen Ämter in der DDR mit SED-Parteimitgliedern besetzt. Nach der Wende 1989/90 verlor die SED ihre vorherrschende Stellung.

Sozialismus: Eine Form der Gesellschaft, die theoretisch auf Gleichheit, Solidarität und Gerechtigkeit basiert, in der es kaum Privatbesitz gibt, keine Ausbeutung der Arbeiter und keine Bevormundung bei der Güterverteilung. In Wirklichkeit sah das leider etwas anders aus. Die meisten sozialistischen Länder waren zugleich auch Diktaturen, d.h. Länder, wo nur eine Person oder eine kleine Gruppe über den Rest der Bevölkerung bestimmte.

Staatsbürgerkunde: Schulfach in der DDR zur politischen Bildung.

Staatsratsvorsitzender: Das war der »Präsident der DDR«, obwohl eigentlich der Staatsrat der DDR als »kollektives Staatsoberhaupt« galt. In der Praxis wurde jedoch der Staatsratsvorsitzende als Staatsoberhaupt angesehen.

Staatssicherheit / Stasi: Das Ministerium für Staatssicherheit war Nachrichtendienst und Geheimpolizei der DDR.

Trabi: Kurzform für die DDR-Automarke **Trabant**. Diese Pkw-Baureihe wurde 1957 bis 1991 in der DDR produziert.

Wanze: umgangssprachliche Bezeichnung für ein kleines Abhörgerät, das für die Überwachung von Personen eingesetzt wird.

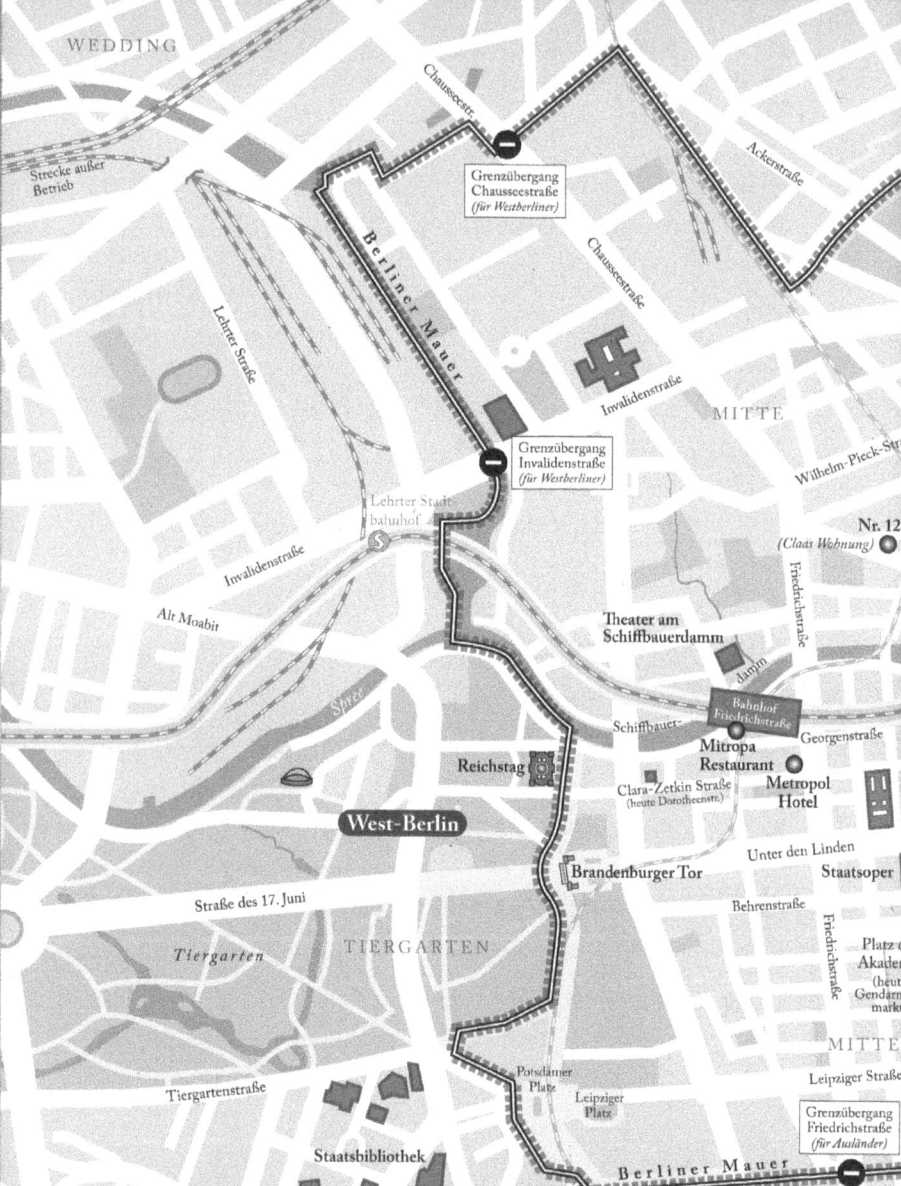

WEDDING

Strecke außer Betrieb

Lehrter Straße

Chausseestr.

Grenzübergang
Chausseestraße
(für Westberliner)

Ackerstraße

Chausseestraße

B e r l i n e r   M a u e r

Invalidenstraße

MITTE

Grenzübergang
Invalidenstraße
(für Westberliner)

Wilhelm-Pieck-Stra

Lehrter Stadt
bahnhof

Nr. 127
(Claas Wohnung)

Invalidenstraße

Friedrichstraße

Alt Moabit

Theater am
Schiffbauerdamm

Spree

...damm

Bahnhof
Friedrichstraße

Schiffbauer...

Georgenstraße

Reichstag

Mitropa
Restaurant

West-Berlin

Clara-Zetkin Straße
(heute Dorotheenstr.)

Metropol
Hotel

Unter den Linden

Staatsoper

Brandenburger Tor

Behrenstraße

Straße des 17. Juni

Friedrichstraße

Platz d
Akaden
*(heute
Gendarm
markt)*

TIERGARTEN

TIERGARTEN

Tiergarten

MITTE

Leipziger Straße

Tiergartenstraße

Potsdamer
Platz

Leipziger
Platz

Staatsbibliothek

Grenzübergang
Friedrichstraße
(für Ausländer)

B e r l i n e r   M a u e r

Martin-Gropius-Bau